心理分析术

我在FBI的20年缉凶手记

(Robert K. Ressler)　　(Tom Shachtman)
[美] 罗伯特·K.雷斯勒　汤姆·夏希特曼◎著
马玉卿　王晓雪◎译

WHOEVER FIGHTS MONSTERS

MY TWENTY YEARS TRACKING SERIAL KILLERS FOR THE FBI

民主与建设出版社　博集天卷 CS-BOOKY

目录

FBI 心理分析术 我在 FBI 的 20 年缉凶手记

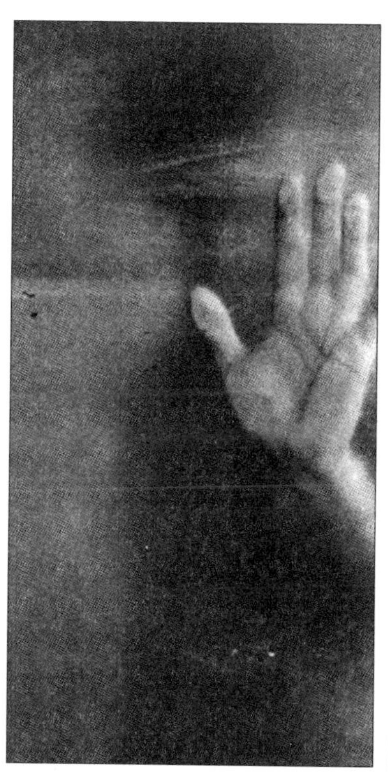

我在 FBI 的 20 年缉凶手记

第 1 章 吸血鬼杀手

拉斯和我更加确定凶手一定会再次行凶，而且很快就会发生，若不抓住这个家伙，后果不堪设想。于是我参照上一桩惨案的线索为凶手做了更详细的心理侧写。犯罪和性之间的关系已经非常明显，而且每桩案件里的被害人人数在持续增加，从现场的暴行看，我更加确信凶手是一个患有严重精神分裂症的年轻人，他是步行来到命案现场的，行凶后开着那辆厢型车离开。

理查德·蔡斯的搅拌器，这个萨克拉门托的“吸血鬼杀手”用它来处理人肉，并声称吃人肉、喝人血是为了“阻止自己的血液变成粉末”

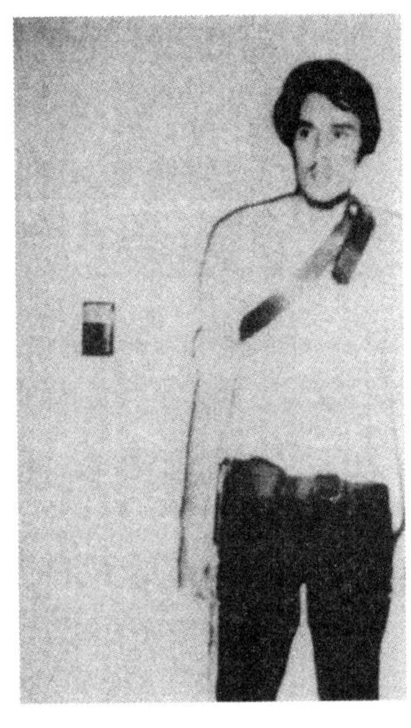

理查德·蔡斯，萨克拉门托的“吸血鬼杀手”，拍摄于他杀了七个人后被捕时

拉斯·沃帕吉尔（Russ Vorpagel）在联邦调查局（FBI）里是一个传奇性的人物，他身高6英尺4英寸，体重260磅[①]，拥有法学学位，曾经是密尔沃基市警局负责凶杀案的侦探，在性犯罪和炸弹爆炸案件方面也是专家。他后来被联邦调查局的行为科学调查组征调，担任加利福尼亚州萨克拉门托市的协调员，主要在西海岸各地工作，负责指导当地警察侦破性犯罪类案件。警察和警长都知道他在这方面是权威，因而都非常敬佩他。

1978年1月23日是周一，午夜时分，当地警察接到一个从萨克拉门托北部的一个小警局打来的报警电话，把它转给了拉斯，因为那里发生了一件恐怖的凶杀案。受害人明显承受了令人发指的暴行，这显然不是一桩普通的谋杀。洗衣店的货车司机、现年24岁的戴维·沃林（David Wallin）当天下班后，回到了位于郊区的简陋出租屋，发现22岁的妻子倒在卧室内，早已断气，她怀有3个月身孕的下腹还被人残忍地剖开了，他大叫着跑到邻居家求救，邻居立刻报了警。沃林受到了太大的刺激，警方赶来时他已经说不出话。副警长率先进入卧室的案发现场，他也惊呆了，后来他说自从目睹现场后一连做了几个月的噩梦。

---

① 身高约 1.93 米，体重约 118 千克。——译者注

当地警方马上给拉斯打电话求援，拉斯从匡蒂科的训练中心给我打了电话。尽管这桩谋杀案让我感到不解，但也激发了我的兴趣，因为此案为我提供了一次运用心理学技巧尽快抓到凶手的机会。通常，移交到行为科学调查组的案子大多是冷酷无情的，但此时的萨克拉门托却是炎热难当。

第二天的报纸上说，沃林太太应该是在准备外出倒垃圾的时候，在客厅里被暴徒袭击了，因为从前门到卧室到处都是挣扎的痕迹，现场还发现了两颗弹壳。沃林太太本来穿着一件类似汗衫的宽松上衣和内裤，但案发后上衣、胸罩及内裤都被脱下来了，腹部多处有很深的伤口。现场的警察对记者说目前还不知道凶手的动机，因为歹徒没有取走钱财，所以本案不可能是劫财杀人。

实际情况比报纸上的报道更糟糕。拉斯对我说，当地警方为了避免引发公众恐慌，隐瞒了很多细节。很多人因此认为警察太冷酷，丝毫不把民众当回事，但警察每天都要处理很多类似的案子，他们只能冷漠以对。

有些细节没有公布，是因为这些线索对侦破工作非常有用，不能让凶手预先有所觉察。这个案子没有提供给新闻界的细节有：受害人身上的致命刀伤从胸口划到肚脐，肠子都露出来了，许多内脏也被掏出来乱砍，身体已经残缺，有些器官不见了。另外受害人的左胸上有多处极为可怕的伤痕，嘴里甚至还被塞入动物的排泄物，还有证据显示歹徒曾把受害人的血掺入乳酪瓶中，然后一饮而尽。

当地警察被吓坏了，同时也毫无办法。拉斯·沃帕吉尔意识到警方必须马上采取行动，因为性犯罪方面的经验告诉他，杀害沃林太太的凶手绝对不会就此满足，肯定会再次动手。我在周五之前到了案发所在地，因为下周一我要到西海岸的一所公路警察学校授课，所以就安排在此时来协助拉斯分析案情。那是我第一次到达现场为凶手做心理侧写[①]，当然非常兴奋，再加上我们俩都认为凶手会再一次犯案，所以经常用电报交流信息，这对我分析歹徒很有帮助。犯罪心理侧写在当时还是一门非常新奇的科学（也可以说是艺术），只能根据案发现场、被害人和其他细节来了解凶手的可能信息。

以下就是我在现场随手写下的心理侧写笔记（可能不太规整），凶手可能是这样一个人：

白人男性，25~27岁，体形瘦削，看起来有些营养不良。住所邋遢、凌乱，证物也许能在住所内找到。有精神病史，服用过药物。个性孤僻，不喜与同性及异性交往，大部分时间喜欢一个人待在家里。失业，可能领取残疾救助金。如果不是独居，一定是和父母同住，但这种可能性很低。没有服过兵役，高中或职校辍学，可能患有一种或多种妄想症。

我做出这么精准的分析是有原因的，虽然当时这门科学还在襁褓期，但我们已用很多类似的谋杀案做过试验。经验表明，在性犯罪的案件中，凶手通常是男性，而且都是同种族杀人，也就是白人杀白人、黑人杀黑人。这类案件的凶手多是20~30岁的白人男性，而这起案件的被害人居住在白人社区，所以我更加确定凶手是白人男性。

此外，我所做的这些分析还基于行为科学调查组的研究。一般而言，凶手可以分为两种，第一种凶手犯案有一定的逻辑可循，也就是

---

① 犯罪心理侧写是指犯罪心理学专家从作案者的心理状态思考，分析凶手是个什么样的人，会在何时何地进行下一次作案等信息，通常用于连续作案和悬案。——译者注

遵循一种固定的模式；第二种凶手的心理状态则毫无逻辑。根据案发现场的照片和警方的报告，我立刻推断出此案的凶手属于第二种，因为他杀害死者的方式毫无章法，也没有清除那些会暴露自己身份的线索。综合案发现场的情况来看，我可以大胆断言这个凶手是一个“毫无逻辑”的杀人者，这种人一般患有严重的精神病，他对沃林太太尸体的种种暴行显然是长时间心理疾病积累的结果，一般而言，经过8~10年的潜伏期才会进行这种毫无逻辑的残忍杀戮。这种妄想症第一次发作多是在19岁的时候，加上10年左右的“疾病潜伏期”，因此凶手的年龄层一般都在20~30岁。我之所以认定凶手的年龄不会太大，还有两个原因：其一，大部分性犯罪的凶手都低于30岁；其二，如果凶手大于30岁的话，心理异常就已经到了无法抗拒的地步，因此会犯下一连串奇怪又毫无线索的谋杀案，但这桩凶杀案前后还没有发生过类似的案件。综合种种线索，可以判定凶手是第一次作案，因而年龄不会太大。至于我猜测凶手患有妄想症，是基于我对心理学的研究。

比如，我之所以认为凶手的体形瘦削，是因为我熟知德国欧内斯特·克雷奇默（Ernest Kretchmer）博士以及哥伦比亚大学威廉·谢尔登（William Sheldon）博士所做的研究。两位博士都相信体形与精神状况密切相关，克雷奇默博士发现，身材清瘦或身体衰弱的人更容易产生精神分裂的症状，而谢尔登博士也持有类似的看法。因此我断定凶手的身材瘦长，而且肌肉不发达。现在很多50岁以上的心理学家对这种理论不屑一顾，我却发现这种理论很有用处，至少在对心理异常的凶手做描述时非常有帮助。

我已经说了自己认定凶手是个瘦子的原因，这种结论是经得起推敲的，大部分患有精神分裂的人食欲不佳，他们经常不吃饭，因而导致营养不良。心理状况也会在他们的外表反映出来，因而这些人一般不太注意个人卫生；再加上这些人很难找到喜欢自己的人，所以大多此类杀手都是单身。依据上述理由，可以推断凶手的住所一定脏乱不堪。此外，军队一定不会接受这种生活混乱的人，所以我认为他没有服过兵役。这些人在病情发作之前可能完成了高中的学业，但基本上不可能考入大学。即使这些人能够找到一份工作，大多也就是打零工或做佣工，也可能当清洁工，由于个性过于孤僻，他们连这种工作也不太可能做好，因此多数是孤独的遁世者，基本依靠社会救助金生活。

在心理侧写中我没有办法提供更加详细的意见或看法，但我相信如果凶手有车的话，也一定是一辆残损不堪、锈迹斑斑的破车，后座上堆满了速食品的包装；当然，他的房子里也会是类似的情形。再加上凶手的生活很懒散，不可能开车到其他地方作案，所以我大胆推断凶手就住在被害人附近，犯下这桩残忍暴行之后就回到了家。而且，他很有可能是步行到犯罪现场，作案后又步行回家的。最后，我推断凶手在一年之内去过精神病院。

拉斯拿着我做的这些凶手侧写到附近的各处警局，让他们根据这些线索寻找凶犯。很多警察热心地提供线索，媒体对这个案子的关注度也渐渐升高，他们的注意力主要集中在两个方面：谁杀了这个年轻的妇女，以及更加难以解释的——为什么杀她。

案发48小时之内，各种线索不断出现。萨克拉门托是加州首府，沃林太太一直在州政府工作，案发当天，也就是周一的上午，她没有上班，曾从家步行到一家购物中心买东西，用支票付款后再步行回了家。凶手大概就是在这时候瞄上了她，并尾随她到了家里，伺机犯下了罪行。死者的母亲在案发当天13：30给死者家打了一个电话，但无人接听，验尸官指出她那时候已经死去多时。验尸官还报告说死者在死亡前就曾惨遭多处刀伤的折磨，这些情况都对新闻界隐瞒了。另外，负责侦办的警官在新闻媒体上对公众发表声明说凶手的衣服上可能沾有死者的血迹，呼吁民众发现可疑情况立刻打电话报警。

到周四这天，萨克拉门托北部接连发生了几桩恐怖的谋杀，并被广泛报道。这天中午12：30，距离沃林家不到一英里的地方又发生凶案了，一个邻居发现了躺在那里的三具尸体，分别是36岁的伊夫琳·米罗斯（Evelyn Miroth）太太、她6岁的儿子贾森（Jason），还有她32岁的朋友丹尼尔·J. 梅雷迪思（Daniel J. Meredith）。另外，米罗斯太太22个月大的侄子迈克尔·费雷拉（Michael Ferriera）也失踪了，可能是被凶手绑架了。所有的被害人都是被枪杀的，但米罗斯太太身上还有多处刀伤，与沃林太太的情形有些相似。死者红色的厢型车明显被凶手偷走了，不久后这辆车就被发现弃置在距离现场不远的地方。这同样是一起找不出作案动机的凶杀案，死者的家里并没有丢失财物，死者米罗斯太太是一个离异女人，育有三个子女，其中一个由前夫抚养，另外一个在案发时正在学校上课，因此两人逃过一劫。

警长杜安·洛（Duane Low）被报社记者穷追不舍，最终他对媒体说了自己的看法：“我做了28年的警察，这是我所见过的最奇怪、最荒谬、最没有道理的凶杀案。”显然这件惨案正“严重困扰”着他。米罗斯太太生前是做保姆的，照顾过附近很多孩子，邻居小孩和他们的母亲都说她是个好人，米罗斯太太幸存的孩子在上学时也经常照顾另一个6岁的男孩，大家都对她惨遭毒手感到不可理解。一个和她很亲近的邻居对记者说她非常难过，欲哭无泪，“但同时我也被吓坏了”。当地的居民从电视新闻里知道了命案的详情，大家聚集在街头巷尾议论纷纷。这天夜里起了大雾，待命的巡警车辆和急救车到处都是，再加上凶案的新闻被人们添油加醋地传播，很多人在这种紧张气氛下非常恐惧。奇怪的是，虽然报道中死者都死于枪击，但没有人听到过枪声。

警方担心凶杀案会引起恐慌，原想封锁消息，但没有不透风的墙，大家都被吓坏了，因此每一家的大门都加了两道锁，窗帘也全部拉起来，甚至有些人正往自家的汽车、旅行车、小卡车上装东西，准备外出躲避。

拉斯知道命案发生后立刻给我打了电话，尽管我们同样震惊，但身为专业人员，我们必须把自己的恐惧和迷惑抛开。从命案现场来分析，这桩新案子不仅为我们提供了一些新的信息，也证实了我们对凶手的一些推测。当然这个案子里还是有些细节没有公布，那就是另两个男性死者没有遭到歹徒的凌虐，只是梅雷迪思的车锁匙和皮包被凶手取走了，但米罗斯太太却惨遭凶手的暴行，比沃林太太还要凄惨。她被脱得赤裸裸地倒在床边，一颗子弹从头部穿了过去，下腹有两处明显的刀伤，一部分内脏被掏出来砍碎，全身还有多处刀伤，包括面部及肛门都有刀伤，直肠上留有大量的精液；在被绑架男婴的围栏上有一个浸满鲜血的枕头和一颗弹头；浴缸里的水被鲜血染红了，还留有脑浆与排泄物，显然凶手也在这里喝下了死者的鲜血。还有其他重要的线索，在现场不远处发现的厢型车没有熄火，婴儿已经失踪。警方从围栏上的血迹判断，这无辜的孩子已经凶多吉少。

加上我们搜集的新资料，拉斯和我更加确定凶手一定会再次行凶，而且很快就会发生，若不抓住这个家伙，后果不堪设想。于是我参照上一桩惨案的线索为凶手做了更详细的心理侧写。犯罪和性之间的关系已经非常明显，而且每桩案件里的被害人人数在持续增加，从现场的暴行看，我更加确信凶手是一个患有严重精神分裂症的年轻人，他是步行来到命案现场的，行凶后开着那辆厢型车离开。于是我修正了凶犯的可能情况——“单身，住所离弃置的厢型车不到一英里”。我认为凶手的生活混乱，毫无章法，他不会想到隐藏线索之类的事情，因此可能在自家附近丢下了这辆车。另外我更加肯定凶手是个蓬头垢面、不修边幅的家伙，当然他的住所也一定凌乱不堪。

我还告诉拉斯，凶手应该有恋物癖，他在附近偷窃过女士内衣之类的东西，如果抓住了他，我们就能发现他的作案方式，并能发现他童年时期一定遭受过不幸。我刚才说了，他这种恋物癖患者偷的不是珠宝首饰之类的财物，而是女性的衣服，通常是为了借助这些东西手淫来达到性满足。

按照这份新的心理侧写，超过65名警察进行了排查工作，主要是在弃置车辆方圆半英里的郊区范围进行地毯式的搜寻，这是一次大规模的捕猎行动，无论是住在自己家里的人，还是住在出租公寓里的人，甚至路边行人都被盘问了，问他们有没有见过一名衣衫不整的瘦弱青年。很快，在离弃置车辆不远处的一家乡村俱乐部里又发现一条狗中弹而亡，尸体也被人取出了肠子，因此搜索范围又缩小了。

经过排查，警方发现了一些线索。有两个人好像看到了那辆厢型车在自家附近急速驶过，但他们只能记起开车的是一个白人男子。后来又有一名近30岁的妇女向警方报告，就在沃林太太被害前的一两个小时，她在购物中心看到了一个从高中就认识的男青年，而这家购物中心正是沃林太太遇害前去的那一家。这名妇女说她被这个高中同学的外貌吓呆了：蓬头垢面，骨瘦如柴，汗衫上沾满了血迹，嘴角布满黄色的痂，双眼塌陷……那个男子抓住她的车门想和她攀谈，但她赶紧开车逃跑了，后来她听到警方呼吁大家留意衣衫上沾有血迹的男子时，就向警方报告，她告诉警方这名男子叫理查德·特伦顿·蔡斯（Richard Trenton Chase），1968年毕业于她上的那所高中。

警方得知这个线索的时候已经是周末了，蔡斯的住所离弃置的厢型车只隔着一条街，距离那家乡村俱乐部大约一英里，距离购物中心也是大约一英里。警方立刻派人在他公寓附近监视，等着他外出。顺便提一句，当时有六名犯罪嫌疑人，他只是其中一个。后来警方往他的住所打了个电话，但无人接听，到了午后，监视的警察不想再守株待兔，打算用个计谋诱他外出，但他们也知道凶手有一把点22口径的手枪，而且非常凶残，所以非常谨慎。一名警察到公寓管理员那里装作借电话，另一名警察则从蔡斯家门前走过，很快蔡斯发现了警察，他夹着一个箱子开门走出来，向他的货车走了过去。

警察看见了他，这正是他们要找的人，于是一拥而上逮住了他。他挣扎的时候，腰间就别着一把点22口径的左轮手枪。拘捕行动中，他试图把背包里的东西藏起来，那就是丹尼尔·J. 梅雷迪思的皮夹，另外他腋下的箱子里也满是血迹斑斑的袋子。

蔡斯的货车就停在他家附近，这是一辆十几年车龄的老爷车，基本没有做过保养，里面堆满了报纸、啤酒罐、牛奶瓶和袋子，另外还有一个上了锁的工具箱和一把12英寸长的屠夫用刀，车里的这些塑料袋也明显血迹斑斑。

警察进入他的公寓搜索，发现屋里果然脏乱不堪，乱放着一些动物的项圈，三件沾满血迹的餐具旁还有一份报纸，上面有沃林太太谋杀案的报道。整个屋子里到处都是脏衣服，有些也有血迹。冰箱的盘子里装着一块块人肉，甚至一个容器里还装着人脑。在厨房的柜子里，有几把从沃林太太家偷来的刀子。墙上的月历令人生畏，沃林太太和米罗斯太太惨遭毒手的那两天都被凶手标上“今天”两个字，除了这两桩1月下旬发生的惨案外，凶手还在1978年另外的44天标上了“今天”二字。如果此案未破，是否又得添上44桩谋杀案呢？谢天谢地，我们不必知道了。

警方确认他就是凶手，他所提供的证物和证词足以证明这一点。所有人对联邦调查局及时破了案感到欣喜，也认识到心理侧写所提供的巨大帮助。事后有些人说正是靠着这份心理侧写才逮到了凶手，当然这不是实际情况，抓住真凶靠的是舍生忘死的警察、热心提供线索的民众，以及一点点运气，我的心理侧写只是一种调查工具，能缩小寻找嫌犯的范围而已。当然，如果问我的工作对逮捕蔡斯是否有助？我想答案是肯定的，对此我非常自豪。但是凭我一己之力能逮住他吗？不能。

这个案子证明了我的心理侧写非常准确，对此我当然非常高兴，但此案对我而言还有两层意义。首先，也是最重要的，如果没能及时逮捕凶手，他肯定会继续杀害别人，所以我很高兴警方在我的帮助下抓住了他；再则，因为凶手的特征和我做的心理侧写非常吻合，使得行为科学调查组的威望大增，大家也都愿意向我们提供更多信息，因而在命案现场，我们能更加准确地找出凶手遗留的蛛丝马迹，这也就使这门艺术（我之所以把它称为艺术，是因为它尚未达到科学化的程度）更趋完善。

蔡斯被捕后的数月里，我开始关注这名古怪青年吐露出来的信息。逮捕他之后，警方立刻发现他涉嫌实施了另外一桩1977年12月的谋杀案，那桩案子也发生在附近，这就证明了我之前推测沃林太太是第一名遇害者的想法是错误的，实际上她是第二个受害人。1977年12月28日，安布罗斯·格里芬（Ambrose Griffin）和妻子一起到超市购物后回家，正当他们把买来的一包包东西从车上往屋里搬的时候，蔡斯刚好开着他的货车从此经过，他连开两枪，其中一发击中格里芬先生的胸部，使他立即毙命。弹道分析显示，凶器正是蔡斯那把点22口径的左轮手枪。于是他被以三项谋杀罪进行起诉。

同时，本案也让附近发生过数次的女用内衣遭窃与猫狗等宠物失踪的案子大白于天下。那些在蔡斯家发现的动物项圈很多都是失踪宠物的，虽然我们已经找不出杀害它们的动机了，但我相信蔡斯是要喝它们的鲜血。

警局的电脑记录中有一桩发生于1977年的意外事件，证明蔡斯此前在太浩湖附近被一名印第安警察逮捕过，当时他的衣服上沾有血迹，货车内还有一把枪和一瓶血，但警察只是让他付了罚金就放过了他，因为车上的血是牛血，而他解释衣服上沾的血迹是猎杀野兔时残留的。

在记者与县警访问认识蔡斯的人，并调查他不为人知的秘密后，蔡斯令人叹息的历史慢慢完整了。1950年，蔡斯出生于一户中产阶级家庭，小时候是个可爱乖巧的孩子，8岁时还有尿床的毛病，但很快就没有了。在他大约12岁的时候，他的家庭出了问题，当时他的父母经常在家里大打出手，母亲后来控告他的父亲与人通奸、囚禁她并且吸毒，父亲被拘捕后声称这都是些夫妻间的争吵而已，一般蔡斯不会听到他们的吵架。后来，几名心理医生和精神分析人员组成了一个小组，对他们家进行访谈，经过他们的评估，认为蔡斯的母亲患有典型的精神分裂症，“具有很高的攻击性……脾气暴躁……易怒”。父母的婚姻在争吵中又维持了近十年，而后终于离婚，其父后来再婚。

蔡斯的智商很普通，大约是95，20世纪60年代上高中，成绩一般，交往过几个女友，由于他在性交时无法勃起，恋人关系维持的时间都不长，此外他几乎没有什么好朋友，除了家人也没有其他长期稳定的人际关系。心理学家和精神病学家对他做了心理诊断，一致认为他是在高中二年级时才开始堕落的：“他叛逆、大胆、不求进取，物品总是脏乱不堪，还吸食大麻、酗酒。”一个曾与他交往密切的女友说他经常服用迷幻药，1965年因为携带大麻而被捕，后来被罚做社区服务。

关于蔡斯的细节经常见诸报端，记者和大众一般认为是毒品让他走上了谋杀的不归路，我并不同意这个观点。他的心理异常的确部分是因为毒品，但这不是关键原因，我们都见过不少有毒瘾的人，但犯下如此罪大恶极的谋杀案的人很少。真实的原因更加隐秘和复杂。

虽然他从高二时开始堕落，但还是顺利地从高中毕业了，1969年毕业后他工作了几个月，后来就再也没有做过长期的全职工作。他的朋友们回忆，他曾进入两年制专科学院读书，同时还要想方设法维持工作，因而遭受到学校和社会的双重压力。1972年，他在犹他州因酒后驾车被捕，这件事好像对他打击很大，他自己回忆，此后虽然戒掉了喝酒的毛病，却又生出了其他许多恶习。1973年，他由于无照携带枪支和拒捕而被警方逮捕。后来他经常到一家公寓里参加年轻人聚集的舞会，但因为对女孩子进行胸袭而被驱逐，他还想再进舞会时，被一个男孩狠揍了一顿后扭送到了警局，后来他第三次回到舞会现场时腰里插着一把点22口径的左轮手枪。警方控告他品行不端，罚了他50美元。他一直找不到工作，只好在父母的家中蹭饭，靠他们接济混日子。

1976年，他试图把兔子的血液注射到自己的静脉中，因而被送到了一个疗养院。法院后来把他判给这名护士监护，因为他的父母已经无法履行抚养义务。这名护士回忆，蔡斯是一个“可怕”的病人，经常从树林中捉鸟并拿东西敲它们的头，护士好几次在他的脸上和衣服上发现血迹，并发现他的日记里也记载了残杀小动物并喝血的内容。后来两个助理护士看不下去他的所作所为，愤而辞职。蔡斯臭名远扬，就像那位声名赫赫的德拉库拉[①]（Dracula）一样。

他的所有怪异行为都有原因，至少蔡斯是这么想的。他认为自己中了剧毒，血液很快会变成粉状物，为了求生，只能补充其他人的新鲜血液。同年，他因为精神问题进入精神病院治疗，一名精神病医生指示一名男护士把他送到另一个房间去，和另一名患者同住，但他担心会发生什么事情而拒绝前往。护士说他害怕万一出了什么事儿——据他说这是很有可能的，他会因此而丢了自己的执照。与此同时，对

① 德拉库拉是传说中的吸血鬼起源之一，出自《吸血鬼伯爵德拉库拉》一书，现在他已经是邪恶吸血鬼的代名词。——译者注

他的药物治疗似乎很有效，他的状态很稳定。后来一名心理医生认为他不必再住院，只需定期接受门诊治疗就行，顺便还能解决一下医院的病床紧张问题。那名男护士回忆："当我们知道他要出去的消息后，大家强烈抗议，但没什么用。"一名门诊医生在被问到为何放出蔡斯时说："因为药物治疗控制住了他。"（命案遇害者家属后来控告那名主张释放的心理医生玩忽职守，并要求赔偿。）

1977年，蔡斯获得自由后大部分时间都由其母亲照料。她为他收拾了公寓，就是他后来被捕时所在的那所房子。蔡斯大部分时间都在那间小屋子里，偶尔陪陪他的母亲，他领取政府的救济金，同时还以失业者的形象行乞。父亲也为他支付一些账单，为了多陪陪这个儿子，父亲经常在周末带他出去玩，有时会给他买些礼物。以前认识他的一些人发现他比从前活跃了，经常说自己上高中时的一些事，这些陈年旧事在他嘴里却鲜活无比，好像刚刚发生一样，但他从不提小时候的事。他转变话题很快，说着飞碟突然就能转到高中时组建的"纳粹党"。后来，他母亲看房间太乱，说了他两句，他从此不让母亲进房间。太浩湖事件时，他父亲去保释他时也说当地警察误会了蔡斯，那只是一次意外事件。

太浩湖事件发生于1977年8月，从那时起到杀害沃林太太的这段时间里，他的思想急转直下，这可以从一些细节看出来。9月份，他和母亲吵了一架，然后愤怒地杀了她的猫；10月，他以每条15美元的价格买了几条狗，买来后就宰了；10月20日，他盗窃了价值仅为2美元的汽油，在接受警察盘问时却异常冷静，拒不认罪，最后警察没办法只好把他放了；11月中旬，他看到报上有一条拉布拉多犬的广告后就到了主人家，他很会讲价，用一条狗的价钱买了两条小狗；

11月下旬，有户人家遛狗时丢了一条狗，于是在报上登“寻狗启事”，希望好心人提供线索，蔡斯也往他家打了个电话。此后不久，警方陆续接到多人报案宠物失踪。

12月7日，他到枪支贩卖店买了一把点22口径的左轮手枪，按照规定必须填写一张表格，里面有一项要他填写是否在精神病院接受过治疗，他填了“没有”。填完了表格，他还得等到12月18日才能获得枪支许可。在等待期间，他做了几件事，有些甚至很麻烦：他重新登记了自己的卡车；从报纸上剪下来有关洛杉矶绑架案和免费赠狗的新闻；圣诞节那天，父亲带他去买礼物，他挑了一件橙色大衣，此后他一直穿着这件连帽皮大衣，从未脱下。

12月18日获得合法配枪资格后，蔡斯又去买了些子弹，现在他觉得可以为所欲为了。他先是朝着一户姓菲雷斯（Phares）的人家开了一枪，把墙壁射穿了；几天后，他又朝另一户姓波兰斯克（Polenske）的人家的厨房里开了一枪，子弹擦着厨房里的波兰斯克太太的头皮飞过；没过多久，格里芬惨案就发生了。格里芬家离菲雷斯家只隔一条街，而波兰斯克太太受惊和格里芬先生惨死都是蔡斯兴之所至的杰作。格里芬家前面有很多树，要想在此快速驶过并击中格里芬先生胸部，需要有非常好的枪法，据此分析，波兰斯克太太是靠着幸运才逃过了一劫。

1978年1月5日，蔡斯买了一份《萨克拉门托蜂报》，上面载有格里芬先生被杀的新闻报道，并有很多民众对此桩谋杀案的谴责声明，这份报纸他一直保留着。1月10日，他又买了三盒子弹。1月16日，邻居家收音机的声音惹怒了他，他拿起枪就朝那户人家的窗子开了一枪。

警方已经掌握了蔡斯在1月23日，也就是沃林太太被杀这一天的详细行踪。当日一大早，他想闯入一户邻居家，但在窗外的时候被厨房里的女主人看到了，只好离去，走之前他还到人家的院子里坐了一会儿，吓得女主人打电话报了警，等警方到达时蔡斯早就溜了。过了一会儿，他又偷偷进了另一户人家，但很快主人发现了他，并一路追赶他到了大街上，最后还是追丢了。主人回家检查损失时发现丢了一些财物，但很奇怪的是孩子的床上有新鲜的大便，柜子里的衣服也有一股尿骚味——这都是恋物癖的典型行为。一个小时以后，他又到了购物中心的停车场，并在此遇到了高中同学——这名证人对抓到他起了重要作用。

这个高中同学看到他的样子时吓了一大跳，衣服上沾着血，嘴角布满结痂，和高中时已经大不一样了。开始时没有认出他来，直到蔡斯说起她高中时的男友——蔡斯的朋友——时才想起来他是谁，但她被蔡斯的样子吓坏了，谎称自己马上要去银行，赶紧开车走了，但蔡斯尾随着她的车到了路边并试图上车，吓得她锁紧车门疾驰而去。几分钟后，他又潜入购物中心附近的一户人家，但被主人发现了，他声称自己只是想抄近路，然后，他就闯入了沃林太太家。

那名失踪男婴的尸体也在1978年被发现了，距离蔡斯家比较近。蔡斯入狱后，绝口不提自己的罪行，最后庭审从萨克拉门托转移到了帕洛阿图。又过了一年，一位精神病医生取得他的信任，并和他谈了几次。蔡斯对精神病医生讲述了自己连续杀人的经过：

我第一次杀人完全是个意外，当时我的车坏了，无法发动，但我必须找一间公寓进去，因为母亲不让我去她家过圣诞节。以前，每个圣诞节我都会去她那里大吃一顿，然后和外祖母、姐姐聊聊天，但这次母亲不让我去了，我很愤怒，就开枪射击她的汽车，还要杀死其他人才能平息怒气。第二次杀人则是因为看到别人赚了许多钱而感到忌妒，我去她家行窃时被女主人发现，我只能杀了她，还喝了一点她身上的血。后来那一次，我本来也是去盗窃，但我进去后发现他们全家都在，我只好把他们全杀了。我认识在停车场碰到的那个女士，她是我好友库尔特·席尔瓦（Curt Silva）的女友。库尔特在一次摩托车事故中死了，但我认为他是被黑社会的人暗算了，因为那时候他是黑手党的成员，还贩卖过毒品。我觉得他的女友应该知道一些这方面的内幕，所以才在停车场和她搭讪，但她说已经结婚了，不想再和我谈前男友的事情。都是因为我母亲给我下毒，黑社会才能够赚钱，我知道这些人是谁，如果我能找到证据，一定把他们全部抓起来。

法庭审判从1979年初开始。5月6日，《萨克拉门托蜂报》记者艾里斯·杨（Iris Yang）在报道庭审时写道："被告看起来脸色惨白，精神迟钝，棕色头发乱糟糟的，塌陷的双眼呆滞无神，这时候他刚刚过完29岁的生日，坐在法庭上显得很无聊，不时把弄面前的一张纸，有时候呆滞地盯着法庭里的灯光看。"

按照加州最新的法律，控方希望法庭判处被告死刑；辩方则以蔡斯的精神有问题进行抗辩。控方认为蔡斯有足够的行为能力，必须为自己的罪行付出代价。最终，蔡斯还是以一级谋杀的罪名被起诉，陪审团很快就讨论完毕，一致认为他有罪。法官下令把他收押于圣昆廷监狱，直至执行电椅的死刑。

我不同意陪审团的判决，也不认同该案件的审理方式。当时还有一桩案件，旧金山市政厅的雇员丹·怀特（Dan White）谋杀了前旧金山市长莫斯科尼（Mosconi）和议员哈维·米尔克[①]（Harvey Milk）后，却有完全不同的审判结果，他以精神问题为由逃过了死刑的处罚，只是被送往精神病院接受治疗。蔡斯明显患有精神疾病，他应该在精神病院度过后半生，却被送上了电椅。

蔡斯在圣昆廷监狱等待死刑的时候，我曾去探访他，和我同去的是联邦调查局驻加州的监狱联络官约翰·康韦（John Conway），康韦衣着光鲜、相貌堂堂、很会讲话，拥有让哑巴开口的本领。探访蔡斯是我这一生中最奇特的经历之一，从进入监狱开始，到我们和蔡斯面对面开始交谈，我都在不停地颤抖。这所监狱戒备森严，但我还是感觉到一股让人恐怖的气氛弥漫周围，之前我和无数罪犯打过交道，但这次是最恐怖的一次，我甚至有一种不祥的预感，我身边的康韦也有类似的感觉。

我们换了几部电梯上去，最后一部电梯把我们放在了死囚区，周围仿佛有一个奇怪的声音在鸣叫。在会客室等待蔡斯的时候，我也感到一阵阵恐惧。很快，我听到了蔡斯走来的脚步声，我仔细打量了他一番，他戴着手铐和脚镣，就像狄更斯的小说《圣诞颂歌》[②]中马利的鬼魂出现时一般，他只能拖着脚往前走，动作呆滞。

他的神情也让我们很惊讶，头发很长，那双眼睛我永远无法忘记，它们就像是电影《大白鲨》[③]里面的那条大鲨鱼的眼睛，瞳孔几

---

① 莫斯科尼和哈维·米尔克当时共同进行争取同性恋者平等权益方面的政治活动，1978年被仇视同性恋者的丹·怀特枪杀。——译者注

② 《圣诞颂歌》是狄更斯写于1843年的中篇小说，是历史上非常受人们喜爱的圣诞故事之一。——译者注

③ 《大白鲨》是一部由史蒂文·艾伦·斯皮尔伯格（Steven Allan Spielberg）执导的恐怖片，1975年上映。——译者注

乎看不见，只有一个黑点。我们面对面谈了很久，但我仍然感觉这双眼睛是属于魔鬼的。他一动不动地盯着我看，仿佛能够看穿我的思想，但他并没有做出什么侵略性的动作，一直都安静地坐着，把玩着手里的一只塑料水杯。

他即将被执行死刑，所以我也不用说什么安慰的话，但我知道第一次和这种谋杀案案犯交谈时，一定要赢得他的信任，这样他才会对我敞开心扉，所以，我和他谈话时显得很轻松，并且表示能够理解他。他承认自己杀了人，但说这是不得已的，因为他要维持自己的生命，他深信有人在他的肥皂盒里下毒，使他奄奄一息，只有杀人喝血才能活下来。

我对他说从没听说过有人在肥皂盒里下毒的，他开始教育我了。他说，人人都有肥皂盒，如果拿起肥皂时发现肥皂底部是干的，那就没事；如果底部有黏着物，那就意味着有人给你下毒了。我问他中了什么剧毒，他就说了前面提到的血液变成粉末的那番话。

看到这里，读者可能会认为他的说法简直是太荒唐了，但我要和他交谈，不能做出这样的反应，甚至不能流露出一丝吃惊的模样，只有这样他才会对我畅所欲言。

他的确是满嘴胡言，甚至说自己是犹太人，虽然我知道他说的是谎言，但并不点破，也没有露出吃惊或不相信的神情，我平静地让他继续往下说。然后，他说自己额头上有一颗“戴维之星”[①]，因此注定一生都要受到纳粹的迫害与荼毒，说着他还让我看他的前额。我大可以对他说“别胡扯了”，也可以对他说“哎呀，这漂亮啊，我要是

① “戴维之星”是一个六角形的图案，是犹太文化的标志。二战时纳粹曾强迫犹太人佩戴这种标志。——译者注

也有一个就好了”。但这样说无助于得到我想要的信息。当然，他的额头上并没有什么“戴维之星”，我觉得也许他是在给我下套，或者是在考验我能否顺着他的话往下说，另一个可能是他在和我开玩笑，或许在他胳膊上或胸前真有一个什么记号，但他却说长在自己的前额上，目的只是为了知道我是否真的了解他。在此情形下，我也只能撒谎，说自己没戴眼镜，这个地方又很昏暗，实在看不清他的额头，但我没有否认他额头上长着“戴维之星”的说法。他又对我说，纳粹分子已经和飞碟联系上了，他们经常在地球上空飞行，并用心灵感应来对他发号施令，让他杀人喝血。最后他对我说：“你知道，雷斯勒先生，你应该很清楚，我杀人其实都是为了自卫。”

此前很多访谈者都问过他是如何选择被害人的，但都被他巧妙地避开了，而我则成功取得了他的信任，从他嘴里套出了这个信息，或许这是此次访谈最重要的成果。他非常爽快地告诉我，在杀人之前，他会听到一个神秘的声音，这声音告诉他必须立刻去杀人，接受“命令”之后，他就到街上去寻找下手的对象。如果这一家紧锁着门，他就会走开，如果这一家很容易进入，他就进到屋里杀了他们。当我很好奇地问他为什么不破门而入时，他回答道：“噢！如果上了锁，就意味着我是不受欢迎的。”在蔡斯的心目中，生死之间竟然只隔着一道门锁！

最后我问他为什么带着小杯子，他说这就是监狱给他下毒的证据，说完后他倾斜杯身让我看了看杯子里面的黄色碎屑，后来我认出那只是一些通心粉和奶酪的残渣。他希望我把这些东西带到联邦调查局的实验室去化验，这份礼物让我无法拒绝。

这次访谈，使我收获颇丰，对行为科学调查组的研究工作也非常有帮助，让我们对那些无逻辑的凶手有了更加深入的认识，他们和那些有预谋、有准备的凶手有很大不同。蔡斯不仅是无逻辑凶手中的典型，甚至在我的执法生涯中，他比任何人都有意义。

蔡斯在圣昆廷监狱期间，经常受到其他犯人的嘲弄和辱骂，犯人们威胁蔡斯如果靠近他们，就立刻宰了他，并经常让他早点自杀了事。当时对他进行检查的监狱医生都不胜其烦，巴不得早点执行他的死刑，好让监狱里安静一点，但这个医生最后建议监狱方面说，不如把他转到加州瓦卡维尔的监狱，因为加州医疗中心在那所监狱里安装了治疗精神病患者的设备。我非常赞同这个建议，并和他一道催促联邦调查局照此行事。后来，蔡斯又给我和康韦写了几封信，让我们一定要带他去华盛顿求援，因为他认为联邦调查局需要知道飞碟与空难、防空武器的联系，他认为这些防空武器是伊朗人用来对付美国的武器。在信上，他还写道："联邦调查局可以用雷达侦测出飞碟的活动，只要按我的方法做，追随天空中星星的轨迹，就能知道很多核反应的秘密。"

这封信是他写给我的最后一封，此后我再也没有收到他的消息。1980年圣诞节之后没多久，他被人发现死于瓦卡维尔监狱内，他曾偷偷留下很多镇静剂药丸，然后一次全部吞服了下去。有人认为他是自杀，也有人认为这是个意外，但有一点可以肯定，那就是他的耳边一直都能听到要他杀人的声音，他悲惨而痛苦的一生都随着他的死亡而消逝了。

我在 FBI 的 20 年缉凶手记

第 2 章 与魔鬼作战

我在针对外国人开设的课程中，首次使用了“连环杀手”这个称呼，现在这个称呼已经非常广泛地出现在各种媒体了。最初，纽约市“萨姆之子”戴维·伯科威茨因为连续杀人而被称为“陌生人谋杀”，但我认为这个称呼不够准确，因为杀手认识其中一些被害人。当时还有很多乱七八糟的称呼形容这种杀手，但我认为它们都不够准确、生动，因此发明了“连环杀手”的称呼。

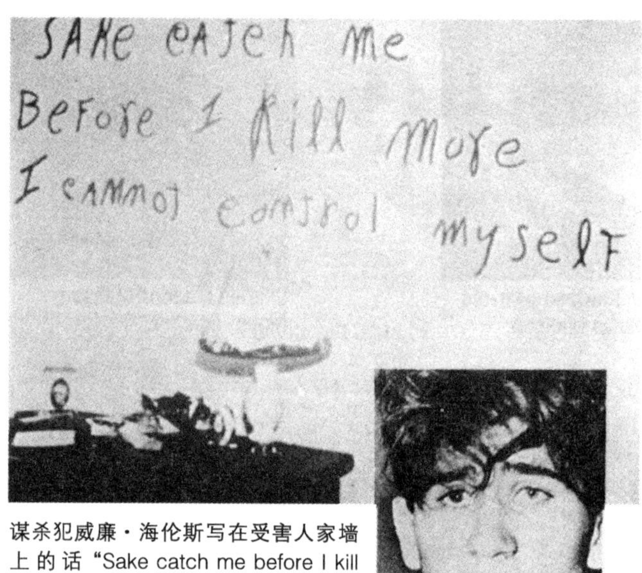

谋杀犯威廉·海伦斯写在受害人家墙上的话“Sake catch me before I kill more. I cannot control myself”，反映了他显而易见的罪行与难以自控的犯罪冲动

右图为威廉·海伦斯因谋杀苏珊·德格南而被拘留时痛苦的样子

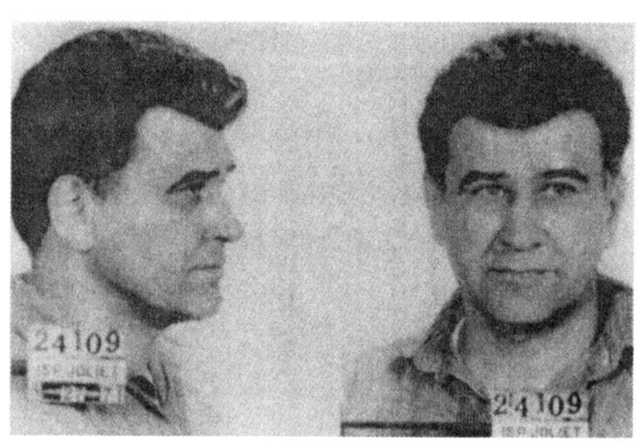

囚禁于伊利诺伊州乔利埃特的州立监狱的威廉·海伦斯于 1971 年在狱中

作者作为高级特工时，在纽约反暴力犯罪的人质谈判训练中扮演恐怖分子。这一训练是为了测试联邦调查局和军队对于恐怖袭击与暴力犯罪的反应能力。主要人质在模拟的新闻采访中被歹徒捆绑炸药而挟持

14 岁的查尔斯・曼森

被信徒疯狂膜拜的嬉皮士领袖查尔斯・曼森

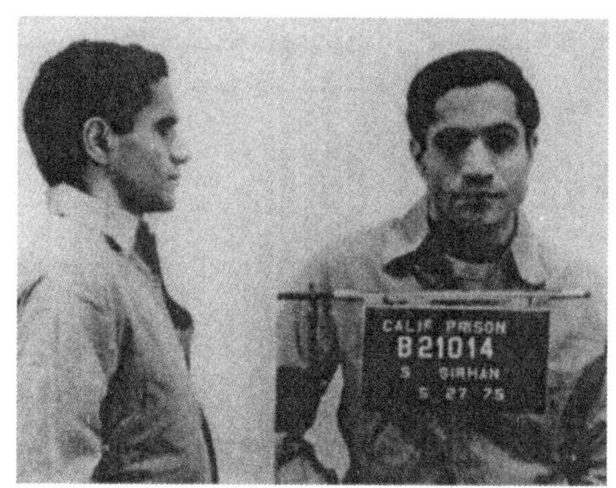

西尔汉·西尔汉，刺杀罗伯特·F. 肯尼迪的刺客

曼森“家族”成员，绰号为“小老鼠”的丽奈特·弗罗姆，拍摄于她试图在加州的萨克拉门托行刺杰拉尔德·福特（Gerald Ford）总统后被捕时

曾经，我对芝加哥的一个疯子产生了兴趣，那是在1946年，我只有9岁。我的父亲当时为《芝加哥论坛报》做安全维护工作，因此我家里经常堆满了报纸。1946年的夏天刚开始，我从报纸上读到了一篇一名中年妇女在公寓中被杀的新闻，我以为这只是一桩普通的谋杀案，但次年12月又发生了一桩类似案件，一名前志愿服役妇女队[①]的成员死于一家旅社内，凶手用死者的唇膏在墙壁上写了几句话："苍天在上，务必在我残杀更多人之前逮住我，因为我无法控制自己！"这个案子太奇怪了，报纸都觉得很难报道，警方通过一些蛛丝马迹认为这两个案子有关联。

《芝加哥论坛报》报社派出很多记者搜寻线索，但就在新年过后不久，又发生了一桩谋杀案，最初，警方并没有发现三起案件的联系。这次的遇害者是一名6岁的女孩，名叫苏珊·德格南（Suzanne Degnan），她被凶手从屋里带走杀害，并且被分尸，尸体被扔到芝加哥埃文斯顿区的下水道里。该案传出之后，整个芝加哥市人心惶惶，父母们都开始担心自己孩子的安全问题，人们在猜测谁是凶手的同时，也都非常愤慨。死者只不过是个6岁的孩子，谁能够残忍地杀害她还将其分尸？除了魔鬼，还有什么人能做出这种事？9岁的我当

① 该组织是二战时美国海军组建的妇女预备队。——译者注

时也无法想象到底是什么样的家伙会下这样的毒手，我整天思索着，想象如何才能抓到这个凶手。我认为自己当时也吓坏了，但这种思考能让我不那么害怕。

那时候我周末经常去影院看电影，并喜欢模仿《小顽童》和《小淘气》里的角色，尤其喜欢侦探片。我记得当时有一家知名的侦探事务所名叫PKPK，1946年夏天，我就和三个伙伴也组建了一家PKPK侦探社。我们在车库弄了一间办公室，并弄了一辆用木板和轮子组装的“战车”，取名叫 “PKPK快递”。没有忙着“破案”的时候，我们就用这辆车帮杂货店送货挣点零花钱，每次收费25美分。我们的侦探社和电影里的很相似，都没有接到什么案子，无聊得很。因此，我们只能自己发现案子，最常做的事情就是穿上自己的“侦探装”——高帽与长大衣，然后到车站去等候“嫌犯”，再进行“跟踪监视”。我们把自己打扮得和联邦调查局密探一样，假装自己也是国家英雄，就像萨姆·斯佩德[①]（Sam Spade）一样。每次看见邻居家的哥哥或叔叔拎着箱子、桶子下车，我们就假定他们就是杀害苏珊的凶手，然后一路跟踪他们回家，等他们进屋后再到附近找个有利位置实施监视。我们轮换着进行监视，并记录下监视情况。我猜，很多大人看到这一群古里古怪、偷偷摸摸的小孩子，一定很奇怪我们在干什么，但他们肯定猜不到我们是“侦探”。

那年夏天，一个名叫威廉·海伦斯（William Heirens）的人被抓住了。我觉得很奇怪，因为他怎么看也不像是杀害苏珊和另两名妇女的凶手。他不但喜欢偷窃衣服，而且是个性变态。那时候我对性所

① 电影《马耳他之鹰》的男主角，是一名硬汉侦探。——译者注

知甚少，对这些犯罪的细节也不清楚，但几年之后，我在这方面的阅历就远远超过同龄的伙伴了，也知道什么是恋物癖以及他们为什么要偷女人的衣服了。不过那时候我最关注的是凶手并不比我大多少，他只有17岁，还是芝加哥大学的学生，他头脑冷静，而且非常聪明，也没有精神疾病，每一次杀人后他都回到宿舍内，平静如常，没有露出任何惊慌的神色，因此，他被抓住也算是个意外。海伦斯被捕的经过是这样的：当时他入室行窃，但没有成功，正要逃跑的时候，恰好被一名下班路过的警察看到了。警察让他站住，海伦斯当然不会听他的，因此两个人扭打在了一起。海伦斯连开两枪，但都没有打中警察。这个警察急中生智，拿起一个花瓶顶住海伦斯的脑袋，让他动弹不得，直到其他警察过来逮捕了海伦斯。警方在他的宿舍里搜出来四件谋杀和盗窃的证物。《时代》杂志把此案称为“世纪大案”，开庭审理之后，全国的记者都开始追踪报道。海伦斯被捕之后，我们这几个孩子开始了新的侦探游戏，每当公交车停下，我们就从下车乘客中挑选一个人当作海伦斯，然后跟踪他到他的“秘密藏身处”。

这年夏天，我们的“侦探社”关门了，但我对海伦斯和类似罪犯的兴趣并没有减弱，等我长大之后，非常自然地就做了抓捕、了解罪犯的工作。

上高中的时候，我的成绩并不出色，因为我对哪一门课都没有什么特别的兴趣。高中毕业后，我进入芝加哥的一所社区大学读了两年书，然后结婚、入伍。入伍后我被派往日本冲绳，在海外服役期间，我仍然经常阅读《芝加哥论坛报》。某个周日，我在报上看到一篇密歇根州刑事学院和警察管理的报道，写得非常生动，使我对人民卫士这一行业更加好奇，于是我就提交了一份入学申请，并非常幸运地被选上了，两年兵役服完后，我重新开始了学生生涯。这时候，我对法律也产生了浓厚的兴趣，所谓爱屋及乌，我的学习成绩也因此改观不少。

从很早的时候起，我就想加入芝加哥警局，但我听说警察认为刚从警校毕业的菜鸟“会惹许多麻烦”，所以他们并不是很想要我们这些新人。但我对自己能加入警局比较有信心，因为我可以动用学校老师的关系。我的姐夫弗兰克·格拉泽（Frank Graszer）当时是一名芝加哥的巡警，他私下对我说，像我这样的高中毕业生进入警局，最多只能和他一样当巡警，要想得到更高的职位，就要有更高的学历，这也是我学习法律知识的动力所在。就在我无法进入警局的时候，军队告诉我德国基地有个宪兵中尉的空缺，并要我马上上任，我和妻子都是德国后裔，对德国这片土地十分向往，因此对这份工作很感兴趣。

我真是非常幸运，因为在阿沙芬堡还有另一个空缺职位——宪兵司令，因此我的选择又多了一个。阿沙芬堡有4.5万人口，我们的驻军就有8 000人。等我经过深思熟虑到达这个小镇之后，实际担任的职责相当于这里的警长，因为我经常接触凶杀、盗窃、纵火类的罪犯，基本上担任了普通警长的所有职责。四年任期结束后，我准备回到军队里任职，却接到了上级的另一个指派，让我到芝加哥城外谢里登堡犯罪调查中心（CID）担任主管，周围的五个州都归我“管辖”，芝加哥、底特律、密尔沃基、明尼阿波利斯以及圣保罗等城市的工作人员都由我掌管。我获得这个职位得益于军方吸引人才的政策，他们为我们这些人提供了非常优厚的待遇和职位，并一直关注我们的表现，我的这两个职位都证明上级对我很有兴趣。

随着工作的展开，我慢慢发现谢里登堡的工作其实相当于管理联邦调查局的一个分部，我管辖的所有探员都是便衣，只是随身携带着自己的证件、徽章和一把点38口径的手枪，办案的时候，他们需要经常和当地警察以及联邦调查局合作。我在阿沙芬堡时已由中尉升至上尉，到了谢里登堡，又升到了少校。

当时谢里登堡参与了很多大案子，并和联邦药品局（FBN，即药品管理局的前身）一起参与毒品案件。联邦药品局探员为了执行卧底任务，经常要先惹点麻烦，然后接受审判，他们在被释放前就待在谢里登堡。渗入贩毒团伙很危险，卧底探员不时有人被杀害。卧底结束时实施抓捕的情形和电影里差不多，参与案子的所有单位，包括联邦药品局、联邦调查局和我的团队三天前得到行动方案，预先把汽车、卡车、机枪埋伏在抓捕地点周围。等卧底出现并亮出证件后，他向行动指挥官确认毒贩，然后实施抓捕。

我的职业让我觉得自己是在为政府工作，但作为一个与联邦调查局合作的公民和犯罪调查中心的负责人，我的实际工作经常是充当各地警局和联邦调查局的联络人。

当时的很多案件都有联邦调查局参与。20世纪60年代中期，反政府运动非常兴盛，原本单纯的校园也被这种社会情绪感染，因此很多看起来像是大学生的年轻人经常在军事基地附近晃荡，于是，我手下的探员们开始打入他们的组织内部，如果探听到他们在计划颠覆活动，就会向我和联邦调查局报告。可能有的人认为这些年轻人干不出什么举动，但我告诉你，有一些组织的确曾经计划偷取谢里登堡的炸药，并要炸掉附近的一些军事基地。许多年后，我到联邦调查局任职，并对这些陈年旧案进行了研究，这才知道犯罪调查中心的调查对联邦调查局很有帮助，虽然调查局也从其他单位获取情报，但有用的信息很少，这也算是一件很遗憾的事情吧。

正当我准备退役并寻找其他执法机构的发展机会时，军方再次找到了我，因为当时越战正在紧要关头，军队严重缺人，因此不希望我这样有经验的人突然离开。很快，他们再次向我提出了优厚的条件：我可以完成警察管理硕士学位的学习，军方在此期间负担我的学费，并照样付给我薪水，条件是和他们预先签订合同，要求我硕士毕业后为他们工作至少两年。我知道这肯定是因为某位上级领导非常认可我的工作履历，我也非常感激他对我的垂青。

在密歇根州立大学深造期间，我除了要完成学业、照顾家庭外，还收到一份军方的秘密任务：秘密瓦解反越战组织。因此，我留长了头发，加入了民主社会学生联盟（SDS），举行各种“左”倾的会议与游行活动。我利用自己的身份，把自己装扮成愤怒的退伍军人，到处参加这些激进学生召开的会议与活动，甚至在某分校的刊物上还出现过我的照片，照片上的我长发披肩，把我的女儿扛在肩上参加游行。那次游行的主题是抗议中央情报局（CIA）在校园内招募学生做特工，替他们做见不得光的工作，因此我曾经还担心这种照片是否会进入中央情报局的档案。

我认为这些抗议者根本不知道自己在做什么，他们从没有服过兵役，不清楚军方的作为，但就是固执地认为军队是他们的敌人，他们举行游行多半是为了从混乱和刺激中找乐子。有一个心理系的助教参加他们的会议时振臂高呼，他不但支持学生的反战游行，甚至要学生们加入军队，从内部瓦解整个军事体系，或者拒不执行军方的任何指令。不久，有人就“建议”这名助教另寻高就了。

助教离开以后，班上的氛围没有那么狂热了。我经常和肯·约瑟夫（Ken Joseph）混在一起，他是联邦调查局驻密歇根州兰辛市分局的资深探员，后来在我回到军队履行合约时，他还留在学校内读博士。

完成硕士学位后，我先是到泰国当了一年宪兵司令，第二年又回到谢里登堡担任代理宪兵司令。当时我的军衔还是少校，因此我开始考虑自己是否还有升迁的可能，是否还要继续留在军队里。最后我认为自己在军队中已经没有发展的空间，再也升不上去了，凑巧联邦调查局的朋友又怂恿我第二次向该局提出工作申请，于是我向联邦调查局毛遂自荐。在20世纪70年代，这份工作不像现在这么吃香。我申请这份工作是在1967年，我已经32岁了，但联邦调查局的工作是我一直向往的。很快，我的申请就被批准了。军队里的长官们这时候显得很焦急，为此给我做了很多思想工作，但我去意已决，于是，我换了一身制服，成了联邦调查局的特工。

我上任的头30分钟就有了麻烦。调查局给我的信里要求我在1970年2月某周一的早上8：00到老邮局大楼的某个房间报到，可我7：50到达指定地点的时候却发现这里空无一人，只能看到墙上贴着的通知，原来他们已经搬到司法部大楼去了。两地之间隔着几条街，我赶紧跑到了那里，非常幸运地找到了地方。工作人员问了我的名字之后就告诉我一些注意事项和保险、退休的待遇，最后他告诉我以后可不能再迟到了，一定要改进。我立刻立正站好，向他说明了经过，工作人员认为这件事超出了他的职权范围，因此把我带到了一个更高级别的官员那里。

当时埃德加·胡佛[①]（Edgar Hoover）仍然健在，这个庞大的机构都在他的严格监管之下，训练中心的代理处长乔·卡斯珀（Joe Casper）是胡佛的心腹，两个人称兄道弟，虽然他有个“小精灵”的绰号（取自动画片《小精灵》中那个友善的鬼魂），但架子很大。我就被带到了他的面前，我立刻向他说明了经过：“我是准时报到的，但又怎么知道你们换了地址，事先没人通知我！”他根本不听我的解释，只是要我承认犯了不服从命令的错误。我当然不肯认输，我对他说：“我是个老兵了，不用你教我如何下令和如何服从！”我猜他一定气得七窍生烟，因为他开始威胁我，说以后有我好看的。我绝不示弱，对他说，如果联邦调查局对一个新探员这样不通情理，那这里根本不值得留恋。我如此强硬当然是有原因的，因为只要我离开调查局，军方马上会把我请回去。

“把你的右手举起来！”卡斯珀大声向我吼叫。我知道这是要我进行宣誓，宣誓后他还劝告我今后一定要“小心点”，并警告我：“我会一直看着你的！”我知道联邦调查局一直这样欺负新人，这是个下马威，但我在军方见识得多了，军方也有很多这样的陋习，因此我能够不卑不亢。无论如何，这个下马威让我很不高兴，在以后的工作中发现局里一切都要求按照制度行事，缺乏弹性，我对此同样很厌恶。可以说，自从我加入调查局的那一刻起，直到我20年后退休，一直都在和局里的官僚主义做斗争。

教导我们70-2那班新探员的老师是两位四十开外、经验丰富的主管，我们要在这两个呼风唤雨、颐指气使的老师手下接受为期六周

① 联邦调查局的创始人、传奇人物，他担任联邦调查局局长职位将近半个世纪。——译者注

的训练课程。后来我才知道，特工的职位是“高风险、高回报”的，受训期间不被踢出来，将来才有可能成为特工，被踢出来的只能到总部做些文职工作。

一个教官叫乔·奥康奈尔（Joe O’Connell），大家都知道他主要的工作是对付有组织的犯罪集团，教我们的时候他正官司缠身（后来对方撤销），但他毫不担心，在局里就像是蜂王一样，他的名望甚至超过了那些主管。那些主管教导我们如何对付罪犯，但奥康奈尔上课时却让我们扔掉主管发的讲义，让我们按照他讲的去做。现在，我回望自己的职业生涯，才发现他的所作所为是最好的“讲义”，因为他教会我不可死读书。有很多非常聪明的探员干了一辈子还是探员，永远升不了主管，最重要的原因就是他们脑筋太死。

另一名教官是巴德·阿博特（Bud Abbott），他看起来有点神经质，所以大家都叫他“摇晃机器人”。他和奥康奈尔一起教导我们这班新人，两个人要经常打交道，而他对奥康奈尔那种无视体制的态度非常不满，“摇晃机器人”是个标准的官僚，他很担心奥康奈尔的行为会连累自己的仕途。这两个教官都是高级主管，所以我认为他们的工作表现一定不错，因而才能升到这个位子。

训练结束后，我在芝加哥、新奥尔良和克利夫兰等分局做了几年特工。20世纪70年代初，联邦调查局在弗吉尼亚州的匡蒂科建造了一座联邦调查局国家学院（FIBNA），这是胡佛局长当政后期的重要遗产，这所学校的每一个细节都由他亲自审定，他要把这所学校建造成世界上最好的训练中心，并为执法人员提供最精良的装备。胡佛去世后，这所学校的工作由肯·约瑟夫继续推动。1974年，肯把我从克利夫兰调到这里担任顾问，主要负责指导来此受训的警察。当时学校规定每位讲师负责教50名学生，要在7个月内对他们倾囊相授。学校的环境清幽，就像是世外桃源。同时，这所学校也是升迁的必经之路，要想在局里得到更高的职位，都需要在这里接受训练。除此之外，这里吸引我的另一个原因是这里的行为科学调查组。调查组里有两位资深人士：霍华德·提顿（Howard Teten）和帕特·马拉尼（Pat Mullany），两人是形影不离的搭档，同时也在一起教学。67岁的提顿个性爽直，50岁的马拉尼很喜欢讲笑话，两个人虽然是很好的搭档，但个性迥异，提顿沉默寡言，讲话时和声细语，做事认真谨慎，而马拉尼精力充沛，行事果断。他们大部分时间都在学校里教书，但空闲的时候经常做一些暴力犯罪的分析工作，主要是勾勒出罪犯的外貌和行为等信息，因此他们是我在心理侧写方面的导师。几年后，他们两个都退休了，我作为他们的弟子接管了这个调查组。

心理侧写是一项活到老学到老的课程，因为了解这些暴力罪犯的内心世界并不是件容易的事，同时，心理侧写对我的异常心理学与犯罪心理学教学很有帮助。这些人犯下袭击他人的罪行，但他们的动机和金钱无关，这和一般的犯罪案件有很大不同，试想一下这世界上绝大多数的暴力犯罪都和钱有关，但这些罪犯进行谋杀、强奸、猥亵儿童的时候，通常只是为了寻求“精神”上的满足。这是他们和普通罪犯很不同的原因，而这些让人恐惧的罪犯正是我感兴趣的研究对象。

我在匡蒂科教授的科目跨度很大，从异常心理分析一直到面对面交谈技术，我一边学习一边教学，在这方面可以算是个称职的老师，并慢慢喜欢上了这份工作。我的老师和学生什么人都有，包括很多外国人，我经常到国外讲课，并和其他国家的执法人员交流心得。

我在针对外国人开设的课程中，首次使用了“连环杀手”这个称呼，现在这个称呼已经非常广泛地出现在各种媒体了。最初，纽约市“萨姆之子”戴维·伯科威茨[①]（David Berkowitz）因为连续杀人而被称为“陌生人谋杀”，但我认为这个称呼不够准确，因为杀手认识其中一些被害人。当时还有很多乱七八糟的称呼形容这种杀手，但我认为它们都不够准确、生动，因此发明了“连环杀手”的称呼。

我第一次提出这个称呼是在英国警察学校举办的研讨会上。当时，我参加了很多类似的会议和课程，有一天某位讲师说在英国有一个“连续犯罪”的名称作为连续强暴、偷窃、谋杀与纵火类案件的称呼，我觉得这个名称对这种罪犯很贴切，因此回国后我就首创了“连环杀手”的称呼。当然，称呼并不重要，我们研究他们的行为，目的是为了在他们犯下更多凶案前抓住他们。

现在回想一下，我觉得自己创造这个名称也得益于当时的系列电影。那时候周末的电影院里经常上映系列的犯罪片（我当时最喜欢的是《幻影奇侠》），这些电影情节刺激，不断吸引我们进影院观赏，每当有续集出现的时候我们都会去看，如果拍成连续剧就更加吸引人，逼得观众非得看到结尾不可。从戏剧效果来说，它让你永远期待着结局，因而也吸引着你买票入场。在连环杀手的内心深处，也有这种刺激和吸引的感觉，再加上他们总是认为自己的杀人手法还

① 1977 年，戴维·伯科威茨在纽约犯下连环杀人案件，他专门杀害约会中的情侣，并会留下一定的标记。——译者注

可以更加完善，因此不断地沉浸在杀戮的快感中。在《幻影奇侠》中，那个男主角在影片结束时身陷流沙，因此观众肯定会在下周买票进场，看看他如何摆脱困境。同样地，连环杀手犯过一次大案后，总会想："上帝啊，这次杀人太迅速了，没什么时间享受其中的乐趣，下次我该换个方式。"因此，他的手法会不断推陈出新，越来越完善。

普通人对连环杀手有个普遍的误解，认为他们杀人是因为双重人格，如果他们被治好，就不会再杀人了。事实并非如此，就像头发会变长，毒牙会更锋利一样，每当"月圆之时"，他们都会忍不住寻找下一个被害人。杀戮是他们的梦想，他们永远不会满足，只会不断进行下一次的杀戮。这才是"连环杀手"的真意所在。

从1975年到1977年，我教学的主要内容变成了如何和挟持人质的暴徒进行谈判。纽约市发生了很多类似的案件，因此警局的主事者必须学习如何处理这种情况，弗兰克·博尔兹（Frank Bolz）与哈维·施洛斯贝格（Harvey Schlossberg）就是其中的佼佼者，因此我们三人共同教授全国各地的执法人员，很多我曾经就职过的部门，都成了我教学的对象。我教学15年，桃李满天下，估计美国陆军中这方面的人才有九成是我的学生。

这段经历很有趣，在20世纪60—70年代，很多军队里的战士退役后都加入了警察的行列，比如绿色贝雷帽部队和越战老兵。这些人运用武器和攻坚技术都非常出色，经验也很丰富，后来都成了特警队（SWAT）的骨干。在此之前，执法部门从没有像他们这样出色的人员，即使在联邦调查局，探员们也只受过来复枪、机枪与左轮手枪的射击训练，从未想过成立这种正规军组成的部队。特警队魅力非凡，成了各家媒体的宠儿，他们狙杀罪犯、拯救人质的新闻时常登上报纸，但问题是他们的做法有时候会得不偿失，引起更大的伤亡。他们可以很轻易地击毙罪犯，但有时难免误伤警员和人质。就是在这种情况下，纽约警局率先成立了专门与歹徒谈判的特遣队，谈判有助于减少伤亡，局里马上同意以谈判代替攻坚，对付罪犯的整体策略开始转变了。

显然，谈判就需要了解罪犯的心理，而这正是我最感兴趣的研究方向，因此我赞同这个新的策略，同时这个策略也有助于我进行心理侧写。对联邦调查局而言，谈判是个新鲜的尝试，更何况组建初期执法人员都没有经验，多数警察都没有接受过心理学的训练，因而普遍认为原来的攻坚比谈判更有用。策略的改变使得特警队逐渐失去了原先的光环，但人质伤亡的情形也大为降低。慢慢地，大家都开始认可这种以谈判为主，并尽可能避免使用武力的方式。谈判被证明确实有效，警方对此也很满意，因为对他们提起的使用枪支过当的诉讼案也大为减少，可以省下来数以百万计的诉讼费用。

十年之间，从最早为了人质谈判，到心理侧写，再到分析罪行原因，研究罪犯行为的目的也发生了转变。在这种形势下，全国暴力犯罪分析中心（National Center for the Analysis of Violent Crime，简称NCAVC）成立了，并开始实施暴力犯罪逮捕计划（Violent Criminal Apprehension Program，简称VICAP），而我就是该组织及该计划的催生者，这些细节就不说了。

在克利夫兰的时候，我参与过一桩与歹徒谈判人质问题的案件。当时一名持枪的黑人挟持一位警官和一个17岁的姑娘，三个人躲在沃伦维里高地的警察局内。我们要把这三个人带到外面，以避免发生流血事件。歹徒向媒体通告了他的要求：所有白种人立刻离开这地球，并要求和卡特总统商谈。

显然这要求是无理取闹，谁也没办法答应。正当我在临时指挥所里想办法时，忽然电话响起来了，同事接通了电话，电话那头的人说有个大人物想和我谈话，我接听后才知道对方是总统的新闻秘书乔迪·鲍威尔（Jody Powell），他对我说白宫已了解这里的情况，并说卡特总统愿意和这名“恐怖分子”谈谈。我吃了一惊，然后告诉鲍威尔，克利夫兰并没有什么“恐怖分子”，我还很礼貌地对他撒了个谎，说我们无法和歹徒接通电话，并说了一通如有需要我会请求总统出面的废话。最后，这起事件没有流一滴血，和平解决了，当然总统最终也没有出场。

1977年，我主持局内人质谈判的训练工作仅有两年，但从此之后，只要发生人质事件，谈判总有我参与。比如，1978年恐怖分子的首脑劫持沙漠里的原子设备案件；20世纪80年代初期的普拉西德湖事件等。我处理这些案子的过程后来都成为谈判教材，很多国内外的执法人员都参加过以此为教材的谈判训练，学习如何与挟持人质的罪犯和恐怖分子进行谈判。

授课的时候，我都是扮演恐怖分子的首脑，劫持了一辆大巴车上的人（比如说来访的外宾与科学家），我把人质挟持到某个偏僻的农场或滑雪场，为了达到训练效果，我们用的都是真枪实弹。我会要求他们提供一架开往国外的飞机，并要求降落在最近的机场。一旦演习开始，我们都非常认真。特勤局、中央情报局与英国的特勤队都曾加入这些演习行动，情节逼真得使许多参与者都患上了“斯德哥尔摩综合征”[①]（Stockholm Syndrome）——人质由于认同挟持者而与其同仇敌忾，共同杀出一条血路突围。扮演谈判专家的都是我的学生，演习结束后他们经常抱怨我太难缠了，因为他们的每一个把戏都瞒不过我，但这些演习大部分最终是邪不胜正的结局，人质被解救，而我们这些恐怖分子则被当场击毙。

因为演戏时大多数情况下我最终会被击毙，这反而让我更加意识到人质谈判是非常必要且紧迫的。到20世纪70年代中期的时候，由于我重复相同的课程时间太长，自己都有点忍受不了了，因此很希望有新的挑战。但是警察学院非常保守，这也是官僚组织的一贯特征，他们不喜欢任何形式的创新，只是依赖自己既有的规章制度，联邦调查局也是如此。在口头上，他们会鼓励老师们改进自己的授课技巧和专业知识，但制度让大多数老师故步自封，只是一味地教授那些经典案例，使用的也是千篇一律的公式化教学方法。我的同事约翰·明德曼（John Minderman）把这些人称为“老油条”，就是说他们不求进取，毫无理想。明德曼以前是旧金山的摩托骑警，他教会我很多与警察学院打交道的方法。

我很少使用那些教材上的所谓“经典案例”，而是常常用历史上为人所熟知的真实案件进行教学，比如有关查尔斯·曼森（Charles Manson）、西尔汉·西尔汉（Sirhan Sirhan）、戴维·伯科威茨及加州“高塔杀手”查尔斯·怀特曼（Charles Whiteman）的报道和书籍都是我的教材。因此，我的课堂气氛最活跃，这些大家熟知的内容也让学生们很感兴趣，并促使他们提出了各种各样的意见和想法。

---

① 斯德哥尔摩综合征，又称为人质综合征，是指被害者对于犯罪者产生情感，甚至反过来帮助犯罪者的一种情结。——译者注

关于曼森这个杀手，市面上有很多书籍进行了记载，有些以检察官的立场分析这个人物，有些只是搜集了一些新闻报道组稿而成，也有些通过采访曼森周围的人写成，我觉得这些书能够让人们了解曼森本人的想法，也是警察必须了解的犯罪心理学。当时很多人对曼森的看法都很简单肤浅，认为他不过是个疯子，研究他的行为毫无用处，但他们知道什么是真正的“疯子”吗？知道研究他的行为有何意义吗？他们当然不知道。

后来，芝加哥那起著名的理查德·斯佩克（Richard Speck）案发生了，有关这个杀害八名护校女生的杀手的书籍似乎更进一步，其中一本尤其出色，作者是一位采访过凶手的心理医生。尽管这名心理医生此前没有犯罪学的经验，其中有些访谈方式也不够恰当，并缺乏一些司法角度的分析，但他的心理分析对我的学生还是很有帮助的。我个人之所以对犯罪心理感兴趣，部分原因是我这个人很好奇，但作为一名老师来说，更重要的是研究犯罪心理对我的教学很有帮助，从我的学生在警界的表现来说，我的工作成果还是不错的。

通过我的观察，当时联邦调查局对那些杀人犯、强奸犯、猥亵儿童的人，以及其他向这些人“学习”的罪犯都毫无兴趣，调查局认为这些案子应该归各地的执法机构管辖，如果没有违反联邦法，调查局就不应该插手，所以，我这个部门很冷清，不少同事认为我这里只是个学校，最多只能教教那些小警察了解一些罪犯的心理。

我的研究墙里开花墙外香，很多心理健康和相关领域的专业人士对我教授的课程产生了浓厚的兴趣，这也让我倍受鼓舞，再加上我这个人好奇心很重，因此便加入了美国心理协会、美国法律科学学会以及美国心理暨法律学会等组织。可惜的是，我的同僚谁都不知道这些机构的价值，也不知道参加这些活动有什么好处。调查局偶尔会让我参加这些机构的活动，但大部分费用都是我自己掏的，他们很轻蔑地认为即使这些机构有些值得学习之处，有我这样的傻瓜参加也就可以了，对于这些人，调查局宁可敬而远之。

当时我经常在全国进行巡回授课，因此顺便得到了很多警局里各种暴力犯罪的资料，这得益于我多年来和各地警局的良好关系，所以他们很乐意给我提供资料。我在匡蒂科教学的时候，也会让我的学生们尽量提供给我一些案子的文件，这些资料不仅可以充实部门的研究材料，也可以作为他们写论文的题材。很幸运，我的学生们都很合作，并经常对这些大小案件进行系统分析和研究。

后来，我做了一个幻灯片，每次上课之前都会拿出来和学生们分享，上面写的是我非常欣赏的一句话，这句话是尼采说的，内容如下：

与魔鬼作战的人要谨防自己因此而变成魔鬼。如果你长时间地盯着深渊，深渊也会盯着你。

对我而言，保持这样的想法很有必要，因为我所掌握的暴力犯罪信息远比普通人多，我必须谨防自己和我的学生在研究中沉沦。大概是因为很少有人像我这样对犯罪感兴趣，我所搜集的暴力型犯罪资料比任何一家媒体或警察机关都多；我能收集到这么多资料，当然也是由于联邦调查局的特权，其他机构不能像我这样轻易得到警局的资料和档案，即便有人有这方面的兴趣，也没有这方面的能力。从这方面来说，我从事这方面的研究比其他人更有优势。

我经常阅读这些资料，在家里或者在办公室里闲来无事的时候，就会拿起来看看，偶有心得都会让我更加了解罪犯的心理。研究到了一定程度，我就想亲自和那些罪犯聊聊，以便了解他们生活的环境、童年的经历和其他信息，也包括作案细节，如他们怎样进行攻击，杀人之后会做什么，如何处理尸体，等等。我把这个想法告诉了明德曼，他觉得这样做很有用。我们一致认为，如果我们能在访谈中得到足够的信息，就可以从中总结出一些有用的模式，如杀手们在案发后是否回到现场之类的。

1978年初，我到北加州的一所警察学校上课，恰好碰到了一个机会。我的学生约翰·康韦原来是调查局驻圣拉斐尔的探员，当时已经是调查局驻加州监狱的联络官，于是我要求他提供与犯人交谈的机会，并给我搜集资料。我们是联邦调查局探员，只要亮出证件就能在州内任何一所监狱畅行无阻，甚至不必对监狱说明原因。当时我每周一到周四上课，因此，每到周五，康韦都会带我到各个监狱访谈，整个周末都用来做这件事。我们在访谈行动中和美国历史上7个最危险、最臭名昭著的杀人犯进行了会面，他们是西尔汉·西尔汉、查尔斯·曼森、特克斯·沃森（Tex Watson，曼森的同伙）、胡安·科罗纳（Juan Corona，杀掉了许多外籍劳工）、赫伯特·马林（Herbert Mullin，杀了14个人）、约翰·弗雷泽（John Frazier，杀了6人）以及埃德蒙·肯珀（Edmund Kemper）。这对我而言是全新的尝试，对我的研究来说也是一项突破。

我们第一个见的是在索莱达监狱的西尔汉·西尔汉。会面的地点是监狱开会的地方，典狱官把我和康韦送了进来。西尔汉进来的时候目露凶光，但他的样子看起来有点不安和恐惧，他搓着双手站在墙角，甚至不敢和我们握手，只是很着急地想知道我们为什么要见他。看得出来，他知道我们是什么来头，以为我们像特工处一样是来进行常规问讯的。特工处之所以来找他，因为他被指控谋杀了当时的参议员罗伯特·F.肯尼迪[①]（Robert F. Kennedy）。心理医生经过诊断，认为西尔汉患有妄想型精神分裂症，和我们交谈的过程中能看出他偏执的性格：他坚决不让我们用录音机，并要求律师在场才肯交谈。我对他说这并不是一次审问，只是私下聊天而已，并无其他意图。为了缓解他的紧张情绪，我和他聊起监狱的情况。他告诉我他非常反感前任狱友，那个家伙为了钱向《花花公子》杂志爆料，他认为这简直是背叛的行为。随着交谈的进行，他握紧的双拳渐渐松开了，并向我和康韦坐的桌子挪了挪，最后他已经能非常自然地坐在对面和我们谈话了。

他对我说，他耳边经常能听到一个声音，敦促他去刺杀参议员，有一回照镜子的时候，他忽然觉得自己的脸碎了，像玻璃一样一块块掉到了地上，这都是妄想型精神分裂症的临床表现。在与我们谈话的过程中，他一直用第三人称称呼自己，他还骄傲地说自己之所以被单独关押，并不是监狱害怕他，而是尊敬他，相比那些小偷小摸和猥亵孩子的家伙，他显然更值得尊敬。

西尔汉是阿拉伯人，从小就生长在战争环境中，他后来行凶的动机和方式都与个人经历有很大关系。在我们交谈的过程中，他向我问起联邦调查局的一位高级长官是否是犹太人，从这个问题就不难看出他的想法。他还说自己之所以刺杀肯尼迪参议员，是因为他知道肯尼迪参议员打算向以色列出售更多的喷射战斗机，他当然不能让以色列的盟友当上美国总统。他觉得自己的行为改变了世界历史，对阿拉伯国家是莫大的帮助，他还信誓旦旦地说，假释委员会之所以不敢放他

---

① 美国前总统约翰·肯尼迪的弟弟。1968 年 6 月 5 日，正在进行总统竞选的罗伯特·F. 肯尼迪在洛杉矶一家旅馆内被枪杀。——译者注

出去，是害怕他在群众中的影响力，其实他本人更愿意在获释后去约旦，因为他相信那里的人一定把他看成民族英雄。最后，他还说自己的所作所为或许在当前不会被人原谅，但若干年之后，人们一定会把他看作历史上的英雄，到时候各地都会有人歌颂他的伟大壮举。

西尔汉曾经在学校学习政治学，理想是当一名外交官，他希望先在国务院工作一段时间，然后被指派为驻外大使。他羡慕肯尼迪家族，这也是促成他实施刺杀的原因之一。当时很多名噪一时的杀手都希望借着暗杀著名人物以获得自我满足，比如西尔汉・西尔汉、约翰・欣克利（John Hinckley）、马克・查普曼（Mark Chapman）及阿瑟・布雷默（Arthur Bremer）。西尔汉知道在美国犯下这样的暴行需要蹲10年左右的牢房，因此他认为自己会在1978年左右获释。另外，他也认为只要坐牢的时间不长，自己一定能够得到平反，从而恢复自己的声誉。

交谈结束的时候，他站在门边深吸了一口气，然后活动了一下筋骨，说："雷斯勒先生！现在您对西尔汉怎么看呢？"

我看着他走了出去，没有回答这个问题。但很明显，他认为只要了解他，我一定会喜欢上他。在监狱服刑过程中，他的精神分裂症痊愈了，但偏执仍然伴随着他，后来他再也没有接受我们进一步的访谈要求。

科罗纳、弗雷泽与马林都是典型的无逻辑连环杀手，他们最大的特征就是不按常理出牌，同时我们也很难与其沟通，因为他们的想法实在是太奇怪了。三人之中，科罗纳完全无法与他人沟通，弗雷泽根本不相信自己被囚禁在监狱中，马林虽然看起来很温和，但一句话也不说。

相比而言，我和查尔斯・曼森、特克斯・沃森以及其他一些杀手的交谈要顺利得多。这些人都非常细致，他们杀人非常有计划，看起来像有逻辑的杀手，但他们也是心理异常的人，比如曼森及其手下就认为谋杀是除去痛苦的方法，因而也只能归于毫无逻辑可言的杀手之列。

与这些杀手进行访谈之前，我会对每个人的罪行和个人资料进行深入研究，以便更深地了解他们。比如我研究得知，曼森一进入会客室就会问联邦调查局找他干什么，我要做的就是取得他的信任，让他知道我并不把他看成怪物，并表示对他很感兴趣，然后他就会和我交谈。曼森非常健谈，但只是喜欢谈论自己，通过交谈我发现他的人格特质非常复杂、奇怪，他的世界观似乎没什么大问题，也知道如何控制手下的那些杀手。也就是说，作案时他知道自己在犯罪，同时对自己和自己的追随者有很强的洞察力。和他的交谈非常顺利，收到的成果也大大超过了我的预期。在此之前，我和普通人一样，是以一种局外人的心态来看待这些杀人犯的，但经过几次访谈之后，我能够站在他们的角度看这个世界，这对我而言是个巨大的突破。

和曼森及其他杀手的交谈情况会在下面几章中谈到，现在，我想对大家说说这些访谈对联邦调查局的影响和对调查局制度体系的冲击。

访谈进行到一半的时候，我大概受到了这些怪人的影响，也开始变得有点偏执了。按照规定，访谈曼森和西尔汉这样的人要先提交申请，获得上级批准才能进行，可我却跳过了这些程序，因为我觉得我的访谈并不正式，只是初步了解，我都没有做笔记，也没用录音机，更无法按照调查局的要求提供书面报告。

我认为调查局的探员可以分为两种，一种按照规章制度办事，不想惹麻烦，所以做什么事情都要得到上司批准，这些人占多数；另外一种不喜欢受到体制的束缚，常常先斩后奏。我就是这另外一种人，我也随时准备着因此付出代价，我只希望等上司叫我过去挨批的时候，我能想好一套说辞。

我结束了教学和访谈回到匡蒂科，心里很兴奋，为了提交书面报告，我决定再次进行访谈。

1978年，我来到西弗吉尼亚州奥尔德森市的一所女子管教所，这里离匡蒂科很近，住在里面的有曼森的两个“女人”史奎基·弗罗姆（Squeaky Fromme）与桑德拉·古德（Sandra Good），以及意图谋杀福特总统的萨拉·简·穆尔（Sarah Jane Moore），我打算在一天之内访谈她们三人。当时明德曼刚刚离婚，正要回旧金山当小组主管，他走之后我就得另外找人了。精挑细选之后，我挑上了约翰·道格拉斯（John Douglas），这个年轻人以前在行为科学调查组与我共事过，他从匡蒂科离职后一直担任访谈咨询。

我把自己的想法告诉了我的顶头上司拉里·门罗（Larry Monroe），他非常恼火地说：“你在加州和谁谈了？在西弗吉尼亚州又要和谁面谈？”我赶紧对他说不用担心，我会按照规定在访谈结束后提交书面报告的。拉里的表现是一个典型中层领导的反应，他同意我去西弗吉尼亚，但如果发生了什么意外，他会说自己并不知情，也就是说所有的责任都由我一人承担，我对此倒是无所谓。

我对三名女子的访谈都很顺利，也得到了不少珍贵的资料，比如曼森的两个“女人”对曼森的观点和影响力极尽吹捧之能事，而这恰好证明了我在曼森访谈中的推测。

再次回到匡蒂科时，我觉得自己的行为可以被称作“连环访谈”了，但我还不打算停手，我喜欢在写报告前做更多的访谈，并为我的“罪行”画下完美的句号，但我的计划意外泄露，因而未能最终成行。事情是这样的，我在和一个朋友吃饭的时候，向他吐露了自己的计划，不料隔墙有耳，计划全被肯·约瑟夫听到了。肯当时是训练中心的处长，他是我的导师，也是我的领导，他非常崇拜胡佛，并对胡佛的做法深信不疑，恪守胡佛定下的规章制度，即所有调查局人员在行动前都要得到其上司的许可，包括我这个老朋友在内。

我和拉里·门罗立刻被叫进肯的办公室，肯质问我们为什么没人告诉他。对我而言，幸运的是，一个多月前肯发过一份备忘录，鼓励我们这些老师做研究，因此我把自己的计划说成是对他的回应，同时强调了这只是一个初步计划，具体研究并没有进行。当然这不是事实，我们三个都心知肚明，但谁也没有点破。

后来，肯告诉我访问像西尔汉和曼森这样臭名昭著的人物，局里会招来一些非议，因此一定要事先申请。我告诉他自己曾经把这个想法写成了备忘录发给有关部门的主管，但肯说他从来没有见过这份备忘录。我灵机一动，推说备忘录一定是被人遗忘在档案室了，所以没有送达。拉里也在一旁帮我圆谎。我最后说自己会尽快找到这份备忘录，然后亲自送到肯的办公桌上。一离开肯的办公室，我立刻着手准备备忘录，这事很简单，只要写好之后签上一个多月前的日期就行了。

我花了几分钟就写好了这份备忘录，复印好之后立刻把影印件放到了一个档案夹里，然后拿到肯的办公室让他看。调查局里文件放错的情况时常发生，所以肯并不怀疑，再加上肯基本同意我的构想，所以我觉得即使他知道这是骗人的把戏也不会声张的。

现在，我们的计划终于名正言顺了。肯让我提出一份完整的计划，详细说明这个计划的范围和变数，以及需要联络哪些专家和机构。这个要求正中我的下怀，我很快起草了一份计划，并和拉里、肯磋商了很多次，最终敲定了这项计划的长期目标、访谈对象和保密事宜等，同时确定了每次正式访谈之前都要按照七个步骤来做，比如首先得找出合适的访谈对象，然后要在合适的时间——比如必须在对方没有庭审的时候——才可以访谈，还要确定访谈的主题必须是他的罪行，等等，同时，这些访谈不能动用调查局经费。1978年末，肯签署同意了我的备忘录后，就把它送到了华盛顿调查局总部的二号人物约翰·麦克德莫特（John McDermott）那里，他的地位仅次于克拉伦斯·凯利（Clarence Kelley）。

麦克德莫特是调查局内部的知名人物，或许是因为高血压，他经常显得“脸红脖子粗”的，再加上他喜欢穿白色衣服，大家私底下都叫他“胡萝卜”。但他对我这项研究计划毫无兴趣，也不打算批准。

他在我提交的备忘录上批示说这个计划简直荒唐透顶，调查局的工作是把罪犯绳之以法，而不是做什么社会研究，调查局不做这些小事；而且访谈工作即便进行，也应该是由心理医生主持，不需要我们插手；同时，调查局从来没有做过这种事；但最重要的是“胡萝卜”认为我们是白费劲，罪犯不可能对我们说真话。

我早已料到“胡萝卜”会有这种反应。从20世纪40年代起，联邦调查局一直维持着保守的传统，他是胡佛一手提拔的人，对这种传统深信不疑。但是，他们并不知道我早就访谈了十几个杀手，我能够让他们向我坦白，并获得多年来一直被忽视的重要情报。的确，我的做法没有先例，但假如没有人第一个吃螃蟹，我们就无法完善自己的执法行为。我发出这份备忘录还有一个原因，就是邀请外界的一些权威机构和我们共同研究这些犯罪行为与异常心理，但“胡萝卜”看不到这种做法的价值所在，没办法，从此以后我不能再进行访谈了。

我选择了最简单的方法解决问题——等！我等到“胡萝卜”退休、凯利局长被目光长远的威廉・韦伯斯特（William Webster）换掉后再展开计划，那个时候，肯・约瑟夫已经退休，而新任局长吉姆・麦肯齐（James McKenzie）非常热衷于我的计划。

麦肯齐是调查局历史上最年轻的局长助理，他的仕途升迁路线图表明他的能力受到了大家的认可，并且非常适应调查局的管理体系。麦肯齐上任后不久就把我的计划再次提交给上司，只是这一次是交给了韦伯斯特，麦肯齐几乎没有改动我的计划，所以我觉得他非常相信我的计划，并能够修正调查局的努力方向。韦伯斯特一直以从谏如流著称，他接到我的备忘录后，马上邀请我和麦肯齐、门罗去他那里，听取我们更详细的意见。

我们在局长办公室隔壁的一间会议室和局长会面，他一边吃午饭一边听取我们的报告，参加会议的还有一群总部的领导和匡蒂科来的高级主管。在座的人都比我官阶高，这种场合照理说是没有我的发言权的，但我是这份计划的发起者，因此只能由我做报告。

我做报告的时候大家都埋头吃饭，没有人说话，只有我忙着说话，连面前的那块三明治都没动一口。韦伯斯特局长头脑冷静，分析能力很强，他不会轻易表明自己的观点，因此在整个报告过程中，我也不知道他对这份计划的看法，但是这次的待遇和“胡萝卜”那一次明显不同，再加上这时候调查局已经不像以前那么保守，正在往全新的方向努力，因此我才获得了这次机会。

最终，局长开口了，听完我的报告后，他基本同意了我的计划，但提醒我们一定要遵循正确的做法，避免造成无法挽回的后果。他的果断在这个如此官僚化的调查局里显得非常难得。另外，他建议我们和一流学府及医院充分合作，不能闭门造车，这恰好符合我的本意，我本来就打算和波士顿大学及波士顿市医院一起进行研究。我顺着局长的话把我的合作对象提了出来，除了这两家机构外还有其他一些合作对象，基本上我在计划里网罗了全国知名的学术界人士与医界人士，提出的专家都是和我相交许久、彼此了解的人士。

后来，我知道韦伯斯特这种边吃饭边开会的做法叫“午餐会”，而餐费也是由出席人员自掏腰包，总局概不负责，后来我就收到了一份7美元的三明治账单，尽管我没有动一口，钱却必须得付。几个月后，司法部发来正式公文，要求我尽快实施计划，我因此把自己的工作时间全部用来访谈罪犯，不再去为警察学校的学员上课了。

该计划被正式核准后，我开始了新的访谈，选择的第一个访谈对象是我9岁时就很感兴趣的威廉·海伦斯。当时他被关押在伊利诺伊州圣路易斯市的一所监狱，我和另一个同事一同到了监狱。他被关押了30多年，已经快50岁了。见面之后，我向他说了自己从小就很“仰慕”他的话，并说我们两个还是芝加哥老乡呢，他入狱的时候17岁，那时候我才9岁，等等。小时候，我以为8年的年龄差距很大，但如今却不再是我和他交流的障碍了。

从20世纪40年代到70年代期间，我听说过有关他的很多事情，包括他的谋杀行为中性所占的比例、恋物癖与偷窃女性衣物的关系、为何毫无理由地杀人等，也包括他的堕落与童年经历的关系、他和亲友的关系如何维系等等。最开始他对自己的罪行非常排斥，并声称这些谋杀案都是他的室友乔治·莫曼所为，但他带着调查人员到命案现场时却对作案细节了如指掌，谁能相信这是别人干的呢？经过警方的询问，他最终承认乔治·莫曼是他臆想出来的人物。

海伦斯没有多重人格，但他很小的时候就有问题，并随着时间的推移越来越严重，除了喜欢性幻想之外，他还在屋子里藏了许多纳粹首脑的照片，并经常在家里试穿女性内衣。13岁的时候，他私藏手枪、来复枪与纳粹头子照片的秘密被人发现，被迫承认此前偷窃过女性内衣并纵火，当时他年纪还小，没有入狱服刑，而是被送到了一所天主教学校。几年后他毕业了，看起来行为很正常，可以进入社会工作了，而且他非常聪明，在芝加哥大学上大一的时候，大部分课程在他看来都太简单了，因此开始自修大二和大三的学分。很不幸，他离开天主教学校没多久就开始犯下了杀人案。从心理学的角度分析，这是他早年那些罪行（偷取女性内衣及纵火）的升级，他每杀害一个人之后，都会继续偷盗女性内衣。

庭审的时候，海伦斯从未出庭。心理医生在法庭做证时说他受制于自己脑子里的虚构人物乔治·莫曼，在某些时刻他是丧失自主能力的病人，但陪审团里面没一个人相信这套说辞。所有人都认为只要海伦斯出庭接受审判，一定会被陪审团判处死刑，因为这个案子的证据——如指纹、笔记、在他屋子中搜到的“纪念品”以及自白等——太确凿了，要想逃脱死刑，只能认罪，心理医生也是这样建议他的，海伦斯也听从了心理医生的建议，最终被判处终身监禁。

他犯案之前，父母就离异了，他的父母谁也不肯养活他。海伦斯入狱之后成了模范犯人，他在监狱里修完学士学位，这是该州历史上的第一次，他甚至还想进一步深造。

对这个我童年时代就认识的罪犯，我做了非常详细的准备工作，但访谈并不如我预期般顺利。对我开头的那几句话，他表现得很配合，但就是死也不承认自己的罪行。虽然事情已经隔了30年，但我对苏珊的案子记忆犹新，我还记得他把那小孩子用力按在床上时，她母亲还跑到门口问她怎么了，海伦斯强迫小女孩谎称没事，母亲认为苏珊熟睡了才离去。然后，他实施了自己的兽行，杀人后把她的尸体装进了篮子，带到地下室猥亵尸体后又将其分尸，最后把尸体扔进了下水道。作案之后，他若无其事地回到自己的宿舍。但现在，这个怪物竟然死也不承认自己的暴行。

他只承认自己在性方面有问题，而盗窃女性内衣只是个恶作剧，同时他认为自己对社会没什么危害。他以罪犯的楷模自居，并希望能够在有生之年走出监狱。

这次访谈并不成功，但我还有更重大的任务要做，未来还要去访问更多“连环杀手”，以搜集对执法机关有用的信息。至此，我的计划在联邦调查局和司法部的联合主持下紧张地进行，在那段时间，我总共访谈了超过100名杀手，都是些最危险的暴力罪犯。访谈中，我时常想起威廉·海伦斯在被害人镜子上写下的那些字：

“苍天在上，务必在我残杀更多人之前逮住我……”

而我的工作不正是要达成他的心愿吗？

第3章 凶手访谈录

有一名男性探员更加离谱，他不准其他探员再去和他负责的那个杀人凶手接触，甚至以此迁怒于我，最后甚至把调查局的一些秘密告诉了那个杀人凶手，教给他减轻死刑判决的方法。事后我们进行了详细的调查和研究，这名探员之所以如此反常，是因为那个犯人对人性有非凡的洞察力，他能够凭借这种天赋操纵他人心理，并把我们的探员变成了他的俘虏。

曼森“家族”成员，绰号为“特克斯”的查尔斯·沃森

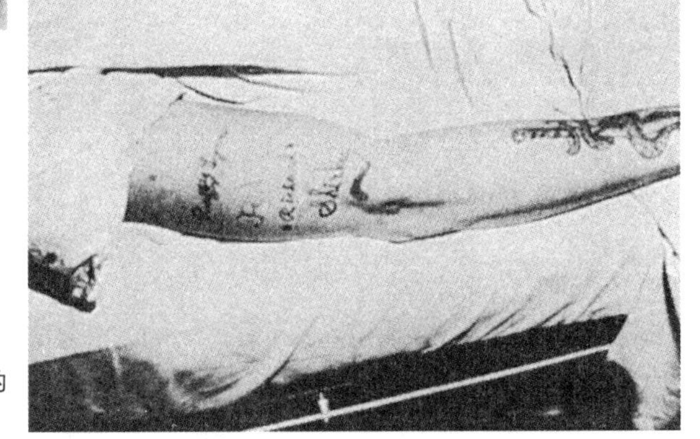

理查德·斯佩克手臂上的文身，他因于 1966 年谋杀芝加哥的八名妇女而身陷囹圄

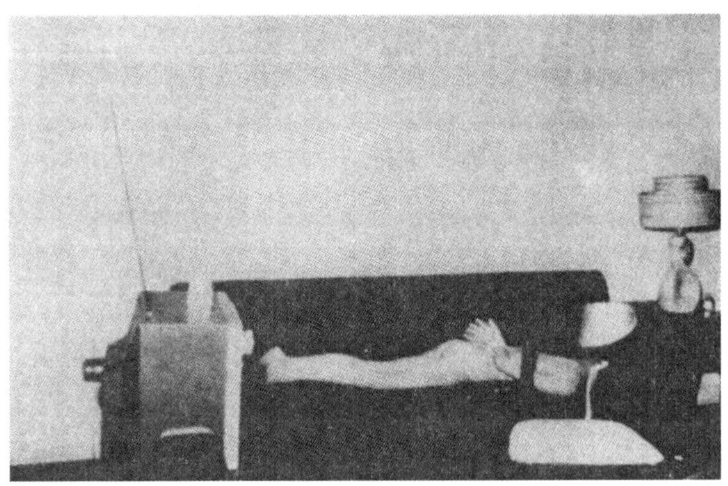

芝加哥“纵欲杀手”理查德·斯佩克的受害人

理查德·斯佩克被捕时，在他的床垫下发现的《芝加哥论坛报》，上面的报道是护校女学生谋杀案

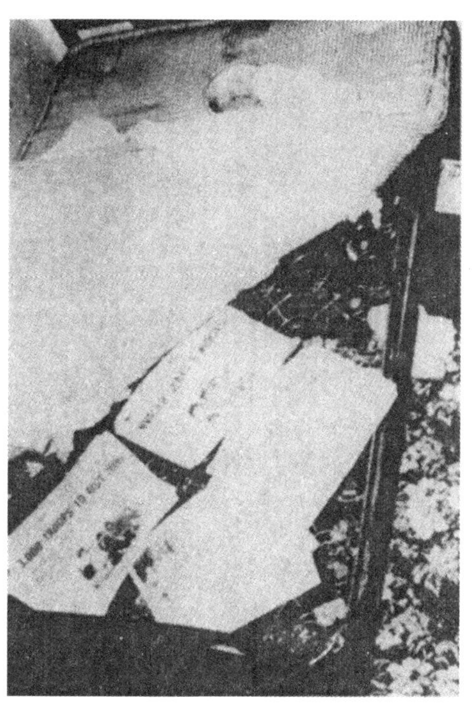

穷凶极恶的连环杀手特德·邦迪在等待判决

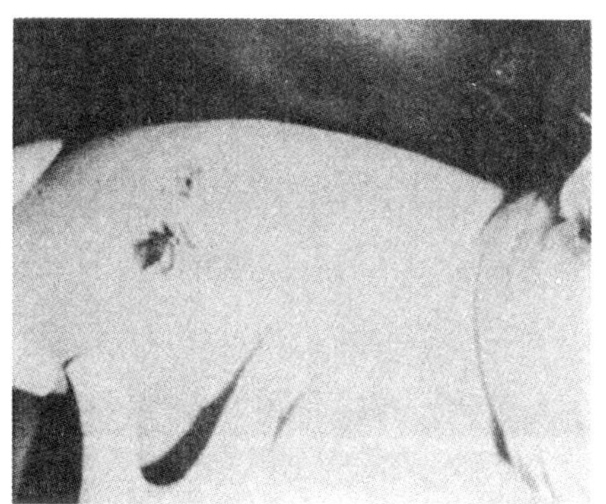

令特德·邦迪俯首认罪的证据——受害人身上的咬痕

遭特德·邦迪杀害的几名年轻女孩，反映出他对特定年龄与长相的女性的偏爱

邦迪的受害人的尸体，摄于她被拐去的丹佛滑雪度假场附近

我访谈的杀人犯中，有一个人叫埃德蒙·肯珀，他长得非常魁梧，身高6英尺9英寸，体重将近300磅[①]，虽然看起来愣头愣脑，但他的智商非常高。少年的时候他就把自己的外祖父母杀了，因此被关进少年管教所住了四年，出来之后又杀了另外七个人，包括他的亲生母亲。我曾经到加州的瓦卡维尔监狱和他交谈过两次，第一次是我和康韦两个人去的，第二次又加上了我在匡蒂科的同事约翰·道格拉斯。通过两次交谈，我们试图挖掘出他的过去，包括他为什么杀人，以及在犯案时会产生什么想法等。他的思想非常复杂，杀人手法残忍至极，经常把被害人砍头、分尸。或许是因为他从来没见过像我们这样对他感兴趣的人，所以我们的交谈非常顺利。第三次的时候，我觉得没有什么危险，就一个人去了。这次我和他会面的房间非常狭小，而且就位于执行死刑的房间隔壁，而这个房间就是死刑犯交代遗嘱的地方。我和他交谈的时候还没到他执行死刑的时间，所以他不必立刻到隔壁去。这次面谈费时四个多小时，我和他面对面坐在房间里面，没有其他人在场，我和狱警事先约定，等我结束的时候会按警铃叫他。

但是当我结束访谈按响警铃时，狱警没有出现，我便继续和他攀

① 身高约 2.3 米，体重约 136 千克。——译者注

谈起来。大部分连环杀手的性格都非常孤僻，但他们同样不愿意无所事事，也希望有个人陪他聊天，而我的访谈工作可以说是投其所好，平常他们都没有机会向别人倾吐心中的话，因此只要我方法得当，一般他们都会和我相谈甚欢。幸好我事先有所准备，所以即便超过预定时间，我仍然可以凭借经验和他们交谈。又谈了一会儿，我再次按了警铃，但狱警还是没来，如此反复，到我第三次按警铃时，已经超过预定时间15分钟了，但那扇门还是没人开。

我极力保持镇静，但内心的焦急已经不可避免地反映到了眼神中，而肯珀又是个非常敏感的人（大部分杀手都是如此），因而我更加紧张了。

“放松点！现在是他们换班的时间，他们大概在安全区内交接枪支吧。”他笑着从椅子上站了起来，如同一堵墙立在我面前，“也许15分钟或20分钟后他们就会带你走的。”

我极力保持的冷静心情被他这一番话吓出了一身冷汗，而肯珀似乎能够感觉到我的紧张和不安。

“如果我现在想越狱的话，你的麻烦就大了，对吧？我可以把你的头拧下来，放在桌子上欢迎等会儿过来的狱警！”

我愣住了，心里寻思着如果他真张着那双大钳子一样的臂膀向我扑来，我能怎么办呢？他身强力壮，肯定能把我钉在墙上，扭断我的脖子，我根本不是他的对手。他的话很有道理，如果他愿意，随时可以让我命丧当场，于是我告诉他，如果他胆敢那么做的话，一定会罪加一等。

“还能怎样？不让我看电视吗？”他笑着说。

我知道他一直不愿意待在单人牢房里，同时我和他都知道单独囚禁的罪犯最终下场都很惨，经常会精神错乱。

这时候他耸了耸肩，对我说他已经是监狱里的“老手”了，单独囚禁虽然痛苦，但他可以承受，而且他相信这种痛苦不久就会结束，他很快就能像普通犯人一样待在多人牢房了。

我的血脉偾张，心跳加速，同时还得费力地思考要说些什么话来缓和一下气氛，但我的脑子里一片空白。他是不是在开玩笑呢？要知道他可是这个世界上最危险、最残暴的杀人魔头之一，而且几乎从未失手过啊！我怎么这么笨，竟然一个人来见他呢！

突然，我意识到自己已经得了“斯德哥尔摩综合征”，我开始对这个劫持者产生信赖感了，我开始学着相信他所说的话了。我在调查局的时候自己就是教这个的，现在竟然自己碰上了，这是一件多么可怕的事情啊！如果我和肯珀在一起的时间更长一些，恐怕我会和他组成同一阵线，帮助他实现他的目的了！

过了一会儿，我终于使自己的情绪稍微冷静了一点，对他说道：“埃德蒙，你不会真以为我来见你的时候毫无防备吧？”

“别唬我，雷斯勒先生！监狱里是不准外人携带武器进入的！”

这是事实，访客到监狱是不准携带任何武器的，目的是为了防止犯人持武器挟持警卫越狱。但我对他说自己是联邦探员，我可不是一般的警察，我有携带武器的特权。

“那你带着什么武器？老兄！”

“我才不会告诉你！”

“得了吧！难道你的笔有毒吗？”

“也许吧！我们能携带的武器多了！”

“那就是火星人的武器？”他若有所思，“因果报应？还是你的柔道黑带？你觉得你是我的对手吗？”

我更加不安，只觉得脑里嗡嗡作响，一阵阵恐惧不断袭来，我真希望他只是在和我开玩笑，但我无法确定。我想他这时候也不敢无视我的威胁，不能完全放心，所以他继续试探我，继续和我闲聊。我紧张的心情渐渐平稳了下来，想起我在上人质谈判课程上教给学生的那些技术：紧急关头必须不停地和他讲话，只有这样才能缓和气氛。于是，我顺着他的话和他讲起了火星人的武器，终于，狱警来了，我总算脱困了。

被狱警押着走向楼下大牢的时候，肯珀还特意走过来拍拍我肩膀，这时候我已经基本镇定了。

“我刚才只是和你开开玩笑。”

“我知道！”我一边回答着，一边做了个深呼吸。

从此以后，我就发誓绝不能让自己和局里的其他研究人员再遇到这种情况，并立下了规矩，以后再和杀人犯、强奸犯和蹂躏孩子的凶手面谈时必须两个人一同前往。

罪犯人格研究计划（Criminal Personality Research Project，简称CPRP）可以说是我的孩子，从它20世纪70年代末降临人间开始，我就尽心尽力地抚育它，我把空余的时间尽量安排给访谈，主要访问男性罪犯。在我不再亲自做访谈并把这项工作交给助手之前，我访谈过的暴力罪犯已经有100多人了，我敢说自己是访谈杀人犯最多的研究者（我的努力最终得到本局和合作机构的肯定，并两度获颁弗吉尼亚大学的杰斐逊奖，从此也可以看出联邦调查局与学术机构关系密切，并已经把自身功能延伸到校园）。我把从访谈中搜集到的资料和信息送到自己创建的罪犯人格研究计划小组去做系统分析，以便更加了解这些凶手的背景和动机，后面章节中提到杀手的童年经历、青春期状况、内心压力以及犯案方式就是这些研究的成果。在我把研究结果告诉大家之前，还是先把访谈这门艺术的重点说一下吧。

访谈罪犯很有意义，因为面谈可以帮助我们观察罪犯，使我们直接把握他们的行动、反应与人格变化，这对执法人员来说是非常重要的。为了获得有用的信息，访谈人员必须非常认真地看待这件事，取得对方的信任和尊重，并让他对你倾诉心中的所有想法。

访谈中为了赢得对方的尊重，必须把个人对罪行的厌恶感掩藏起来，比如某杀人犯谈起了肢解孩子的尸体，如果你表现出自己的厌恶、恶心或者受不了，他可能就不和你谈了，这样你就无法获得有用的信息了。最好的方法是你若无其事地对他说："噢！把他的头砍下来了，这有什么啊？很多人都这么干过！"这样对方才会告诉你所有的细节。这种方法并不总是有效，比如对付那些随性的杀人者就未必有效，他们也许很疯狂，但并不是傻子，他们懂得社会的基本法则，会觉察出你是在故意迎合他们。

很多访谈人员太过于着急，往往在一开始就提出最关键的问题或者让对方很难回答的问题，这样容易对双方造成心理障碍，会妨碍访谈的进行。罪犯们整天待在监狱里，有的是时间，如果他们觉得不高兴就不和你谈了，害得你只能白跑一趟。所以说，和他们面谈的时候要有耐心，先花点时间和他们营造融洽的气氛，最重要的是让他们感觉到向你倾诉作案细节和生活经历是一件很畅快的事情，一旦他们有这种感觉，你就会大有收获。我在访谈中经常会耐心而有礼貌地旁敲侧击，先拉近彼此的距离，等时机成熟后再把最重要和最难问的问题提出来，这种访谈经常旷日持久，有时候得反复数次才能达到目的。

在行为科学调查组里，有不少同事完不成这样的任务。有一次，我的一位同事去和一个杀害好几个孩子的家伙做访谈，这名同事自己也有孩子，于是不时流露出自己的真实情感，惹得这个罪犯火冒三丈。一开始这个罪犯要求抽根烟，并要求打开窗子，但我的同事喝令他坐下并要求他立刻回答问题，两个人就在这种僵硬的气氛下开始交谈，后来我同事向他提出了每次访谈的标准问题：“如果你没被起诉，那你想做什么？”对方说他想当一个宇航员。

“好啊，最好在你的太空舱里放几个孩子是吧！”我的同事对另一位同行的探员说。

这种敌意行为毫无必要，反而让这次访谈无法达成目标，回来后他很快来找我，因为是我派他去做那次访谈的，他坦率地承认自己搞砸了，并说：“我实在无法和这个禽兽谈下去了！”我很欣赏他的坦率和诚实。后来他在另外的方面成了专家，他在联邦调查局做心理辅导和咨询工作，但不再是面对罪犯，而是无法承担压力或有心理问题的执法人员。

大多数想进入罪犯人格研究计划小组的人都是拈轻怕重的家伙，因为他们和暴力型罪犯是截然不同的两种人，因此大多数人都不愿意采访像曼森、伯科威茨这样臭名昭著的杀手，他们也不愿意去见那些犯下残忍罪行的罪犯。在某种程度上我理解他们的苦衷，因为在进入监狱前要用很多时间去准备，比如阅读罪犯的各种档案，面谈前还要走一些程序，正式面谈的时候又要和罪犯面对面三四个小时，等访谈结束，或许你早就忘了自己最初的目标，但后面还有一堆报告之类的工作等着你完成呢！

面对如此巨大的工作压力，并不是每位同事都能坚持下来的。一位女同事就因为经常做噩梦而在几年后退出了，她说自己受不了和那些强奸犯虚与委蛇的工作，便申请调到其他单位工作。还有另外三名同事由于经常处于焦虑中而得了心脏病，还有不少人得了溃疡。我也曾深受折磨，我和另外三名同事莫名其妙地在半年内瘦了20~40磅，医院经过详细的检查也无法肯定病因，只能确定这种病和工作压力过大有关。有一名男性探员更加离谱，他不准其他探员再去和他负责的那个杀人凶手接触，甚至以此迁怒于我，最后甚至把调查局的一些秘密告诉了那个杀人凶手，教给他减轻死刑判决的方法。事后我们进行了详细的调查和研究，这名探员之所以如此反常，是因为那个犯人对人性有非凡的洞察力，他能够凭借这种天赋操纵他人心理，并把我们的探员变成了他的俘虏。这名探员的主管决定帮帮他，因此和他一起去见那个杀人犯，可是这个主管从此以后也无法入睡，经常说他身边有个魔鬼如影随形。这个犯人最后被执行了死刑，被他俘虏的探员如丧考妣，悲痛欲绝。我曾在课上引用的尼采的那句话在他身上验证了，这也说明我们的工作非常危险，一不小心就会万劫不复。

稳定的生活可以让自己免受杀人狂徒的影响，但这个探员和我一样生活稳定，他为什么会这样呢？我百思不得其解，想想自己从1978年开始这份工作以来，不知道承受了多少压力，我很庆幸自己还没有失去理智。

当时探监有很多规定和限制，即便是家属和监护人去探监也只能通过玻璃上的一个洞或电话交谈，只有我们这些访谈人员例外，可以在房间里和犯人面谈，这让我们的工作环境舒适不少。有时候犯人被带进来的时候还戴着手铐，我遇到这种情况会要求狱警解开对方的手铐，这样可以获得对方的信任，让他对我敞开心扉。

访谈开始的时候，犯人们都会问为什么联邦调查局探员要来找他们谈话，我必须首先和他们谈论他们本人，表示我对他们非常了解，然后再告诉他们我并不是为了调查某个案件，而是想研究一下他们的说法。当然，我也不能直呼他们是“强奸杀人犯”，只对他们说我想多了解一些他们的童年生活和人生经历，并向他们保证所有的谈话内容都是保密的，不会向其他单位呈报。虽然这是一个小细节，但这是对方最担心也最重视的地方，因为他们很害怕监狱和检察署抓到不利于他们的证据。我很幸运，或许是我真挚的保证打动了他们，他们一般都对我的话深信不疑，当然我也遵守了自己的承诺。我会提醒他们只谈自己被起诉的罪行就可以了，可别说出自己犯过的其他罪行来，因为身为联邦探员，一旦对方说出他是某个悬案的凶手，我就必须让他接受进一步调查。

曼森是个“名人”，除了我们单位的人以外，还有很多人想和曼森谈谈，他们倒不是想研究这个人，而只是为了自己的利益，比如记者和作家们去采访曼森，多半是为了让自己名利双收，但我认为这对杀手们来说有些不厚道，他们成了别人出名的工具。几年前电视和广播界的红人汤姆·斯奈德（Tom Snyder）对曼森做了一次专访，访问中他问曼森在割人耳朵时有何感觉，这类问题只能让曼森胡说一通，没有什么好处，反而会让他产生抵触情绪，我敢肯定那次访问后，曼森一定非常反感斯奈德，曼森一定在心里咒骂：“这个浑蛋竟敢耍我，我就和你玩玩！”访谈到了这种地步就毫无意义了，因为你再也无法获得重要的信息。对斯奈德而言，或许提出这个问题有些好处，因为观众与听众对这个问题的答案感兴趣，但斯奈德只是满足了观众与听众暂时的兴趣，实际上毫无意义和价值，也为其他同行做了个坏榜样。访谈的经验告诉我，事先的准备工作非常重要，如果准备不足，对方可能认为你在浪费他们的时间，我必须让他们感受到我是有备而来的，我的访谈绝不是敷衍凑合，对我来说，这也是我能取得对方信任的关键。举个例子来说，我会事先记住他们故事里的人名和其他事物，这对访谈很有帮助，有一次曼森在接受我访谈时说："当时博比带我去见几个毒贩……"

我立刻插嘴道："是博比·博索莱伊（Bobby Beausoleil）吗？"

"是的！"他显得非常惊讶，也有些佩服，他知道我是精心准备过的。这样做除了让他不要向我撒谎外，也可以让他感觉到我对他的重视。我确信曼森接受斯奈德访谈时不是闭口不言就是胡说八道，但如果面对一个尊重他的人结果就会不同，访谈者也能获得一些其他执法人员从不知道的情况。当然，做好准备工作最重要的是可以让我们的谈话很顺利。

除了做好准备外，我还会试图挖掘出这些凶手和其经历中一些积极的内容。像曼森这样的杀手，你很难从他身上发现积极的东西，但我至少能让他感觉到自己还是有价值的，别人都把他看成一无是处，但他可以从我这里获得某种肯定。

曼森也向我诉苦，说案发的时候他并不在现场，他进监狱完全是被冤枉的，后来他甚至想说服我相信他是无罪的。曼森给我打了一个比方，如果你把底片弄反了，那洗出来的照片就会是颠倒的，他说这个社会就是底片，而他就是这个社会的倒影，他的所作所为只是社会黑暗面的一种投射而已。

曼森之所以成为杀人恶魔，最主要的原因是他坎坷的童年。他前面32年的人生中，光在少年管教所和监狱里就待了20年。从十几岁起，到他进入加州的“恶魔岛”监狱服刑，他几乎从来没有享受过自由，而且他还将在监狱里度过余生（有很多人和曼森一样，十几岁开始犯罪，30来岁的时候已经是反社会罪犯中的老手了，他们的罪犯身份会持续到死亡的那一天）。蹲监狱的曼森看来很瘦小，身高5英尺6英寸，体重120磅[①]，他非常情绪化，但在监狱里学会了弹吉他，偶尔还会谱曲，他打算出狱之后做个音乐家。20世纪60年代，有一段时间他刚从一次服刑中获释，那时候就已经表现出自己叛逆的一面，当时他和很多年轻人一起在西海岸过着反传统的生活，并经常参加各种运动。

他告诉我：“相比那些留着长头发、反礼教、无病呻吟的家伙，我更了解年轻人的心思，比如他们喜欢什么人、什么事和什么东西。”后来他曾到旧金山的海特·阿什伯里区（迷幻药文化的重镇）鬼混。他以嬉皮士的先驱自居，自认为高人一等，由于他非常了解年轻人的心思，一时成了当地年轻人膜拜的领袖。他说：“我看到了他们想看的。”

他的表现非常突出，很快就能够在当地呼风唤雨了，吃香喝辣不说，还能随心所欲地勾搭女孩子、吸毒，简直成了“土皇帝”。他告诉我：“我是坏孩子的投射，就好像你照镜子的时候，并不会注意到镜子本身，而只是看到它反射的影像一样。我不是什么大人物，出身平凡，只能靠自己的头脑成就一番事业。”后来，他发现了自己的另一个天赋，那就是可以控制一些年轻人。在靠近死亡谷的一片沙漠

① 身高约1.68米，体重约54.43千克。——译者注

里，他召集一群不良少年成立了一个“夏令营”，并利用威逼利诱的手段瓦解了那些少年的心理防线，逼着这伙人跟随他作奸犯科，把这一群人都领上了不归路。

曼森说他做的事情都是门徒们希望他做的，而且这些事不过是些“镜中倒影”，因此他无须负责，更不理解自己为什么被关进了监狱。这种解释当然是胡说八道，都是他为了脱罪想出来的理由，但他也对我讲了为什么他能够收服众多追随者，以及他能够为所欲为，甚至让其他人去谋杀。他对付自己的门徒很有一套，获得了大家心悦诚服的拥戴，比如有一次他的门徒把一个被害人抓进了屋子，正准备杀害的时候，他突然说自己也是个罪人，不适合在这种场合出现，说完就跑了，而他的门徒也无人怀疑他的说法。

在一次我和曼森的访谈中，他忽然跳上了桌子，疯疯癫癫地向我们表演狱警是如何虐待囚犯的。我见怪不怪，没有理他，和我同行的康韦却大吼道：“查尔斯，快下来给我坐好，管好你自己！”显然，康韦的做法是正确的，总不能让我们都跟着他手舞足蹈吧。曼森自己疯了一阵，慢慢坐了下来，可见他的控制力还是不错的。

访谈快要结束的时候，曼森忽然对我提出要我给他一个纪念品，这样他回到牢房里就能向其他人吹嘘自己今天戏耍了一个联邦探员，如果没有信物，其他人是不会相信一个探员和他交谈了如此长时间的，他想利用这个纪念品提升自己在狱中的地位。说着说着，他忽然夺走了我的调查局徽章，并别在自己的衬衫上，然后就表演向狱卒和其他牢友发号施令的动作，我赶紧制止了他。曼森一直对我的老式飞行员护目镜虎视眈眈，我便把它当作礼物给了他，他立刻收下并装在自己胸前的口袋里，过了一会儿又说警卫可能会认为是他偷的。

他猜对了，被带走后没多久，他就被警卫押了回来，他一边走一边嘟囔着没有人相信他。我对警卫说这个护目镜的确是我送给他的，警卫瞪着眼睛看着我，好像我是个浑蛋。曼森得意扬扬地戴上了这个护目镜，把他那双目空一切的眼睛遮了起来。很显然，这是曼森操控别人的另一项高明手法，对我来说，虽然损失了一副护目镜和一点自尊，但能够洞察到一个杀人狂徒的内心世界，这个代价很值。

有一次我采访完曼森之后，顺着加州海岸线到圣路易斯-奥比斯波监狱探访查尔斯・沃森。沃森自称在狱中见过耶稣，他已经得到拯救并重生，更夸张的是，他成了一名虔诚的传教士，监狱里及周围各地的人都会在周日来听他传道。实话实说，他传道时很有架势，等人来齐之后，他在屋子里来回踱步，仿佛自己是君王一般。狱方认为他真的改过自新了，所以并没有阻止他，并把他当作模范囚徒对外宣传。我知道他的行为的确是在行善，并能够帮助一些人，但他的“宗教转变”是否出自内心，我就不敢确定了。

我在访谈过西尔汉、曼森和肯珀之后再看沃森，觉得他相对正常多了，他告诉我之所以和曼森一同杀人是因为自己那时候沉迷于吸毒，根本神志不清，而且曼森已经完全控制住了他，他承认自己的罪行，并认为自己罪有应得。他还对我说魔鬼撒旦已经遗弃了他，他很快就会回到上帝的怀抱。总的来说，他和其他杀人犯有很大区别。

一个叫雷・胡克斯特拉（Ray Hoekstra）的监狱牧师和沃森合著一本书，名叫《你会为我而死吗？》（*Will You Die for Me?* ），书中沃森把所有错误推到了曼森身上，说是曼森下令叫他们去杀人的。书中写道，有一次曼森帮他杀了一名毒贩，事后却要他帮曼森多宰几只“猪”来回报。后来接受我的访谈时，沃森承认曼森没有直接下达杀人的命令，但曼森明知他们的作为却从来没有阻止过。

沃森从小在得克萨斯州的一个小镇长大，小时候和普通的美国小孩一样诚实可靠，我调查的资料中显示他小时候擅长田径运动，是当地的孩子王，那本书里面也肯定了这种说法。20世纪60年代末大专毕业后，他来到了加州，希望品味一下这里的沙滩、阳光、女孩、毒品及舒适的生活，他偶然遇到了曼森，从此就和曼森形影不离，并死心塌地地为曼森卖命。在监狱里服刑一段时间后，他认清了曼森的面目：曼森只许州官放火，不许百姓点灯，所有的追随者都被他当作奴隶使用。

“我开始吸毒的时候，曼森还是个无名小卒呢！”沃森在书中写道，但是后来曼森成了他的“精神导师”。

他说我们每个人都有个自我，就是肯定、相信自己存在，并认为自己和其他人有不同价值的理念，我们成天都为自我忙碌，把自我看成生存的唯一事物，除此之外，一无所有，但真正的自由是忘掉自己，让陈旧的自己死亡，这样我们才能独立于世界和人生之外。当然曼森经常向我们炫耀他自己写的那首歌《停止》，歌词里有“停止存在，来说你爱我”的句子，女孩子们都跟着他唱“停止存在，消灭你的自我，然后死亡”，他说只要做到这些，就可以超脱一切，获得大爱，并能够团结一致。

凭借毒品和出众的口才，以及夜夜笙歌的生活方式，曼森让周围的人对他死心塌地，完全失去了自尊和人格。每天吃过晚饭，他就领着这一帮人到屋子后面的讲台上谈论人生哲学，这群人一边吸毒一边听他“传道”。尽管当时的普通民众对这群嬉皮士有诸多不满，但他们在这个群体里却找到了家一样的感觉，而30来岁的曼森就相当于他们的耶稣基督。曼森和耶稣有相似之处，他也想改变这个世界，整天谈什么启示录，并以上帝之名到处宣扬爱。他向追随者提出了所谓的“曼森戒律”后，还给每个追随者起了个新名字，象征着他们获得了新的人格，曼森和沃森就是这样相识的。

曼森在讲台上大吹大擂，说什么旧世界即将灭亡，他能够带大家找到通往新世界的入口，那个入口就在沙漠里，等世界末日之后，他们这些人再出来重造新世界；为了让这个旧世界早日灭亡，他们就得多杀些人。

曼森喜欢杀人和他从小就常被人欺骗有关，他从小就很孤独，从没有办过生日舞会，他的坎坷人生路从出生就注定了，正是为了报复别人对他的所作所为，他才觉得必须杀掉那些中产阶级的“猪”，他最不愿意看到的就是这些“猪”过上舒服日子。

沃森在书中写道：“或许在外人听来，曼森的话简直是胡闹，但我们深信不疑。我们听得越多，迷幻药也嗑得越多，便更加觉得他所说的一切都是真理。我们全都服从他的领导，觉得杀戮、分尸不过是一场游戏，直到杀了人，我们仍然这么认为。”

慢慢地，沃森开始和曼森竞争了。有一天晚上，做完“游戏”后，沃森把一些女孩召集了起来，对她们和曼森说领袖应该是轮流担任的，现在轮到他做头子了，大家以后都要更加积极地执行他发布的命令，而他则会负担起杀人的重担，至于那些女孩——被曼森训练为解决男人“需要”的工具——则是他的帮手。沃森对曼森说：“我们这样做是为了你好，曼森！”曼森回答说：“没错！去做吧，一定要好好干！”曼森后来和我说这些都是沃森的一派胡言，他当时说的话是：“做你该做的事就好，不要越界！”

我认为这两人的说辞并不矛盾，他们是同样的人，都想在这个团体中获得领导权。俗话说“物以类聚，人以群分”，他们这一伙人小时候就经常偷窃女性衣物、汽车或金钱，长大之后，曼森也把这些女孩看作工具，让她们和其他男人做爱，当然在自己需要的时候他也不会客气。

曼森在一次访谈中向我大吐苦水，说他这辈子做过的最蠢的事就是“让那个浑蛋沃森在家族里掌握了太多的权力”。沃森在面谈中也承认自己想要在那个“家族”往上爬，目的是为了获得众多女孩子的芳心，并扩大自己的权力。两个人为了争权夺势，很快又让六个无辜的人做了他们的刀下亡魂。

曼森家族人员众多，除了他们两个之外，我还打算到加州监狱和这个家族的其他成员谈谈。我本来打算去见一个叫苏珊·阿特金斯（Susan Atkins）的女孩，她负责协助实施谋杀，但后来未能成行。我又去了西弗吉尼亚州奥尔德森联邦女子管教所，找到了史奎基·弗罗姆和桑德拉·古德，这两个女孩都没有参与过谋杀，但曾在曼森身边待了很长时间。她们出现在会客室的时候我大吃一惊，还以为搞错了。弗罗姆穿了件红色的旅行装，头上绑了一条红色丝质手帕；古德穿了一件绿色旅行装，头上绑了一条绿色的丝质手帕。两个人始终形影不离，交谈时称对方为“红色”与“绿色”，并称她们是曼森教会里的姐妹。

两个人都很聪明，弗罗姆的家庭很正常，并受过良好的教育，古德甚至拥有硕士学位，但她们甘愿抛弃一切追随曼森。弗罗姆后来被指控谋杀福特总统未遂，当时她已扣动了那把点45口径的手枪，但被一名特工及时抓住了枪，这名特工被打成重伤。古德的罪名是恐吓，当时她给很多大公司的老板写了信，警告对方不要继续污染地球，否则“曼森家族”的成员们（她宣称成员遍布全球）就会把他们灭门。曾经的“女孩”如今已是30多岁的妇女，但她们仍坚信曼森早晚会出狱，到时候他们就能重新开始“地球重整”运动，她们还会追随他。她们还告诉我如果曼森没有出狱，即便我拿着总统特赦令来放她们出去，她们也不会接受。

我对她们俩的访谈没有得到有用的资料，也没搞清楚为何她们甘愿追随一个神经质男人误入歧途。后来，古德于1991年末获释，马上搬到了离曼森的监狱仅25英里的一个小镇上。

理查德·斯佩克不算是连环杀手，我称他为“纵欲杀手”。20世纪60年代末期的一个恐怖夜晚，他闯入了芝加哥的一间房子准备偷点东西，却发现那里住着一群护校女学生，他便把她们全部绑了起来。这些学生没有反抗，是因为有些学生叫大家乖乖就范，而他也大声喊叫着让她们不要乱动。接下来，他把这些女学生一个接一个带到其他房间先奸后杀，轻而易举地杀了八名女学生。

在他刚刚进屋的时候，有一个聪明的女学生趁乱躲到了床底下，她目睹自己的同学被强暴和杀害。斯佩克没有清点过学生的人数，杀害了8个人之后就走了，那个机警的女学生侥幸逃过一劫。后来她向警方描述了事情的经过，并向警方描述了凶手的细节，包括他胳膊上刺了一个花纹图案的文身。

她的证词对破案很有帮助，警方把这条信息告诉了新闻媒体，让公众注意这样的人。警方推断这个凶手的性格暴烈，胳膊上有伤，因此通知各家医院的急诊室注意，凡有受伤的男子去就诊务必立刻通报警方。几天后，斯佩克果然去医院治疗自己受伤的手臂，马上被逮捕了。幸存的女生指认了他，再加上现场的指纹与他吻合，他很快被押入大牢，庭审后判了终身监禁。

他虽然不是连环杀手，但也是轰动一时的杀人魔头，所以我打算去和他谈谈。他好像不怎么聪明，也没说出什么有用的信息。狱警告诉我，监狱里所有人都知道这个喜欢吹牛的家伙的累累罪行，以前他住在得州时计划杀了自己的岳父然后逃到芝加哥，在行凶的前几个月，他经常挑个美好的晚上喝酒、嗑药后到城里的酒吧找人打架，如果把对方打败了，那就回家睡觉，如果被人打败了，就要找个无辜的女孩来揍一顿。

狱警告诉我，斯佩克曾经抓住了一只麻雀，对它百般呵护，并在它脚上绑了根绳子，另一端就系在自己的肩膀上。另一名狱警对他说监狱里不准饲养宠物，要他把麻雀放了，但斯佩克根本不理睬。狱警警告过几次后，就对他说如果再不把麻雀放掉的话，就把他关进禁闭室。斯佩克听后二话不说，马上跑到风扇旁把那只可怜的麻雀扔了进去，它立刻被绞成了肉酱。狱警大吃一惊，问他："你为什么这么做？你不是很喜欢它吗？"斯佩克回答道："我是很喜欢它，但我得不到的东西谁也别想得到。"

斯佩克不愿意接受我们的采访，即便和我们见面之后也显得很不情愿。一个狱警为了让他开口，就说他作案的时候自己也在芝加哥，斯佩克听后忽然笑了起来，然后就变得不那么抵触了。尽管我告诫过自己，为了访谈要尽量发现凶手积极的一面，但面对这种情景，我也无法原谅他的所作所为。

在监狱里，狱警喜欢对他冷嘲热讽，这让他变得更加孤僻，我去采访之后也没什么改善。采访中，他承认杀了那八名女学生是怕她们出面指认自己，他很后悔这么做了。我继续问他为什么要跑到医院去自寻死路，当时媒体已经说了凶手胳膊上有伤。后来有些心理医生认为斯佩克是想自杀才割伤了自己的胳膊，但斯佩克不承认，他说那些伤口是在酒吧和人打架被酒瓶割的。

采访理查德·斯佩克之后，我又去见了特德·邦迪（Ted Bundy），他的案子也曾轰动一时，引起了社会广泛关注，但很多人都相信那桩凶杀案不是他干的，而是别人硬把罪名加到他头上的。邦迪长相英俊，而且很狡猾，很多女孩都为他着迷不已，在媒体的宣传下，他似乎成了一个性格温和、注意卫生并且值得尊重的好男人，因而大家都不相信这个大众情人犯下了那桩谋杀案。

虽然有人把他说成是杀人犯里的鲁道夫·瓦伦蒂诺[①]（Rudolph Valentino），但邦迪是个不折不扣的残忍、冷酷而且变态的杀手，比如他杀害的最后一名遇害者是一名年仅21岁的女孩，强奸之后，他又把她的头部塞入泥里使其窒息而死。他不仅长相英俊，而且能说会道，有不少女孩和少妇甚至主动对他献身，他利用这一点把她们骗到车上或者带到无人之处，先是把她们殴打得失去意识和抵抗能力，然后将其奸杀。勒死对方之后，他会将其分尸，再把尸体带到几百英里外抛尸。他做过奸尸的兽行，更加骇人听闻的是作案数天之后他会回到抛尸现场，对着尸体发泄性欲，或者做出其他疯狂的举动，如砍

---

① 20 世纪初期的著名男演员，是当时女影迷的梦中情人，1926 年因心脏病去世，终年 31 岁。——译者注

头等。

他是个禽兽不如的恶棍，但媒体似乎并不关注这一点。邦迪被捕的时候，已经在十几个州杀害了35~60名年轻女性，各地的警察都想对他进行讯问，联邦调查局也在匡蒂科召开了一次研讨会讨论此案。

邦迪最早杀人的时候是在西雅图，在当地连杀了11个人之后，他发觉警方已经盯上他了，便赶紧逃窜到了东南部。后来他又逃到科罗拉多州，被当地警方捉住后又很快逃脱，就这样他和警察开始了猫捉老鼠的游戏，第二次从警察手里逃跑后他继续往东南方潜逃，并在前往佛罗里达州的路上继续作案。

他从科罗拉多州逃跑后，我就加入了此案的侦破工作，我和侧写组的组长霍华德·提顿对他进行心理侧写，并把我们的研究向公众发布，为警方提供凶手可能的藏匿地点，如沙滩、滑雪场、迪斯科舞厅或大学校园等。我们认为，邦迪挑选的作案对象一般是那些年轻、有吸引力、活泼的女孩，而且常常都留着披肩长发。

邦迪一案让这个杀人犯臭名远扬，而且我知道他聪明异常，所以在他被判刑后，我打算对他进行一次访谈来充实我们的研究。当时有太多机构和媒体想采访他，所以我第一次去佛罗里达州的史塔克监狱时不得不等了几天，后来因为我要去外地上课，就把采访工作交给我的同事接手了。数年之后，行为科学调查组忽然接到一封他的来信，他提出要看我们的采访记录和我们档案中其他36名杀人犯的作案现场照片，信件最后他提出一个要求，说想当我们调查组的顾问，这又勾起了我的好奇心，我就再次到佛罗里达州监狱去见他。

面谈时他显得很傲慢，即使我向他问好的时候他也是双手抱在胸前，非常冷漠。我正要开始自我介绍，他忽然插嘴说：“噢！雷斯勒先生，我知道你是谁，我已经研究你很多年了。”他收集了很多我们调查组的报告，并质问我为什么没有早点来看他。我向他说了前一次拜访的过程，邦迪听后也感喟不已，说他仰慕我已久，早就想和我谈谈。

邦迪对我说他和很多大学教授、新闻记者和警官交谈过，但这些人都是饭桶，只有我能算专家，我知道他是为了取悦我，并非真心尊重我。他在信中要求我们给他看研究报告，其实他是想利用这些报告来帮助他上诉，以求免除自己的死刑，当时我的一位上司打算同意他的请求，但我坚决不同意。面谈中，我对邦迪说我们不需要他来帮我们侦破其他刑案，我们只对他自己做的案子有兴趣。邦迪似乎对我的话不屑一顾，他说即使没有我们的报告他也会赢得上诉的。

过了一会儿，他终于同意和我讨论自己的案子了，他说起自己在科罗拉多州做的一件案子，当时被害的女子正在和她的男友在酒吧喝酒，他逮到机会就把她杀了。我问他既然她男友也在场，如何还能得逞，他轻松地说道：“很简单，我只要冒充是保安或警察，要她前往某处协助调查就行了，骗到我的房间之后，杀她就很容易了。”

在和他谈话的过程中，我发现他很有心计，他看起来好像知无不言，其实是在和我兜圈子。我和他耗了三四个小时后，眼看无法取得成果就走了。后来我知道他在被执行死刑前，曾经把很多人哄得团团转。

几个月后，也就是他执行死刑的前几天，他放出消息说自己要公布所有的案情，全国各地的警察都赶到了监狱，以至于每个警察只能和他谈一两个小时。第一个和他见面的是西雅图警官罗伯特·凯佩尔（Robert Keppel），这位警官从他最初的11起案子时就开始追捕他，两个人谈了几个小时，但邦迪一直在第一个案子上消耗时间。最后邦迪说按照这样的速度他们不知道什么时候才能谈完，于是他很狡猾地向警官建议，不如让各地警官一起提出请求，把他的死刑延后七八个月，这样他就能把所有的案子都详细告诉警官了。这显然是他的诡计，他在监狱里待了10年，早不说晚不说，偏要在执行死刑前几天说，显然是为了求生。

后来，这些警察到匡蒂科参加了我们的研讨会，我从一名警察那里又发现了一件让我吃惊的事情，邦迪竟然曾花言巧语地哄骗一位联邦调查局探员从我这里拿了一些凶案照片交给他做“研究”，直到他坐上电椅，这些照片还在他的房间里，他最后一次和詹姆斯·多布森（James Dobson）医生交谈时还引用了这些照片。

1979年，我和我的同事曾采访了“萨姆之子”戴维·伯科威茨三次。伯科威茨曾一年之内在纽约市犯下六桩命案，另外还有五六个人被他打成重伤，大部分案子都是在停车场发生的，每次作案后他都在现场给警方留下一些笔记，并把自己的罪行告诉报社的专栏作家。当时他的案子影响很大，纽约市很多人被吓得夜里不敢出门。我们去采访他的时候，他正在阿提加监狱服刑，被单独囚禁在一个囚室里。

他给人的第一印象是害羞、拘谨而有礼貌，他的身材较矮，而且较胖，和我握过手后就安静地坐了下来。我发现他非常聪明，能够猜出我将要说什么，并能够掌控我们谈话的方向，但他并不是话痨，只在必要的时候回答问题。他不准访谈人员用录音设备，因此我只能一边听他说话一边用笔记录谈话内容。

他在纽约这个大都市作案，很容易就引起了媒体的关注，他说到自己和新闻媒体的“渊源”很深，他身上时刻带着一本记录自己作案情况的剪贴簿，并常把这些内容寄给新闻媒体发表。许多杀人犯都有这种记录罪案的习惯，但只有他一人在被捕后也获准把这本剪贴簿带进了监狱。他对我说，这本剪贴簿是他想象力的源泉。

我想和他谈谈那些性犯罪的部分，但他开始并不想谈，并说自己的性生活很正常，犯下的都是普通的枪杀案件。然后我又问他的童年生活怎么样，他告诉我自己从小就寄人篱下，经常和收养他的家庭发生冲突，后来他一直想找到自己的亲生父母。他14岁的时候养母去世，这让他更加抑郁，高中毕业后他想参军去越南作战，并经常幻想自己是个获得无数勋章的战争英雄，但参军后他被派往韩国，服役期间并无什么特别的行为，只是在一次嫖妓后染上了性病，非常沮丧。他在和其他访谈者的交谈中曾说，他的性行为中，只有这一次是用钱买来的。

退役之后，他终于如愿以偿地见到了亲生母亲和亲姐姐。但这次见面并不愉快，他希望生母能够接纳他进入家庭，但生母拒绝了他，这让他再一次品尝到失望的痛苦滋味。

开始杀人之前，他曾在纽约犯下至少1 488桩纵火案，这个数字看起来非常惊人，但对伯科威茨来说，他只是为了保持自己每天纵火一次的习惯，其中几百次纵火并不“成功”，没有引发火灾。有一段时间他想当个消防员，但没有通过资格考试，愿望破灭后他到纽约皇后区的一家货运公司担任安全主管，任职期间参加过数次消防救生演习。

访谈开始时，他把曾经在法庭上对心理医生说的话重复了一遍，告诉我他的邻居萨姆·卡尔养的那只狗被一个3 000岁的魔鬼附身了，魔鬼就通过这只狗给他下达命令，让他去杀人。

我对他说这样无聊的理论就不要向我兜售了，他先是愣了一下，但还是继续讲他的这个故事，我有点生气了，就说如果他继续这样说的话，访谈就没有必要进行下去了，说完我合上自己的笔记本就要离开会客室。

他把我叫住了，并向我抗议说那位法庭上的心理医生都接受了他的说辞，并认可这就是他杀人的动机，为什么一个心理医生都认可的说法我却不能接受呢？

“这个故事对我毫无用处，戴维！”我对他说，“我要听的是实情，如果我们不能以诚相待，那我就没必要在这里了。”

伯科威茨叹了一口气，又坐了下去，开始说真正的案情。其实什么“萨姆之子”或“魔犬教唆杀人”都是他要的把戏，目的就是为了装疯卖傻来脱罪。他是个很狡猾的罪犯，并清楚地知道自己的罪行。接下来，他又告诉我自己利用这套把戏把监狱里的心理医生和咨询人员耍得团团转。最后，他向我坦率地承认了自己之所以专门枪杀女人，是因为他憎恨自己的生母，也因为他无法和女性建立良好的关系。

他第一次杀人没有成功，当时他用刀“杀”了一名妇女后发现报纸上没有任何报道，最后才发现对方还活着。于是他决定改善自己的杀人技术，他仔细思考应该如何杀人，最终认定用刀杀人是个错误，因为那样会在自己的衣服上留下血迹。为此，他搜肠刮肚想找到一种最佳杀人方法，最后跑到得州买了一把点44口径的手枪和一些子弹。他之所以从纽约跑到得州去买子弹，是因为他害怕警方会根据子弹的线索找到他。杀了几个人之后，他还回到得州“补充弹药”。

他的杀人目标主要是独自待在车里的女性，有时候则专门杀害在车里和男人亲热的女性，他耐心地等待男人离开再伺机杀害女人，有时候也会连男人一起杀。杀害女性的时候，他能从中感受到性亢奋，并在杀人后通过手淫来达到性满足。

我逐渐开始问最关键的问题，他也向我吐露了一些鲜为人知的细节，比如他的受害人大多是夜间工作者，而他选择作案时间并不是像传闻说的那样按照月亮圆缺来进行的。另外，他说自己并不是一般人说的那种杀人狂，因为他杀人要看环境，只有环境和自己的状态都很好的时候才会动手。如果某天没有找到合适的受害人，或者环境不适合，他就不会动手，而是开车到上几次杀人的地点看看，回想那几次成功的经验与成果。回到作案现场时如果能看到残留的血渍或警方遗留的记号，他也会感到莫大的满足，这时候就会在车上抚摸着死者的遗物手淫。

他的这些话对执法人员来说是非常重要的信息，也帮助检察署和警局对罪犯有了更加深入的认识。比如杀人犯在作案后会情不自禁地回到案发现场这个信息就对我们很有帮助，后来帮助我们逮捕了不少罪犯。心理学家的研究也证实了这种现象，尤其是性犯罪的罪犯更常发生这种情况。在我们的研究之前，执法人员从来没有想到过这一点，比如福尔摩斯探案的时候就从来没有发现过这种事情，萨姆·斯佩德也从来没有想到过。

对我来说，这种访谈也证实了我过去的一些猜测，比如，我很早就认为疯狂杀手的那些奇怪行为其实是正常行为的延伸。举例来说吧，如果一个家庭有个正值妙龄的女儿，她的父母就会经常看到十几岁的男孩骑车或开车从她家门前经过，或者经常找机会见这个女孩，为了追求这个女孩也会做出一些冲动的事情来。一般人都认为这种行为是正常的，但这种行为从本质上讲和性犯罪的罪犯在作案后重返现场有某种相似性。

伯科威茨常常有股冲动，要参加被害人的葬礼，很多杀人犯也有类似的情绪反应，但他并没有真这么做，因为他害怕警方会监视葬礼（警方也的确会这么做），伯科威茨从电视剧和侦探小说里学到了这些信息。但伯科威茨做过另外的尝试，被害人举行葬礼的那天，他会请假到警局附近的餐厅待着，希望从来此吃饭的警察嘴里听到一些信息，但试了几次都一无所获。他的确不敢到葬礼现场，但会尽可能地靠近葬礼举行地点或者死者的坟墓。

他非常享受出名的感觉，这也是他在作案后给警方留言的原因，他甚至会直接和报社联系。案发后整个纽约市都轰动了，报纸也因此畅销了不少，这让他非常骄傲。说起来，凶手联系媒体的祖师爷是“开膛手杰克”[①]（Jack the Ripper）：杰克在杀害了第一个人后在车座上留了一张简单的字条，写着“我还会继续作案”，署名“恶魔”。伯科威茨的“萨姆之子”称号是报社给他取的，他感到很满意，以后也如此自称，他甚至为这个称号设计了一个符号，以张扬自己的想象力和创造力。

在我看来，吉米·布雷斯林（Jimmy Breslin）这样的专栏作家对凶手再度作案简直是煽风点火，他也该为这样的连环杀人案负一定责任。“萨姆之子”这个称号就是布雷斯林给伯科威茨起的，伯

① 1888 年 8 月到 11 月，伦敦连续发生了五起杀害妓女的案子，凶手一直没有抓到，“开膛手杰克”是媒体为凶手起的代称。——译者注

科威茨甚至还为此兴奋地给他写了一封信。当时纽约本来就人心惶惶，报纸的大肆报道，生动描绘细节的同时也让这种紧张气氛愈演愈烈，他们还在报纸上推测下一桩案子会在哪里发生，这让当地的居民更加惊恐。

伯科威茨本来只是想吸引一下公众的眼球，但在媒体的炒作下，他觉得不妨更进一步，为了自己的“名声”，伯科威茨在媒体的推动下犯下了一桩又一桩罪行。他和媒体的确吸引了公众和社会的注意力，但那些无辜的冤魂也越来越多了。

访谈中，伯科威茨承认自己除了对性感兴趣外，从小就有暴力倾向，他在六七岁的时候就曾把氨水倒入他养母的鱼缸，鱼被毒死后，他还拿着大头针扎鱼的尸体。还有一次，他用强酸弄死了自己最喜欢的一只小鸟，他说自己在小鸟的死亡过程中感受到一种惊悚的快感。他还折磨过不少小动物，老鼠和小虫子都遭过他的毒手，他在这些行为中获得了控制生命、征服生命的快感。

伯科威茨经常幻想自己有超能力，可以操纵空难的发生，但他当然没有能力做到这一点，因此纵火就成了这种幻想的替代品。很多纵火犯都喜欢看着自己点燃的火苗成为火灾的那种快感，其实他们就是想做一些正常情况下无法见到的事情，比如看着消防员灭火、看着民众聚集在自己点燃的火灾现场、看着东西被烧坏、看着从火场里抬出的尸体等，这种行为就是他想掌控一切的表现，而下一步他就会开始掌控人的生命了。在这种心理下，他看到家家户户都被媒体上谋杀案的报道吓得胆战心惊，看着纽约笼罩在恐惧的氛围中，心里就会感到莫大的满足。

他在法庭上说的自己被魔鬼控制的鬼话，只是为了自己的生命。

伯科威茨对我说，他被逮捕的时候正在幻想自己和一群人去舞厅狂欢时遇到了枪战，在幻想中他被人杀掉了，他说这个幻想真是“应景”啊，还没想完警察就进来把他抓住了。

他的这个幻想也暗示了他对正常人和正常人际关系的忌妒，他曾经很坦白地对我说，如果在发生这些怪异的凶杀前他能遇到一个认可他、使他满足的女性，并能正常交往和结婚，那么很可能就不会发生后面这些杀人案了。

这些话是他在访谈的最后告诉我的，我觉得他说得很好，但我认为他不会遇到这种女孩，即便遇到也不会停止自己杀人的行为，因为一个女孩是无法解决他的心理问题的，再说有什么女孩会接受这样怪异的人呢？看着自己身边年纪相仿的男孩都有了甜蜜的爱情，而自己仍是孑然一身，这就像是一个恶性循环，他的问题只能越来越严重，最终他只能走上杀戮的不归路。

我在FBI的20年缉凶手记

第 4 章 暴力的童年

心理受创的男孩子进入青春期之后，会发现自己的社会适应性和社交技巧越来越差，也无法和异性建立良好的关系。我们说过杀人犯通常内心孤独，但这并不是说他们在青春期表现得内向、害羞，虽然的确有些杀人犯是这样的，但也有一些人在中学时期非常善谈，有一帮男性朋友，可他们这么做只是为了掩饰自己内心的孤独感。

连环杀手杰尔姆·布鲁铎斯为了增强自己谋杀的快感所拍摄的照片

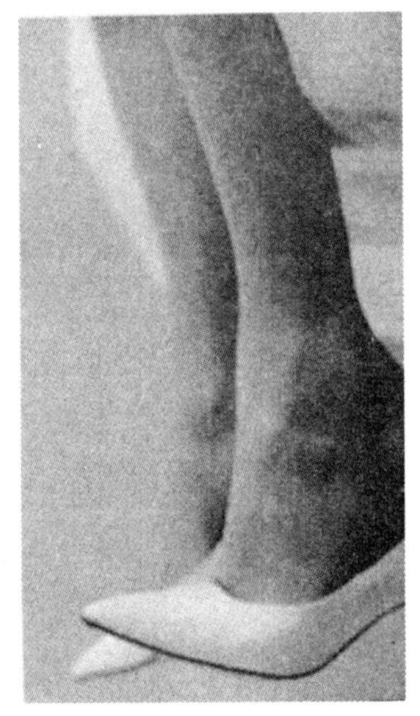

布鲁铎斯沉迷于拍摄女性受害人穿着高跟鞋的脚部照片，反映出他怪异的恋物癖

俄勒冈州的塞勒姆，连环杀手杰尔姆·布鲁铎斯在俄勒冈州州立监狱的牢房里

理查德·劳伦斯·马凯特在因强奸杀人案被捕时

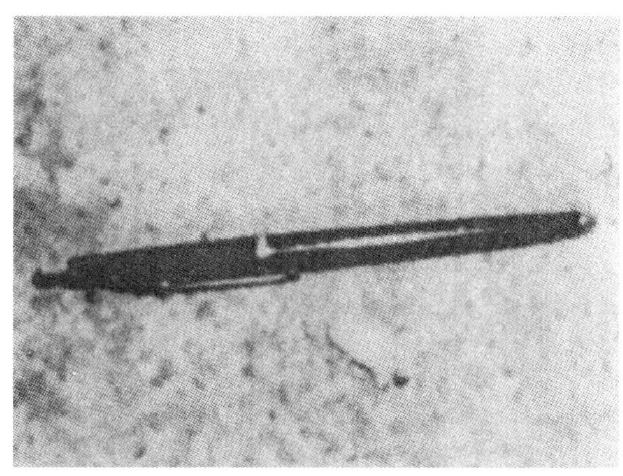

在马凯特拖车的车道上发现的一片指甲，这帮助确认了他的最后一名受害人的身份

“我们从哪里来？我们是谁？我们要到哪里去？”自从20世纪70年代末开始采访杀人犯的工作之后，我对每一个凶手都会提出这三个哲学问题，希望借着这些问题对凶手的思想做更深的了解。从最初的好奇到有组织的研究，我们逐渐把这个计划变成了罪犯心理研究的重点。后来该计划的一部分得到司法部的认可，由我负责，召集了波士顿大学的安·伯吉斯（Ann Burges）博士和其他学术团体共同参与。访谈过36名凶残的杀人犯后，我们完成了一篇长达57页的研究报告，在报告中我们重点分析了他们的成长经过、杀人动机、心理幻想和特别行为，渐渐地，我们能够找出他们的行为模式，知道了是什么因素把他们引入了深渊。

靠着犯罪专家的帮助，我们的研究非常深入、完整，而且贡献很大。我们用很大的力气了解这些杀人犯在作案之前的人生经历，就像那些专家说的，“一切都在于细节”。

在我们深入研究他们变成杀人犯的过程时，必须注意到一个事实，那就是一个人是不可能在某个时候突然由正常人变成魔鬼的，他们后来的凶残行为在很早之前就已经埋下了种子，后来随着时间的推移这邪恶的种子在他们心里渐渐长大，才有了后来的杀戮，而这些“种子”很可能要追溯到他们的童年。

公众普遍认为杀人犯大多来自一个破碎的家庭或衰败的家庭，但我们调研的证据显示这种看法并不准确，很多杀人犯都出生于小康之家，父母收入稳定，一多半的凶手小时候都生活在正常的家庭里，家庭成员之间的关系也很融洽。一般而言，这些罪犯小时候都非常聪明、优秀，在我们访问的36个杀人凶手中只有9个人的智商低于90，多数人的智商都很正常，甚至有11个人的智商超过了120。

当然，这些家庭的正常大多是表面上的，内部往往隐藏着不安的因素，比如我们的调查显示一半以上罪犯的直系家属有精神病史，约一半的罪犯父母有过犯罪记录，另外还有大约70%的罪犯和其家庭成员有酗酒和吸毒的记录，几乎所有的罪犯在童年时候都表现出精神上的一些问题，随着他们长大，这些精神问题就发展成了心理医生所说的各种异常状况，比如性功能失调、人际关系不佳等。

研究显示，从出生起到六七岁的这段时间里，孩子生活中最重要的成年人是他们的母亲，而孩子也是在这个阶段学习爱的能力的。我们的研究同时显示这些罪犯在此期间和他们的母亲之间关系冷漠，甚至互相排斥，他们之间缺乏爱的关怀。这些罪犯小时候很少被母亲爱抚，他们感觉不到精神上的温暖，因而他们无法像常人一样学会彼此珍惜，也不会表达他们对爱和彼此关心的需要。简单点说，他们在小时候就被剥夺了爱的能力，而这种能力远比金钱重要，因而他们终其一生都要为此付出代价，也让整个社会承受悲惨的代价：他们不仅夺走了很多无辜的人的生命，还让更多的人陷入了恐惧之中。

他们在童年时期不仅受到肉体上的创伤，而且通常遭到精神上的压抑，一般人能够了解肉体的痛苦，比如家庭暴力，但心灵上的创伤往往更致命。我们在生活中或许见过年轻的母亲把孩子放在摇篮里看电视，自己出去工作；稍大一点的孩子会被放到娃娃车里，母亲给他

（她）点食物就去上班了。在童年时期，电视机成了他（她）实际上的保姆，在这种情况下他们怎么可能获得健康、健全的心理呢？一个罪犯在访谈时对我说，他小时候每天晚上都被关到小屋子里，父母还警告他不要吵闹，因为父母想过二人世界，这种事情让他从小就觉得自己是个多余的人。

他们的言行无人注意，也没有人管他们做什么，父母没有尽到自己的义务，让这些孩子无法知道对和错，等他们长大后，这些童年的感受依然存在于内心，因而不知道什么事情会对别人造成伤害或什么是不该做的。孩子五六岁前，父母的主要任务是让他们认识到社会的存在并让他们融入社会，让他们意识到这个世界上不只有他们，还有更多的人存在。与他人互动是非常重要的，但在这些杀人犯的经历中，他们的父母和老师（尤其是母亲）都没有尽到训练和教导他们的义务。

我在第一章写了“吸血鬼杀手”理查德·蔡斯的故事，他在被捕之前杀了七个人。我已经写了心理学家对他的访谈，读者已经看到他母亲患有精神分裂症，因而无法教导孩子与人沟通，也不知道关心他、爱他。我们在访谈中发现，另外九名凶手的母亲也同样面临精神分裂症的困扰，有些母亲还有更严重的症状，比如酗酒。先前讨论过的特德·邦迪也是个例子，他说自己是被姐姐带大的，但事实上是母亲把他养大的，他的父母虽然不算很忽视他，但有证据显示他的家人对他施行过家庭暴力，甚至可能有性骚扰。

有时候我们也不能只责怪母亲，父亲也会从孩子小时候起就起破坏性的作用。有一个罪犯的父亲在海军服役，因此经常外出，偶尔才能回家，但孩子见到父亲却总是非常害怕，因为父亲一到家就会打他和母亲，并会对孩子进行猥亵。我们的调查研究显示，四成多的杀人犯在儿童时期被父母打过或者猥亵过，七成多的凶手在小时候目睹过性暴力的行为，甚至自己也是受害人。其中一人对我们说：“我从小就和母亲‘睡’在一起！”另一个人说：“我14岁就被父母玩弄和虐待！”另外一个则说：“我的继母曾试图强奸我！”还有一个人对我们说：“我七八岁的时候，有一天晚上被几个人带到城里凌虐。”

孩子和家人的关系是否融洽是他长大后能否融入社会的关键所在，而在这些凶手的家里，我们只能看到不称职的父母，因此他们从小就不善于处理人际关系，也没有特别亲近的人，长大以后自然就会孤独寂寞地生活。

大家都知道并不是所有出身于这种家庭的不幸孩子长大后都变成了冷血杀手，因为在成长过程中还有第二个关键阶段：青春期。如果这个时候他们被“拯救”，则不会走上犯罪的道路。但我们访谈的凶手中没有这种幸运儿，他们青春期的时候同样没有遇到拯救者，在他们堕落的时候也没有遇到拉他们一把的人，他们因此错过了自己最后的机会，最终迈上了这条有去无回的人生道路。孩子的负面特征到了8~12岁的时候会加速变化，这时候对孩子来说最重要的人是父亲，但这些罪犯的父亲此时却都没有尽到责任，他们不是已经死亡就是进了监狱，或者在离婚后离开了这个家庭；有些父亲仍然和孩子生活在一起，但在心灵上，他们和孩子非常疏远，只是空有一个父亲的名头。我们采访过一名叫约翰·加西（John Gacy）的凶手，他杀害了33个年轻男子，并在自家附近焚尸灭迹。他年少时，父亲一回家就坐到地下室的椅子上酗酒，谁都不准接近，喝酒之后还会殴打孩子和老婆。

约翰·朱伯特（John Joubert）是一个杀害三个男孩的凶手，他青春期的时候父母离异，约翰很想念自己的父亲，但母亲就是不带他去见父亲，也不肯为他提供路费。这种情况在心理学上被称为“消极攻击人格”。现在美国的离婚率很高，有无数可怜的孩子由单亲抚养长大，我并不是对单亲家庭指手画脚，但我们采访的杀人魔中确有几个出身于这种家庭。有一点我必须指出，大部分杀人犯的人格缺陷都是父母的行为导致的，如果遇到父母离异的情况就会更加严重。

蒙特·拉尔夫·里塞尔（Monte Ralph Rissell）不到19岁就犯下了强奸12名妇女并杀害其中5人的残暴罪行。他的父母在他7岁时就离婚了，蒙特和哥哥跟着母亲从弗吉尼亚州迁往加州，蒙特还是个孩子，在路上一直哭个不停。后来他在监狱里和我交谈的时候说，如果他当时留在父亲身边的话，如今可能是个法律专业的大学毕业生了，根本不会进监狱。他的家庭原本很正常，童年时期也没有异常，如果不是父母离异，他的这个理想很可能成真。

蒙特的血型是RH型，还是婴儿的时候就必须全身换血，所幸长大后只是个头较小，并没有留下其他疾病。父母离婚之前有七年时间经常在家里大吵大闹，他的哥哥因此在9岁的时候就开始吸食大麻和酗酒。蒙特9岁的时候开始表现出自己的反社会倾向，他和几个男孩一起在人行道边的墙上涂鸦，被校长抓了现行。父母离婚后，虽然他和哥哥跟着母亲过，但他的母亲大部分时间都和继父待在一起，对孩子不管不问，稍有差错就会打骂。

在访谈中，蒙特多次说他的继父根本不会养孩子。继父是个军人，本来在家的时间就少，继父和母亲生了孩子之后只想着照顾自己的亲生孩子，更不管他们兄弟两个死活。继父对他们唯一的照顾就是偶尔给点零花钱，但从不和两个孩子沟通。

9岁的时候，他把自己的不满全部宣泄在一个表亲身上，用继父买给他的玩具枪冲着这个表弟猛打。继父发现后把他揍了一顿，并没收了这把枪。12岁的时候，母亲又和继父离婚了，他又重新回到了弗吉尼亚州。自此之后他就开始偷盗，13岁的时候因无证驾驶被警方拘捕；14岁的时候开始偷盗女性内衣和汽车，并强奸了两名妇女。可以很清楚地看到，他的暴力犯罪与自己童年和青春期的不幸遭遇有直接联系。

另一名男性杀手很早就表现出了自己的反社会倾向。他是个早产儿，也是家里四个孩子中最小的一个，他家住在亚拉巴马州，父母很穷，常拿孩子们撒气。长大之后他想起自己是个早产儿，出生后在保温箱里待了九天，便因此自称那时候就涅槃重生了。他在6岁之前一直和母亲同睡，此后12年他与母亲同房不同床睡。母亲后来说这么做是为了保护自己免受酗酒父亲的殴打。

母亲很关心这个儿子，把他当作弱不禁风的宠物一般，但也虐待过他，有时候用电线插座打他，并且经常把他丢给外祖母照顾而自己一走了之。孩子的外祖母也是个泼妇，稍有不服从就拳打脚踢。他的两个哥哥实在受不了这样的家长，高中毕业后就再也没回过家。哥哥们走后，他的母亲、外祖母和姐姐就把他当作挡箭牌，让弱小的他对抗那个酗酒的父亲以“保护”自己。

他上学时成绩不佳，校长在报告中称他常常“迷失于幻想”，他姐姐也这么说他。青春期的时候，他忽然胖了30磅，但很快就变得和以前一样瘦了；他为了一些芝麻小事公然殴打自己的母亲，比如他想要两条狗而母亲只给买了一条，或者他想要巧克力冰激凌而未能得到满足的时候。后来，他又偷窃女性内衣，并偷窥姐姐洗澡。他后来回忆自己的一生时说："在别人看来，我就是个浑蛋……我只能自己承受……谁敢惹我我就咬谁。"16岁的时候，他偷了一个盲人老婆婆的钱包，并企图强奸对方14岁的孙女，因而被提起公诉。同时他还涉嫌多起案件被警方调查，包括当地同一社区有一个骂过他的老太太后来中弹身亡的案子，当时的证据都显示他是嫌疑犯，但父亲为儿子做了不在场的伪证，母亲为他请了律师抗诉，最后这个案子撤诉了（多年之后，当他因为其他谋杀案被再次起诉时，他承认了自己是杀害这个老太太的凶手）。

此案两年之后，他高中毕业，后来入伍从军，摆脱了母亲的监管。就在入伍仅仅一个月后，他又被指控杀害了一名年轻妇女，该罪名成立，他被判在军事监狱服刑20年。他的母亲又开始为他东奔西走，并向众议员请愿，企图推翻原判，在军事监狱服刑7年后，他获准假释出狱，交由其母亲监护。服刑期间，监狱曾派了一名心理医生为他提供帮助，但他拒绝了。

假释后，他很快和一名已婚妇女结婚了，对方的子女也和他在一起生活。这些孩子后来说，继父刚开始的时候表现得很正常，但没过多久就开始和新婚妻子争吵。有一次妻子说起前夫的种种不是后哭着说不如自杀了事，没想到这个丈夫竟然说自己会帮她达成心愿，说着就用枕头蒙住了妻子的脸。后来两个人也经常吵架，丈夫经常酗酒，喝醉后就对妻子大吼，威胁道如果她不赶紧滚开就砍下她的头。这个妻子曾心有余悸地对人说，丈夫有一次抓着一只小兔子往一根木棍上戳，飞溅的鲜血沾了他一身。很快，妻子为他生了个女儿，但这没能让他们的关系好转，反而使他的性情大变，从此越发孤僻，老是躲着老婆孩子。假释两年之后，他再次犯下一系列强奸和谋杀案，被害人几乎都是便利商店职员，他因第三个被害人被抓，审讯时承认了自己的其他罪行。

一般这种凶手之所以杀人，都是因为无法排解心中的孤独。这种孤独感一般产生于8~12岁，心理学家认为这种孤独感是他们日后成为杀人犯的最大原因。形成这种孤独感的因素很多，但最重要的就是父爱的缺失。如果父亲不在身边，或者父亲给人的印象不好，青春期的男孩就会在同伴面前感到难堪，因而开始躲避朋友和父亲，基本不去参加棒球队比赛或童子军这样的公众活动。

他最早开始性行为是通过手淫进行的。我们的调查显示，四分之三的强奸犯青春期的时候是从手淫开始自己的性行为的，他们之中有一半人承认在12~14岁的时候靠着幻想强奸异性来达到性满足，他们之中超过八成的人通过春宫图或淫秽书籍自慰，这也是他们恋物癖和窥视癖形成的原因之一。

埃德蒙・肯珀10岁那年父母离婚。他的母亲名叫卡拉妮尔・斯特拉德，在大学里任管理员，深受师生们的尊敬，在家里她却非常暴躁，并且一直看肯珀不顺眼。肯珀有一天回家后发现，母亲和姐姐把他的东西从二楼搬到了地下室，他就问她们为什么这么做。母亲解释道他现在长大了，姐姐也是个大姑娘了，再和姐姐一起住会有很多不便，因而他得去地下室住。肯珀从此就住在那间阴暗潮湿的地下室，满腹委屈，很快他就开始通过幻想杀人来发泄自己的怒气。

心理受创的男孩子进入青春期之后，会发现自己的社会适应性和社交技巧越来越差，也无法和异性建立良好的关系。我们说过杀人犯通常内心孤独，但这并不是说他们在青春期表现得内向、害羞，虽然的确有些杀人犯是这样的，但也有一些人在中学时期非常善谈，有一帮男性朋友，可他们这么做只是为了掩饰自己内心的孤独感。十几岁的年轻人一般会常参加舞会或派对进行狂欢，甚至还有接吻比赛之类的活动，但这些孤独的未来杀手却只能靠幻想满足自己，他们以此取代正常的人际交往，时间越长，心理就越扭曲，最终他们的价值观也变得越来越反社会了。

杰尔姆·布鲁铎斯（Jerome Brudos）在十二三岁的时候就开始挟持女孩了，他总是挑选和自己同龄或小一点的女孩子下手，手持尖刀把她们挟持到农场的谷仓去，强迫她们脱光衣服并拍摄裸照，他那时候年纪还小，没有进行强奸。做完这些之后，他就把对方锁在谷仓里自己走开了。他去换一套衣服，改变一下发型，过几分钟又回到谷仓来开门。他对女孩说自己是杰尔姆的孪生兄弟埃德，他向对方解释这是自己的兄弟所为，并装作关切地问："他没把你怎么样吧？"女孩说被拍摄了裸照之后他又会拿出相机来，当着女孩的面毁掉底片，最后还对女孩解释："杰尔姆精神不太正常，正在接受心理治疗，最近情况很不稳定，所以我求你等会儿不要向我的父母或其他人提起这件事，行吗？"

他就靠着这样的诡计蒙混过关，一直都没有人知道他的行为。长大一些后，他开始用另一个计策，他在校园的刊物上刊登广告招聘女鞋模特，等她们到指定的旅社面试时，他就绑架她们，甚至杀了一些女孩。杀死女孩之后，他会把尸体带回自己的车库吊起来，并拍摄尸体的照片，他最喜欢的是先给这些死者穿上鞋子，再拍摄穿着鞋子的脚部照片。

他的作案手法明显和他不正常的性心理有关，像他这样的凶手一般都有性方面的问题，一般也无法通过正常的男女交往获得性满足，因此他就把自己在性方面的无能转化成了谋杀的变态行为。

我还是要强调一点，并不是所有没参加过接吻比赛的男孩长大后都会变成性变态的凶手，如果他们能够和异性有良好的性关系，甚至只要同性之间互相照顾和扶持，那么他们就不会走上这条道路。大约有一半的杀人犯说自己从来没有在双方都自愿的情况下发生过性行为，他们也为自己找不到异性朋友感到沮丧，也正是这种心理让他们犯下了那些强奸和谋杀的罪行。理查德・劳伦斯・马凯特（Richard Lawrence Marquette）偶然在酒吧里遇到一个小时候就认识的女孩，两个人相谈甚欢，便一起到马凯特的住处共赴云雨，但那次他无法勃起，因此被女孩嘲笑了一番，马凯特恼羞成怒，就把女孩杀了，并把尸体切得粉碎以泄愤，他因此入狱13年。刑满释放后，又有两次，马凯特在酒吧领着女孩回家上床，但和上次一样还是无法成功，愤怒的他就把这两个女孩都杀了，因此再度入狱。

凶手们的青春期一般都是在孤独和寂寞中度过的，他们经常会有一些爱做白日梦、强制手淫、谎话连篇、尿床和做噩梦的毛病，这些行为反过来让他们更加孤僻，恶性循环之下，他们越来越反感这个社会。小时候他们都住在家里，青春期的时候可能已经住校，因此无人管束，便在大街小巷为非作歹，如虐待小动物、欺负小孩子、旷课、和老师顶嘴、纵火、损毁他人或自己的财物等。

这些杀人犯大多很聪明，但在学校的成绩都不好，一个杀人犯曾对我说：“我老是惹麻烦，结果升不了三年级，父母亲也不想让我再上学，想早点让我回农场去帮忙……但最后我还是升上了三年级，而且数学成绩还可以，就是拼写课差了点。”他们在学校的成绩也在后来的人生路上延续着，找不到工作、生活潦倒的情况时有发生。即便找到了工作，他们也不是好员工，经常被解雇，工作的时候常常和别人发生争执或者与主管不和。其实，他们的能力可以胜任一份不错的工作，但他们总是从事那些最卑贱的工作，并且工作很不认真。

因为从小在家里得不到爱，长大之后在学校或军队里都无法得到别人的赞赏和鼓励，由于他们终生都没有得到爱的关怀，因此他们在自暴自弃的泥沼中越陷越深，最终成了没人在乎的多余人。

我和里塞尔面谈的时候发现他和心理医生打了这么多年交道后，已经久病成医，不时会冒出一些心理学术语。在一次访谈中，他提到自己的学校生涯时说：“我厌恶自己的家庭，不愿意理睬家人，对他们怀有敌意，同时又因为自己有这样的想法而产生罪恶感。到学校之后，情况也没有多少好转，老师经常说我喜欢胡思乱想，这倒不是瞎说，我经常梦到自己把学校夷为平地的情景。”

在学校和家庭遭受的挫折让这些人心情低落，同时我们也知道美国的教育体系有很多弊病，比如这些学生有了心理问题之后无法得到及时的专业疏导，即便学校有心理咨询人员也是敷衍应付，无助于解决问题。而学校里的老师同学都把他们看作怪胎更让他们无法接受，这种情绪和心理上的压抑使他们急于宣泄，因而就有了那些奇怪的行为表现。

童年的不幸并不一定导致一个人走上犯罪道路，也有很多人从童年不幸中奋起，后来成了成功人士，但我想强调的是：如果童年的困扰在学校里没有得到改善，反而变本加厉，那么情况一定会更糟糕。如果这时候社会服务机构和邻居没有起到作用，情况很可能会恶化。

有人或许注意到了，我采访的连环杀手全是男性，这倒不能怪我，因为被逮捕起诉的连环杀手中只有一个女人，即佛罗里达州的艾琳·伍尔诺斯（Aileen Wuornos）。由于她是唯一被确认罪名的女性连环杀手，因此我只能在她一人身上研究女性连续杀人的情形。心理学家认为女性基本不会连续杀人，除非是在喝醉或混乱的情形下。心理学家对女性杀人犯的人格少有涉及，因为迄今所知的连环杀手中基本都是20~30岁的白种男性。

寻找、拓展、维持良好的人际关系应该从孩子抓起，到了十几岁的时候他们会更加渴望良好的人际关系，但如果此时才开始教导就太晚了。儿童时期的一些异常行为不会必然导致其变成杀人犯，但如果碰到酗酒成瘾和暴力的父母，他们长大后很可能经常作奸犯科，所以我一再强调，导致某人走上犯罪道路最关键的因素就是童年和生活环境。

12岁之前的时光是人生最关键的时期，这个时候产生的问题可能会伴随终生，但如果碰到了一个好人，比如一个慈爱的继母、一个好老师或者一个好哥们，就会让他大有好转。如果发现了问题，及时去看心理医生和心理辅导人员也非常有用，因为他们能够了解孩子的问题所在，能够对症下药，解决孩子心理上的痛苦。

但这种“拯救”并不是根治孩子心理疾病的万能方法，如果他们再受到其他不好的影响还有可能继续堕落，这种良好的环境要持续到他成年才能有效，不然他的病因随时可能被另外的事物诱发，也就是说，童年时代要格外关注孩子的心理健康，从根本上解除作恶的心理。大家都能看到，这些杀人犯被捕之后，虽然经过顶级心理治疗，但基本没有什么效果，原因就在于他们的病因从童年时代就开始萌芽，等他们长大成人后已经不可能再治愈了，他们的价值观已经确定，要想治疗他们只能从头开始教育，让他们知道怎样做个有爱心的人，如何融入这个社会等。毫无疑问，这样的教育对成年人来说已经太迟了。

心理研究人员一般认为儿童时代的悲惨记忆是凶手们残暴行为的根源，但我们的研究显示这个结论并不完全准确，真正的关键是错误认知的不断发展，也就是他们的幻想发展变化的情形。

一个连环杀手对我说："在我开始杀人前，我就知道这是自己的命运，因为我的幻想太强烈，也太久了，我根本无力抗拒这种幻想的诱惑。等我杀人之后，这些幻想依然没有消失，反而更加怪异，有时候我自己都被那些想法吓到了。"

大部分和我们面谈过的杀人犯都有这种情况，他们在杀人之前都曾经无数次幻想这种事情，而且从童年或青春期就开始了。长大之后，这种幻想妨碍了他们正常的人际交往，进而使得他们无法控制自己的行为。在他们心里，自己能够掌控的事情只有暴力与性的幻想，在这个世界他们就像上帝一样可以为所欲为。他们在童年表现出的一些攻击性行为也是因为这种幻想的诱惑，有一名杀人犯曾对我说："谁也找不出我的问题所在，因为没人能够了解我头脑中的幻想。"

在这些男性连环杀人犯的幻想中，性是最重要的因素，他们杀人也大多是为了满足自己的性欲，即使没有强奸或凌虐被害人也仍然是为了满足自己的性幻想。从身体上来说，这种幻想可能和他们的性能力有关，但这些幻想是驱使他们杀人的直接原因。

一个正常的人偶尔也会做做白日梦，比如一个正常的男人偶尔也会幻想某位美艳动人的明星对他投怀送抱。渴望拥有一个性感女性的想法本身并不罪恶，因为每个人在心理上都有这种渴望。大多数男人都能认清这只是幻想，自己实际上不可能得到那个美女，因而白日梦做完之后还会继续自己的真实生活，但这些罪犯的幻想就不一样了，他可能真去找到那个性感的女人，然后在和她发生性关系的时候狠狠捅她几刀。

正常的男人同样认为麦当娜（Madonna）、雪儿（Cher）和简·方达[①]（Jane Fonda）非常性感迷人，但她们是可望而不可即的女人，我们会接受这个事实，社会规范和从小受到的教育让我们止步于幻想，最多找个替代品满足一下。但这些杀人凶手从小就没有学会如何约束自己，他们认为自己的幻想可以实现，没人阻止得了他。我相信有很多男人都对朱迪·福斯特[②]（Jodie Foster）这位才艺双全的女星迷恋不已，但只有约翰·欣克利认为自己有资格跟踪她到纽黑文市，给她留便条，偷偷录下自己与她的谈话，甚至计划行刺里根总统。

我们也都知道孩子喜欢和宠物玩耍，并对小动物很感兴趣，但他们一般不会虐待、折磨小动物。但这些有不正常幻想的人就喜欢虐待甚至残杀动物，他们会划破小狗的肚子，看它在倒下前能跑多远；或者把隔壁邻居的猫腿折断。有些凶手只虐待别人的宠物，如果有人敢虐待他自己的宠物，他一定会勃然大怒。

---

① 麦当娜是20世纪流行音乐天后；雪儿是20世纪六七十年代著名的歌手和演员；简·方达是美国传奇影星亨利·方达之女，本人也是著名演员，曾赢得两座奥斯卡最佳女主角奖杯。——译者注

② 美国著名女演员，她13岁出演电影《出租车司机》后一举成名，欣克利看过此片后对她迷恋不已，决定效仿影片中的男主人公去刺杀总统。——译者注

他们沉迷于自己的幻想，时间一长，自己就成了独行客，为了弥补自己人生中的缺憾，他们就会做下很多不正常的事情，比如具有攻击性或者愤世嫉俗，而后这些性格又会反作用于他们的幻想。很多强奸犯在小时候都有过迷恋高跟鞋、女士内衣的经历，后来作案的时候经常先把对方勒昏过去再强奸。埃德蒙·肯珀在12岁左右的时候喜欢和姐姐玩一种游戏，他会央求姐姐把自己绑在椅子上并等她打开煤气后装死，在他心目中已经埋下了这个世界毫无乐趣的想法。有的凶手在青春期甚至拿着姐姐的内衣手淫，并且常常让姐姐看到，但他们并不知道这样做意味着什么。还有一个案子，犯人15岁的时候就把十来岁的小男孩骗到浴室里，强迫对方进行性行为。最后再举一个例子，有个凶手在3岁的时候就喜欢在自己生殖器上画画，13岁的时候在一次洗澡时用绳子绑住自己的脖子和生殖器，再把身体悬挂起来，等17岁的时候他就开始劫持年轻的女孩，用枪逼着女孩满足他的邪恶欲望。

正常人也有性方面的幻想，但一般不会幻想暴力、变态的性行为，一般人的性幻想只为娱乐自己，于别人无害，但这些凶手却不甘于只在头脑中构思，他们还要千方百计地实施。施暴的过程中，他们根本不把受害人看成和自己同样的人类，因而毫不顾忌自己的凶残程度。采访中，肯珀曾对我说："我这么残忍地对待别人，实在抱歉，我也很后悔，但我就是从心里想要这种特殊的经验，我用自己的方式占有她们的身体，然后毁灭她们的身体。"

即便再开明的父母也不会和孩子讨论性幻想，因而这些杀手在青春期的懵懂中没有得到正确的教导，等他们长大之后，也认为自己的行为并没有什么不对。在一个正常的家庭里，父母会关注孩子的成长，会在他行为过激的时候教育他，更重要的是，他们会用拥抱、亲吻等动作来表示关心和爱护，使孩子感受到温暖。但杀人犯的成长环境中没有这样的关心，冷漠的父母从未让他感受到爱的温暖，也正因为如此，他们对性的看法也和正常的孩子不同，一般人认为性是爱的一种表达，但凶手们却认为那只是欲望的发泄，与感情无关，他们在强奸女人的时候甚至不把对方当成一个活生生的女人。

心理学家把这种过程称为世界观的形成期，就是指他思想的发展和成熟过程，会影响到一个人对环境和事物的看法。心理异常的人经过这个过程之后会形成反社会倾向，认为整个世界都在和自己作对，因而不会与人交流，把所有的压力都积压在心底，直至最终的爆发。

我在访谈中发现杀人犯都非常不愿意谈自己早年的幻想。埃德蒙·肯珀很小的时候就开始这种幻想，但他认为这和自己15岁开始作案没有任何关系。当时他在外祖父母的农场里杀了一些小鸟和小动物，外祖父母因此狠狠骂了他一顿，并把他用来杀动物的枪给没收了，他非常愤怒，竟然杀了两位老人。

他的外祖父母显然没有意识到没收他的工具并不能阻止他继续堕落，更好的做法是倾听他的想法并让他认识到这样做的坏处，可是可怜的老人并没有这方面的知识，认为他只是为了好玩才杀害小动物。肯珀被责骂之后还在继续幻想谋杀的场景，但他并没有意识到二者之间的联系。

幻想结束后，他们就会展开真正的杀戮，小时候他们把芭比娃娃的玩具头扭断，长大后就把被害人的头颅砍下来。这是一桩真实的案例，绝非危言耸听。有一个杀手小时候经常和邻居家的孩子在田野里玩耍，他那时候就拿着一把斧头和伙伴打闹，谁能想到，若干年之后，正是这把斧头成了他杀人的凶器。

约翰·朱伯特13岁那年有一次骑车外出，拿着铅笔插了路上的一个小女孩，第二次骑车外出的时候，他手里的工具就换成了刀。他的堕落可以追溯到更早的时候，就在他展开第一桩攻击行为前没多久，他的一个小几岁的好朋友搬走了，他度完暑假回来就找不到对方了，没多久他就把一支铅笔插进了小女孩的后背。一旦他的幻想驱使他再残害其他人时，情况就会变得一发不可收拾。如果当时他被捕、被惩罚或是与心理咨询人员谈谈的话，他可能就不会走上日后的暴力犯罪之路，但历史无法假设，这真是令人叹息。

暴力的幻想并不一定会转化为实际行动，有时候可能是一件事情诱发了行动，我们访谈了前文提到的那些想用炸弹炸我们的男孩，他们都是在心理极度紧张的情况下才想要这么做的。回到朱伯特的话题，他开始实施暴力就是因为好朋友的突然离去，后来他加入空军又接连遇到了几件不顺心的事，先是室友受不了他而主动申请调离，后又在开车的时候出了车祸，修车费用高得惊人，使他备受刺激，因此他开始把自己的谋杀幻想转化为实际行动，犯下了不可饶恕的罪行。

蒙特·里塞尔从少年监狱出来后重新回到高中上学，此前他已经犯下了强奸罪，所以上学时也在接受心理辅导人员的治疗，出狱后一段时间内他一直表现得比较正常。就在这个时候，他入狱前的女友给他写了绝交信，当时这个女孩已经进大学读书去了，里塞尔立刻跑到她就读的那所大学，观察她和新男友的交往情况，但并无进一步的行动。回到华盛顿的家里之后，里塞尔心情失落，整天在自己的车里喝酒、吸毒，常常通宵不睡。有一天凌晨2：00左右，里塞尔发现停车场里站着一个妓女，于是把车开到了对方身边，但这个妓女无法满足他对前女友的幻想，于是他携枪强奸了这个妓女，然后杀了她。后来，他又杀了另外四名女子。

很多凶手杀人都有导火索，比如理查德·马凯特第一次杀人是因为他在酒吧遇到的女孩嘲笑他性无能；特德·邦迪则是因为财务周转不灵开始了杀人之旅，使得他做个法律高才生的希望就此破灭。有人说如果邦迪没有经济压力，大学毕业后又能找到一个满足他需求的异性，也许就不会作案了。这话也许没错，或许他会成为一位精力充沛的雄辩律师，可以通过嫖妓解决性欲，也可以通过其他可被社会接受的方法发泄心中的情绪，但他永远无法突破心理的障碍。我无法回答这种假设性的问题，但从逻辑关系上讲，无论他是否进入法律系读书，能否找到一个“完美”的女子，我认为他走上不归路的可能性都很大，因为从小时候起，他就要通过伤害及破坏才能满足性欲，这种根深蒂固的想法会伴随他一生。

而戴维·伯科威茨的心理问题主要是因为生母不肯接纳他，他满怀希望地找到了亲生母亲，却被对方当头一棒，这让他无法承受。埃德蒙·肯珀杀掉外祖父母后入狱服刑，他的母亲想尽办法终于把他从监狱里弄了出来，出狱后母亲一再坚持与他同住，可是回家后却依然看不起这个儿子，并经常说他让她无法去和男人约会。和母亲大吵一架后，肯珀离家出走，在车上他狠狠地说：“我必须杀掉今晚看到的第一个美女！”很快他就在大学校园里找到了一个漫步的女孩，他以送对方回家的理由邀请对方上车，那名女孩欣然接受，完全不知道这辆车正驶向鬼门关。

压力是谋杀的催化剂，但每个人在日常生活中都可能碰到麻烦，比如丢了工作、感情破裂或者经济窘迫等，正常人会克服这些问题，但那些杀人犯无法处理这些问题，除他们之外还有很多人不知如何处理压力，这也是精神医疗机构人满为患的原因所在。

心理异常的人在面对挫折时会把一切过错推到其他人身上，而采用幻想的方式解决问题，而且他们的困扰还会越积越多，比如说失去女友后又因为无心工作被解雇，失业时没有收入和感情慰藉，又会遭遇更多的问题，因而压力越来越大，最终他们肯定会被压力摧毁。

他们的行为基本上都是自我毁灭并反社会的行为，有些人在被捕后还会狡辩这样做并没有什么错，但他们的幻想永不能得到满足，他们会一而再、再而三地做下凶案，如果一直没有被抓到，他们就会认为自己是无敌的超人。

他们也明白一旦犯案就无法回头，因而在犯案过程中凶手会惊慌、恐惧，甚至会产生后悔的感觉，有些凶手作案时非常希望自己被抓到并接受处罚，如果多日之后依然没有警察找他，他就无法控制自己的情绪，需要再进行一次杀戮。

威廉·海伦斯告诉我每当他想要外出作案时，就会把自己反锁在浴室内，但即使这样也无法阻止他行凶，很快他就会从窗户爬出去杀人。我们的研究证明，凶手在犯下第一桩谋杀案后，会把谋杀过程加入幻想中，因而渴望更加完美的谋杀，并把前次作案作为以后行凶的参考。

凶杀案发生后，整个城市都会紧张起来，这也使凶手作案的难度增加不少，同时这也会让他在第二次作案时比上次更凶残和暴力。当然，一旦开始第二次杀人，他就成了连环杀手。

第5章 报童的死亡

我猜测凶手只有 20 岁左右，也许更小一些。这次的受害人也没有遭到性侵犯，因此我更加确信凶手有性方面的问题，而且基本不可能与女性发生过性行为。凶手也不是同性恋，或者不愿承认自己是同性恋者；他挑选容易得手的男孩下手，可能是对自己曾经被人侵犯感到自卑。我无法判断他的身体是否很弱小，但他的心理一定很脆弱。

连环杀手约翰·朱伯特因在奥马哈残害了两个男孩而被刑拘

1983年秋天，我到母校密歇根州立大学去参加每年一度的刑事案件研讨会。9月的天气非常宜人，秋风瑟瑟，吹起满地的落叶，校园的景致美极了。研讨会结束后，我正准备走，突然接到办公室的一通紧急电话，接到这种电话就表示发生了重大案件，所以每接到这种电话都会叫我直冒冷汗。我的顶头上司对我说一个名叫丹尼·乔·伊伯里（Danny Joe Eberie）的报童死于内布拉斯加州的贝尔维尤，因为案发地点很靠近奥马哈，他要我立刻前往奥马哈协助破案。我二话不说听命前往。

我的记忆告诉我以前发生过两件类似的案子。一件是在大约一年之前，在德美音市也有一名男孩死于类似的情况，巧合的是，那次的受害人约翰尼·戈施（Johnny Gosch）和丹尼一样是一名报童。那个案子发生在一个周日的早上，戈施像往常一样挨家挨户送报，但后来就失踪了。联邦调查局介入了此案，但调查进展缓慢，戈施夫妇私下里对我们的调查表示很不满意，他们认为自己的儿子凶多吉少了。虽然我们在调查上尽心尽力，但结果显然不够让他们满意。在戈施失踪前不久，一名叫亚当·沃尔什（Adam Walsh）的年轻人也不见了。佛罗里达州警方当时要求联邦调查局介入此案，但被回绝了，调查局认为这是地方性案件，如果没有证据显示和别州的案件有关，是不会插手的。很快，警方发现了亚当残缺不全的尸体，并逮捕了一名嫌犯，车牌号不是本州的。这时联邦调查局就有充分的理由接手了。当时，亚当的父亲约翰·沃尔什很不合作，后来他告诉我之所以这么做，是因为最开始调查局拒绝介入此案，等他的儿子死了才来调查，他说事已至此，我们是否查出凶手对他们已不再重要。我很同意他的看法，调查局是应该尽早介入此案，以免更多的孩子遇害。

问题在于管辖权之争，而且联邦法律并没有针对连环杀手所立的条款，因此联邦调查局只有在案情涉及跨州犯罪或挟持人质时才会出动，否则就是越权。

这两个案子震惊了华盛顿，各州也都把辖区内失踪和被绑架儿童的案件上报，并把立法案提交到了国会。里根当政的时候终于通过立法，把谋杀、绑架和重大刑案列入了调查局管辖范围。因此，丹尼的案子发生后，无论是否涉及跨州犯罪，本局都义不容辞地开始侦办。

丹尼被列为失踪人口时，本局驻奥马哈分部的探员约翰尼·埃文斯（Johnny Evans）奉命到贝尔维尤附近的小镇查案，很快局里就命他在当地留守，协助侦办。埃文斯是典型的调查局探员，他仪容整洁、相貌英俊、心思细密、能力突出，为了侦破此案，埃文斯几乎不眠不休地调查取证，还要和当地警方、州警及军事当局搞好关系，好为日后的联合办案留下好印象。

案发两天半后尸体被发现了，我也就是在此时接到那通电话的，这还是我第一次进入谋杀案现场，这让我有机会看到第一手证据，以后再联络当地警方时也比打电话方便多了。实际上，这是我从教学转入刑侦的开始。

我和我的上司都认为我们对本案有实质上的帮助，因此上司让我尽快赶到，而我也乐于协助调查。此外，我觉得调查局介入此案是有目的的，因为这是新法通过后第一宗重大儿童失踪案，调查局想借此机会树立威信。从另一个角度讲，这也让我们部门的新手有了历练的机会，实际参与侦破工作的经验可比课堂上学来的有用多了。

我到奥马哈的时候发现当地大雪纷飞，但我急于赶路并没有携带衣物，在机场被冻得直打哆嗦。幸好萨皮县的警长帕特・托马斯（Pat Thomas）来接我，开车把我送到了贝尔维尤警局总部。当时已经成立了专案小组，有二三十个人正在警局里开会听取案情分析报告。埃文斯和我是老相识了，彼此十分熟悉，他是个优秀的探员，但此前负责的多是有组织犯罪、银行抢劫或跨州金融犯罪等案子，这是头一次侦办谋杀案，没想到就碰上了这么一个棘手的大案。

贝尔维尤是个典型的中西部城市，安静有序，居民收入不错，多是小康之家，生活品质堪称美国典范。案发当天，丹尼像往常一样很早起床、穿好衣服，他没有穿鞋子，尽管父母经常说他，但他还是喜欢光脚。之后他骑着自行车到城里的一家便利店拿了报纸，然后就开始送报。那时丹尼13岁，金发碧眼，身高5英尺2英寸，体重100磅，他的父亲是邮局职员，哥哥和他一样是个报童。

早上7：00，报纸管理人员开始接到附近住户的电话，投诉他们的报纸还没有送到。这名管理员出去看了一下，但没找到丹尼，因此他给丹尼的父亲伊伯里先生打了个电话。伊伯里找了一圈，也没找到孩子。后来询问得知，他已经把前三家的报纸送到，他的自行车就倒在第四家的篱笆旁边，其他报纸还放在袋子中，现场没有丝毫挣扎的迹象，他就这么消失了。

警方接到报案后立刻联系了联邦调查局奥马哈分局，最开始大家认为可能是丹尼的叔父和婶婶把他带走了，因为他叔叔的公司很缺人手，但很快就确认没有这回事。随后，警方开始在该地区展开逐家逐户的搜寻，到周三下午找到了丹尼的尸首，抛尸地点距离他的自行车约四英里，这里是一片荒草丛，离艾奥瓦州的边界线很近。

我到抛尸地点进行了勘查，也看了很多现场照片，但没有发现什么有用的线索。尸体旁边有一条小路，不过是一条死路，没有出口，附近有一个十字路口，其中一条路通往河边。这里的环境让我觉得奇怪，为什么凶手（也许不止一人）不把尸体扔到河里呢？那样尸体就会漂走，案件就更不容易被警方侦破。尸体的周围堆满了喝过的啤酒瓶，看样子附近经常有人开派对，凶手为什么会选择这样的地点抛尸呢？这里虽然杂草丛生，但从公路上还是能看到尸体，怎么说这里也不是理想的抛尸地点啊。我只能猜测他抛尸的时候很匆忙或者很害怕，也许他在夜里抛尸后赶紧就跑了，没有工夫细想。

警方只对外公布了杀死丹尼的凶器是一把刀，其他更恐怖的细节都没有说。我们发现的尸体已经残缺不全，丹尼被捆住了手脚，封住了嘴，只穿着一条内裤，他的前胸和后背有多处刀伤，脖子也挨了几刀。他的肩部被削下一块肉，左腿上有几处死后才砍的刀伤。凶手好像在玩游戏，把他的脸划得血肉模糊，全身上下几乎都有伤口。

验尸官在死者的口中找到一颗石子，因此判定尸体是死后被抛弃在这里的，而且好像被移动过很多次，这里并不是案发现场。从死亡时间和失踪时间判断，丹尼被绑后还活了一天，尸体被凶手抛弃后不久就被我们找到了。验尸官说丹尼的内衣没有被脱掉，身上也没有性虐待的痕迹。

调查局对现场勘查的警察以及各方官员、目击证人进行了问询，这对了解案情很有必要。丹尼的哥哥说他以前送报时曾被一辆汽车尾随，他只看到车上是名白人男子，其他的证人都证实好像看到过一名开车的男子经常载着些十几岁的男孩兜风，但并无其他有用的证词。

我根据这些线索做了心理侧写：凶手是一名年轻的白人男子，20岁左右。读者从前文也可以知道大部分连环杀手都是白人男子，本案的凶手也是。我之所以这么肯定，不仅是因为证人的证词，也因为死者失踪地点是在白人社区，如果是其他肤色的人进入该区就一定会被人注意到。我说他年纪不太大是因为抛尸地点很不“合理”，这说明凶手很可能是第一次行凶，另外其他类似的刑案也几乎都是年轻人所为；至于又说他不会太年轻，是因为证人说可疑男子是开车的，而且抛尸地点也证明他是开车去的，所以他有驾照，不会低于16岁。我推测凶手不会太聪明，大概认识死者，因为失踪现场未发现反抗的迹象。我不能肯定凶手是否单独作案，因为暴力型的罪犯也可能有一两个白人男子的同伙，如果凶手不止一个人，他们肯定是一个人负责把丹尼骗上车，另一个人则控制住他，然后由诱骗他的家伙开车离开。

验尸官虽然没有发现性虐待的证据，但我认为并不能排除这种情况，因为有可能凶手尚未得手，在丹尼挣扎的时候就把他杀掉了，尸体已经面目全非，所以无法判断丹尼是否反抗过。从抛尸地点来看，凶手当时很紧张，因而没能找到或没想到更好的地点；凶手可能并不是很强壮，因为离抛尸地点不远就有一片树林，而他并没有把尸体搬到那里去。我还认为凶手对这一带很熟悉，至少不是完全陌生。绑着丹尼的绳子并没有什么磨损，再结合验尸官的报告，我推断丹尼被绑住的时间不长，可能凶手在杀害他之前并没有过分虐待。

这只是一些初步推论，更详细的分析需要随着侦破工作的继续而进行。总结一下我对凶手的推测：当地人，并非偶然路过此地的外地人，单身，学历最高是高中毕业，目前失业或打零工；不是弱智，但也不聪明，并非预谋杀人；从绑绳子的手法来看，双手灵活，从被害人未遭性虐待或性侵犯来看，他没有真正的性经历。在美国，20多岁的男子没有性经历是很罕见的，所以他在成长阶段一定有心理问题。

为什么凶手把死者的衣服脱得只剩内衣却没有强暴对方？我猜测凶手大概心理不健全，曾是某种性侵犯的受害人，这也是他直到现在还没有真正性经验的原因。我过去接触过很多类似的案例，经验告诉我凶手之所以如此凶残是因为头脑中产生过不少奇怪的幻想，他可能喜欢看淫秽书籍，在青春期可能做过类似和动物性交的事情，或者曾是恋童癖的受害人。

上文已经说过，青春期遭受这种侵犯的人长大后更可能犯下谋杀案。也许有人认为这些推论有矛盾之处，因为被害人毕竟没有遭到性侵犯，但我认为他可能在企图行凶时被意外情况阻止了。我还认为凶手最近可能遭到某种重大的打击，比如失业、女友离他而去、被学校开除或者和家人冲突之类的事情，他在这种情绪下开始杀人，而且这种情况是在最近发生的。

从作案时间来看，凶手一定在早晨6：00点前就外出了，因此他很可能是独居，无须遵守什么作息时间。凶手绑架丹尼后并没有立刻杀害，表明他有一个藏身地点，可能就是在家里或别的地方。此案最让人疑惑的一点就是丹尼死前没有遭受过性侵犯，从目前的证据我也推断不出原因何在，也可能这桩犯罪和性无关，脱下他的衣服只是为了防止他逃跑。从伤口的混乱程度来看，凶手是在无意识的情况下猛砍死者的。但为什么在丹尼死后还要损毁尸体呢？或许凶手是想分尸，但最终放弃了，这和我推测他是第一次作案也是相符的。

尸检对破案非常重要，但这个案子让我很困惑，我无法解释那些腿上和肩上的伤口，也不知道凶手为什么割掉了丹尼肩头的一块肉，只能猜测他是为了去掉尸体上的记号或者抹去一些绑架他时留下的痕迹，但当时我无法证明任何一项推测。

从抛尸现场看，凶手的自制力较差，因此他可能在案发后重回抛尸地点，或者假装帮助警方及被害人家属，实际上是想了解案件进展；或者他到太平间、案发现场之类的地点徘徊过。因此，我建议画家尽快根据目击者的陈述把凶手画像公布出去，这样凶手只要在上述地区出现，大家就会看到他，但这么做了之后并无效果。

这里离匡蒂科很远，我无法借助自己部门的电脑，只能靠自己的头脑分析。和类似案件进行比较后，我认为本案和戈施案不同。其一，丹尼的尸体已经找到，而后者迄今下落不明；其二，本案中令人不解的地方更多。但媒体总是把这两个案子联系在一起，因为受害人都是报童，绑架也都发生在周日的清晨，但多年的经验告诉我，两个案子并非同一个人所为。

捆绑死者的绳子在实验室化验分析后显示为并非市面上的普通绳子，这个线索十分重要，我们可以把嫌犯限定到拥有特殊绳子的那些人。调查局为此案调动了一切可用资源，包括从圣安东尼奥调来的催眠组人员，丹尼的哥哥及其他目击者都同意接受催眠以回忆起他们所看见的情形。我和埃文斯都确信凶手一定会再度作案，但过了很长时间还是风平浪静，案件调查也毫无进展，因此我只好回到匡蒂科，由调查局的其他同事继续侦办。我当时也有一个10岁左右的儿子，因此我对伊伯里一家人非常同情，所幸他们的邻居都很好心，帮助他们度过了那一段最艰难的时光。

12月上旬，我到亚拉巴马州一所警察学校去上课，在路上忽然接到两通埃文斯的电话，他告诉我奥马哈附近又发生了一起男孩绑架案，三天后发现了尸体。我最担心的事终于还是发生了，因此我立刻赶往奥马哈，这次又急得没带大衣。和埃文斯以及其他同事见面后，他们向我介绍了案情。此案发生在12月2日周五的早上8：30左右，当时欧福特空军基地某军官的儿子克里斯托弗·保罗·沃尔登（Christopher Paul Walden）在步行去萨皮县的学校上学时失踪了，最后一个看到他的人发现他在一名白人男子的车中；三天后的一个清晨，两个猎人在一处森林里发现了他的尸体，此处距离失踪地点仅仅5英里。

和上次案件类似，沃尔登的身上也只剩内衣裤，全身刀伤累累，喉咙几乎被刀割断，很明显这个凶手就是杀害丹尼的那个家伙，不过从刀伤来看，凶手更加残暴了。沃尔登的年纪与身高都与丹尼类似，但沃尔登的体重比丹尼轻15磅。

尸体被发现后仅过了两三个小时，一场突然到来的暴风雪袭卷了此处，现场的线索就此湮没。如果尸体当时没有被人发现，那此案很可能就成为悬案了。这让我想到一点，也许凶手曾犯下其他罪行，只是被害人没被找到。

上个案子显示绑架地点并不是杀人现场，而抛尸地点也不是案发现场，也就是说绑架杀人的凶手把受害人绑架后到了其他地方，然后再把尸体抛弃到更远的地方，他这么做是为了迷惑我们的侦破工作，但这个案子有所不同。丹尼的尸体被弃置在河边的草丛中，而沃尔登的尸体被弃置在树林深处，我们在抛尸地点发现很多脚印（几乎被大雪覆盖），脚印显示有两双脚走进去，但只有一双脚印出来，这表示此处有可能是命案现场。这个线索非常重要，因为我们可以依此判断凶手是单独作案。

我一直认为凶手很胆小，甚至有点懦弱，他只挑选小男孩来下手，这证明他不敢冒险。在罪犯眼里，孩子和老太太是最容易下手的对象，他们常常因为害怕而失去抵抗能力。从抛尸地点看，他的作案手法比上一桩更成熟了。我根据所有这些线索对凶手进行了一次模拟：

“我第一次作案时用了胶带和绳子，也许调查局对这些东西进行了化验分析，以后不能再用了，对付小孩子，我用恐吓、威胁、打骂就可以了，不需要绳子或胶带。也许我该把尸体抛到更远、更隐蔽的地方去。另外，这次应该让他穿着衣服到隐蔽的地方，然后再脱掉他的衣服杀了他，像上次那样先脱衣服再捆绑就会在我的作案地点留下衣服的证据。”

这次模拟是根据凶手的年龄来进行的，我猜测凶手只有20岁左右，也许更小一些。这次的受害人也没有遭到性侵犯，因此我更加确信凶手有性方面的问题，而且基本不可能与女性发生过性行为。凶手也不是同性恋者，或者不愿承认自己是同性恋者；他挑选容易得手的男孩下手，可能是对自己曾经被人侵犯感到自卑。我无法判断他的身体是否很弱小，但他的心理一定很脆弱。

两次作案的差异可以证明凶手第一次是在试验，第二次则可以从中感受到快感，而且会更加渴望这种感觉，因而第二次作案时更加残暴。如果以后再次作案，他一定会更加残忍。

另外验尸官对我们说了一个新情况，他上次验尸时发现死者嘴里的小石子是一次误报，那是另一桩与此无关的案件中的证据，他给弄混了，这也让我们重新思考第一次案件，那次的抛尸地点也应该距离作案地点不远。

根据新情况，我对给凶手做的心理侧写进行了修改：凶手是一个年轻男子，单独作案，年龄比受害人大不了多少。他应该住在贝尔维尤或附近的空军基地，通过排查我进一步认为凶手应该住在空军基地，而且应该是一名低阶官兵，他的学历不高，因此可能是在空军基地内的管理部门或维修中心工作，大概是技师之类的职务。我上次说过，死者的刀伤可能是为了掩盖死者身上的印记，我猜测可能是为了清除咬痕；凶手可能喜欢看侦探小说或类似的杂志，有一定的反侦查能力；他可能业余时间从事和男孩有关的事情，比如童子军教师或棒球队教练之类的。

我很肯定凶手会再次作案，而学校此时马上要放寒假了，那时候他下手的对象可能更容易找到，因此我们必须抓紧破案。我建议在公共场所和媒体上警告各位家长，千万不要让孩子单独外出，并呼吁家长和各机关保安注意可疑人员及车辆，发现可疑目标后立刻向我们报告，因为我们有能力在11分钟内封锁整个萨皮县，可以防止他出城。媒体和社会大众非常合作，我相信经过这些努力，短时间内凶手是不敢再作案了。

本案侦办期间，警方把当地所有有过性犯罪前科的人都带来讯问，其中一人成了嫌犯，在他的住处内发现了绳子和胶带，但经过测谎和交谈发现他不是我们要找的人，因为他性格活泼，且毫不隐藏自己是个同性恋者的事实。整个萨皮县此时忽然发现了这么多有前科的罪犯，为此人人惊恐不已。不过也有意外收获，本案在侦讯过程中逮到了另一桩猥亵儿童的罪犯，并提起了公诉。

我们找到一位目击证人，他说曾在沃尔登失踪前几天看见他与一名年轻男子在一起。为了获得更详细的信息，我们对他进行了催眠，他回忆起这两个人体形相当，两人后来一起上了一辆车，他甚至还回想起了车牌上的前几个数字。警察把这几个数字交给了证照查验组调查，电脑比对后发现有接近1 000辆车与此相符，但在萨皮县内的车辆很少，警方开始按照车牌号在当地进行排查。

1985年1月11日，案情才终于有了突破。这天早上8：30左右，一位教堂主日学校的女老师发现有一辆车在教堂周围转悠，司机是一个瘦弱的年轻男子，后来这个男子停了车来敲门，问她借电话用，但她拒绝了，对方显得非常生气，并威胁要杀死她。她觉得虽然这名男子的汽车和媒体描述的特征不一致，但身材样貌都很像，于是她立刻跑到教堂旁边的一所房子里躲避并打电话报了警，这名男子见状后马上开车跑了。她连忙记下了对方的车牌号码。

警方根据车牌号找到了车主，这辆雪佛兰是一家租车行的车，警方从租车行得知这辆车被欧福特空军基地的一个人租走了，他对租车行说自己的车需要修理，并把车留在了租车行。警方发现这辆车和几名目击证人所说的十分吻合，而且车牌的前几个数字也与接受催眠的证人所说的完全一样。警方打开车门后发现里面有绳子、胶带和一把尖刀。这辆车就是那1 000辆车中的一辆，但警方还没有查到他这里。

搜查该车之前，警方将此事通报了空军基地和联邦调查局，然后由萨皮县的一名警官、几名联邦探员与基地的安保人员对这辆车的车主进行了调查。此人名叫约翰·约瑟夫·朱伯特四世，在基地的雷达站担任维修技师，他21岁，长着一张娃娃脸，身材瘦小，这些特征都符合我对凶手的推测。警方在征得朱伯特同意后搜查了他的宿舍，在一个袋子中发现了更多的绳子和一把猎刀，还有20多本侦探小说，其中一本几乎被翻烂了，显得皱巴巴的，内容就是一名报童被杀的故事。

各单位的人联合对朱伯特进行审讯，过程持续了好几个小时。一开始他拒绝所有指控，并说我们证据不足，不能拿他怎么样。我们把那些绳子拿了出来，他说这些绳子是他所在的球队教练从韩国带给他的礼物，然后要求与他的总教练和一名14岁的队员谈谈。这个队友和他关系很好，他和教练一起来和他谈了谈。这天，也就是1月11日的午夜，他终于承认了自己的罪行。

我终于松了一口气，然后就回家了，可是刚到家就接到了埃文斯打来的电话，我心中一惊，还以为又发生了什么凶杀案，我们不是刚把凶手抓住吗？结果是我虚惊一场，他打电话是为了感谢我，并对我的“心理侧写”技术钦佩不已。

朱伯特的供词中说到一些首次杀人后发生的事情，他作案后到城里的麦当劳洗掉了身上沾染的血迹，并在那里吃了早餐，然后回去参加球队的会议。这时候丹尼失踪的消息已经传到了这里，队员们也在讨论此事，但他一直没有插话。他还坚决否认和被害的男孩们有过性接触，因为他经常教孩子们踢球，绝不会对孩子们做出性侵犯的行为，但他承认每次作案后都会回到宿舍里手淫。在教堂和那个女老师发生冲突后，他在愤怒之下想再次作案。幸好我们及时逮捕了他，不然又会有一个男孩丧命他手。

本案侦办过程中，各单位通力合作，成为此后侦破绑架、谋杀等重大刑事案件的合作典范。县警、州警、当地政府和空军基地都认为我的表现很突出，不久之后，联邦调查局局长威廉·韦伯斯特给了我一份嘉奖令。

我非常希望深入了解朱伯特，因此旁听了该案的庭审过程。开始他翻供说自己没有犯罪，但最后还是承认了。心理医生和其他人员对他进行了鉴定，一致认为他精神正常，在行凶时能够分辨是非，法官根据这些意见判处他死刑。他后来进行上诉，因此死刑的执行被推迟了。

心理医生根据表面情况判断他一切正常，但从他的经历来看，从很小的时候他就经常有谋杀的幻想。他出生于马萨诸塞州，后来在缅因州的波特兰市长大。他回忆自己在六七岁的时候就产生了谋杀的幻想，想把自己的保姆杀掉并生食其肉。一个六七岁的孩子有这种怪异和暴力的幻想实在非同寻常，他从那以后就经常产生这种幻想，从童年到青春期，再到成年，从未间断，在他作案的时候，头脑中也一直浮现这些怪异的幻想。

朱伯特的母亲是旅馆女佣，父亲是餐厅服务员，两人一直不和，很早就分居了，也就是在两人第一次发生不和时，朱伯特产生了第一次幻想。他10岁的时候父母离异，之后跟着母亲搬到了缅因州，后来他对一位心理学家（这名心理学家的报告是判决的依据）说当时母亲的脾气很差，稍有不顺就乱摔东西，每次朱伯特都吓得逃回自己的房间，直到母亲停止摔东西才敢出来。他的母亲很不关心他，让他产生了严重的自卑。12岁的时候他开始手淫，母亲发现后对他又打又骂。这时候他的幻想对象从年轻女孩转到了年轻男孩身上，而他一直也弄不明白这些幻想和手淫的因果关系。

父母离婚的时候都极力争夺对他的监护权，但父亲在争取失败后就一个人走了。每到暑假他就去探望父亲，有时候甚至骑自行车骑100多英里去看父亲和叔叔。为了存钱到天主教学校读书，他找了个送报的工作，因为母亲无力负担这种贵族学校的巨额学费。不过进入天主教学校后，同学们都认为他是个同性恋者，因而他备受嘲笑，为了打消大家的猜疑，他带了一个女孩参加了一次舞会，这是他人生中唯一一次约会。课余时间他参加了田径队和童子军的活动，为了一直留在童子军中，他故意让自己得不到象征结业的雏鹰徽章。讽刺的是，他在高中毕业纪念册上写的话是："生命如同一条岔路众多的高速公路，千万不要迷失！"

高中毕业后，他进入佛蒙特州一所军校读书。这个州法定的饮酒年龄比其他州低，因而他开始纵情饮酒，并因此常常在训练中迟到或彻夜不归。第一学年结束后，他在暑假回了一次家，不久之后加入了空军。正式入伍前，朱伯特到佛罗里达州的训练学校学习了一段时间，并在那里结识了一位年轻同僚，两个人关系非常好。1983年夏天，两个人一同到欧福特空军基地服役，并同住在一个宿舍，也就是在此时他迷上了侦探小说。后来有一天，朱伯特的室友突然说基地的一个小伙子看上他了，并要求他远离朱伯特。朱伯特勃然大怒，摔门而出，这件事让他大受刺激，不到一周，他的室友就搬了出去，而他立刻犯下了第一桩凶杀案。

他告诉心理医生说这些被害人并不是自己认真选择的，他只是把小时候的幻想机械地付诸行动而已。杀人之后，他回到宿舍里手淫，接下来就毫不内疚地睡着了。把幻想付诸行动的时候他会感到非常兴奋，在犯下第一桩杀人案后，他觉得自己控制了生命并为此感到无限满足。很多心理学和精神科权威在采访他之后一致认为他的智商很高，也非常机警，喜欢得到别人的注意，但人格紊乱。

门宁格诊所的赫伯特·莫德林（Herbert Modlin）医生评估了他的心理状况，并将报告呈送到了法庭。他在报告中写道："他似乎不知道什么是爱与感情，好像从没有过爱的经验。说到和姐姐的关系时，他最有感情的说法是'两人互不仇视'。他很聪明，但从不谈自己对父母的看法，这很令人疑惑。他无法把自己的想法和情绪统一起来，且无法融入社会。总之，我认为他不知道自己的缺陷所在，谋杀行为属于他情绪的发泄，是他为了体验情感而做出的行为。"

莫德林医生说他对朱伯特和其暴行的很多地方感到不解，比如为什么挑选13岁的孩子来杀害？为什么挑选陌生人下手？为什么砍被害人这么多刀？为什么脱了他们的衣服？为什么挑选清晨的时候作案？

在朱伯特身上有些问题我可以理解，但也有一些问题一直困惑着我，有很多疑点亟待解释。朱伯特是一个特殊的人，对他的了解有助于我对类似刑事案件的处理，因此我一直等待机会去进一步了解他。1984年秋天，我用本案作为案例到匡蒂科去上课，课堂上有一位来自缅因州波特兰市的警官，名叫丹·罗斯（Dan Ross），下课之后他和我交谈了一会儿，对我说这个案子让他想起了发生在波特兰市的另一桩悬案。

我听后非常兴奋，虽然朱伯特是在奥马哈被捕的，但我当时就建议有关部门去他曾经住过的缅因州查访一下，也许他在那里犯下过类似的案件。我在最开始的时候认为丹尼是第一个被害人，但随着对朱伯特的了解，我认为他的幻想过于强烈，也许在此之前就做出过反社会的行为；另外，我认为他之所以急于参军，可能是为了逃避犯下的罪行，避免大家的怀疑。案子发生后，所有人都忙着把他定罪之类的事情，因而警方并没有听从我的建议打电话给波特兰市。

罗斯在那个周末回到了波特兰，返回时带来了那桩悬案的所有卷宗，我找来另一位来自萨皮县的警官，三个人一起研究这些卷宗。

波特兰的案子与奥马哈两案有惊人的相似之处，都是发生在清晨的命案，被害人都是男孩，目击者都说嫌犯是一个年轻男子，对当地十分熟悉；另外，被害人都死于刀伤，身上还发现了一些咬痕。这个案子发生于1982年8月，比丹尼案早了两年多，那时候朱伯特刚刚加入空军。被害人名叫里基·斯特森（Ricky Stetson），11岁，金色头发，蓝色眼睛，失踪前正沿着高速公路旁的一条小路漫步。后来他的尸体在路旁被人发现，身上的刀伤没有奥马哈的两案严重。死者身上的衣服没有被脱光，可能是因为天快亮了，凶手怕人发现而作罢。命案现场的照片上可以清晰地看到死者身上的咬痕。

我们从朱伯特的档案里发现，在那起命案发生前，他一直在当地做报童，而且送报路线离被害人的尸体不远，后来他供职的公司也离那里不远。命案发生前，有目击者看到一个骑着变速车的年轻男子在跟踪被害人。我们把照片给目击者看，他们看过后认为朱伯特很可能就是那个人，但事过多年，谁也无法百分百肯定。

罗斯排除万难到内布拉斯加州州立监狱取得了朱伯特的齿痕，并把这个证据交给了纽约州警局法医组组长洛厄尔·莱维恩（Lowell Levine）。莱维恩是一名经验丰富的牙科医生，他最终鉴定朱伯特的齿痕与受害人身上的齿痕几乎完全吻合。

这个发现可能证明朱伯特很早之前就犯下了罪行，也许还会发现更早的命案。随着调查的深入，我们果然发现在1980年就发生过多起刀伤致命的悬案，受害人包括一名9岁男孩和一名25岁的女老师。这两个被害人身上都受了多处刀伤，体无完肤，但他们都没有死。后来又发现在1979年曾有一个9岁女孩被一个骑车男孩从背后插入一支铅笔。当时我们不能肯定这些案子都是朱伯特所为，但经过我们锲而不舍的追查，最终朱伯特在证据面前俯首认罪，检方再次对他进行了起诉。这个案子也证明了我的工作对破案是非常重要的。

我采访朱伯特的心愿一直到所有这些案子的庭审结束后才最终实现，我和单位里一位儿童伤害案件专家肯·兰宁（Ken Lanning）探员，以及一位奥马哈的探员一块儿去监狱采访他。入狱之后的朱伯特略微胖了一些，看起来好像更年轻了。采访之前，监狱管理人员对我们说朱伯特在牢房内不停地画画，但从不让人看，后来警方没收了这些画，并把它们交给了我。这些画很细致，但令人感到恐惧，其中一张画着一个被捆绑的男孩，另一张则画着一名男孩拿刀划另一名男孩。

从凶手身上获得的有关他思想和行为方式的信息可以对我们的心理侧写工作提供帮助，让我们能够更快找到类似的杀手。开始的时候朱伯特不愿意和我们谈，但我对这个案子非常重视，对他的采访也显得非常重要，因此我一直没有放弃。在我的努力下，他终于同意了我们的采访。

我问他过去遇到过什么压力，他对我说很早之前就想把每个人都干掉，第一次作案前，他一个最好的朋友搬走了，之后他的母亲又不让他去找那个朋友，因此他非常愤怒，而且感到失落，很快就犯下了谋杀案。采访中他问我能否帮他找到这个朋友，我只好答应他说会试试看。

他承认自己犯下了这些凶杀案后，我就开始追问他作案的细节，这些正是让我们感到迷惑的地方。我最感兴趣的是三件事：死者身上的咬痕、侦探小说，以及如何选择被害人。

他对我说自从六七岁的时候起他就开始幻想吃人，这就解释了那些咬痕和多处刀伤，但为什么要用刀削去这些咬痕呢？我问他是不是从小说里得到的“灵感”，他承认了，他看到小说里警方利用咬痕追查到了凶手，因此想避免这种局面。为了寻求刺激，他从十一二岁的时候起就喜欢阅读侦探小说。很多杀人犯都喜欢阅读侦探小说，对他们来说这就是没有裸体的淫秽书刊，能激发他们的占有欲和折磨对方的幻想。

在他十几岁的时候，有一次陪同母亲逛街，在一家商店内看到很多人在围殴一个人，被打的人的那种痛苦、害怕和不安的表情让他兴奋不已。后来他开始一边阅读淫秽书籍一边手淫，还一边幻想着勒死、刺死别人。在真正杀人前的10年里，他的头脑中一直充满了这种小说里的情节、性快感与杀戮快感。没多久，这个头发浓密、身材瘦削的男孩就当了报童，每天清晨骑着自行车挨家挨户地送报。

采访了六七个小时后，朱伯特突然问我：“我已经对你说了这么多，雷斯勒先生，你能不能也帮我一次？给我些犯罪现场的照片，我一直想重新看看这些照片。”

这个28岁的年轻人虽然即将被押赴刑场，但仍然需要用这些东西满足他的幻想，我猜他是为了手淫，但我对他说这个要求无法满足。我知道他至死也无法摆脱这种幻想，等到1992年，随着他坐上电椅，这种幻想才终于消失了。

第 6 章 有组织与无组织罪犯

“有组织罪犯”一般非常外向，在学校的时候通常是孩子王，经常和别人打架，有时候也会胡作非为。普通人大多认为这是凶手的普遍特征，但这种人只属于“有组织罪犯”。“无组织罪犯”在学校里一般很低调，无人注意，因此当他日后被捕的时候，同学和老师甚至想不起来他这号人，但他的邻居一般认为他是个好孩子，待人彬彬有礼，从不惹麻烦。

受害人的尸体被弃于“请勿投掷”区域，反映了连环杀手典型的自大与敌意的心理

图为连环杀手嫌疑犯杰勒德·谢弗被佛罗里达州警方带出审讯室。注：图中唯一一个神情轻松的就是嫌疑犯

从杰勒德·谢弗手中死里逃生的被害人向警察模拟她的受害过程

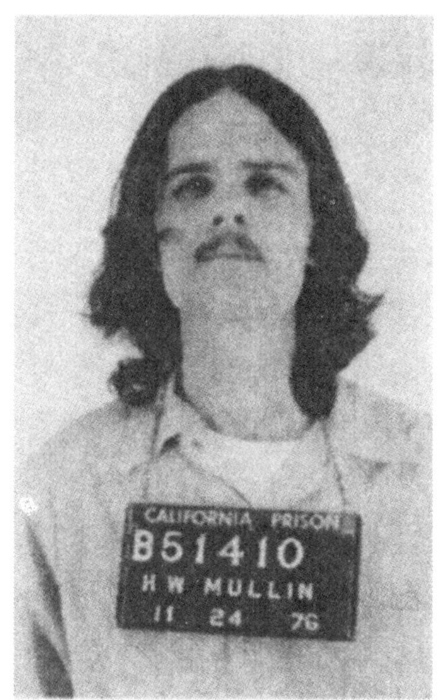

赫伯特·M. 马林，在加州圣克鲁斯附近杀死 14 个人的连环杀手

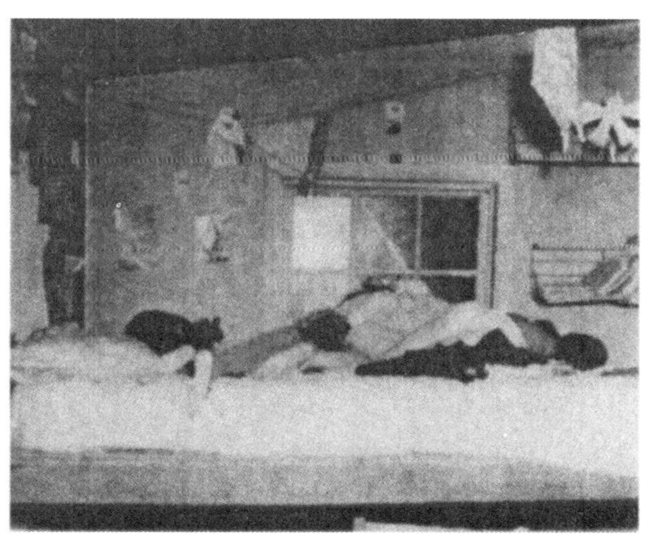

疯子马林的受害人

多数人看到暴力犯罪的证据时，都会表现出一副不可思议的样子，他们无法理解凶手的行为，普通人很难从尸体或其他线索追查下去，查明案情，很多警察也是如此。这其实并不奇怪，因为他们经验不足，不了解这些凶残的疑案是那些奇特的杀手所为。但对我们而言，这些谋杀案发生过很多次，只要分析正确，我们就可以充分了解犯罪的模式和细节。

到20世纪70年代末，行为科学调查组已经利用这些犯罪的资料累积了大量的经验。普通警察也许一辈子都不会碰到这种吃人、分尸等令人发指的暴行，因此遇到这类案子只有移交给联邦调查局去分析、侦办，我们把所有的资料综合整理分析之后，就可以分析凶手的行为模式，并有助于此后类似案件的侦破。

研究资料和把这些资料应用于警方的侦破工作是不同的两种事情，我们向警方解释的时候必须避免使用晦涩的心理学术语，这样才能让执法机关充分了解凶手的特征，如果讲解得过于专业，则会造成理解上的困惑，因而我们必须用通俗易懂的语言向警方描述凶手的行为模式，这样才能帮助他们找到真凶。

上文说过暴力型罪犯可分为两种，一种是事先策划、按部就班、冷静执行、条理清晰的罪犯，我们称之为“有组织罪犯”；与之相反的是杂乱无章、行事莽撞、随机行事、出其不意的罪犯，我们称之为

“无组织罪犯”；有些罪犯同时兼具两种特征，我们称之为“混合型罪犯”。举例来说，埃德蒙·肯珀是“有组织罪犯”，但他分尸的行为又属于典型的“无组织罪犯”的行为。

接下来我就开始说说这两种凶手的特征，但我必须先强调一下，我说某人属于“有组织罪犯”并不代表他的行为在任何时候都是“有组织”的；我说某种行为是“有组织罪犯”的典型行为时，也不表示所有的“有组织罪犯”都有这种行为。举个例子，掩藏尸体是“有组织罪犯”的典型行为，但我们在访谈及命案现场分析中发现只有四分之三的“有组织罪犯”会做出这种行为。另外，心理侧写也是如此，并不一定完全准确。两种罪犯的差异很明显，但两者之间依然存在着大片交叉区域。

要想判断凶手属于哪种类型的罪犯，必须依据现场的照片。如果可以的话，最好也查看一下从被害人身上取得的证据以及别人对被害人的描述，这是为了评估凶手作案的风险，如果被害人是老人或小孩，那凶手的风险自然大减。另外还得追问被害人是如何被选中的，比如蒙特·里塞尔在天刚亮的时候从停车场劫持了一名妓女，而他挑选被害人的原因则是破案的关键所在。

一般而言，犯罪可分为四个阶段。第一阶段是准备阶段，凶手通常会在作案前进行一些准备，但对调查人员来说这部分通常是最后才知道的；第二阶段即所谓的实施阶段，我们在调查这一阶段时，重点会放在凶手如何选择被害人以及如何实施犯罪这两项内容上，一般这个阶段会包括谋杀、挟持、虐待、强奸等行为，杀人方法也多种多样；第三个阶段就是抛尸阶段，有些凶手选择抛尸地点非常随意，有些凶手则经过仔细的考虑以避免被人发现；最后一个阶段就是犯罪后的行为，对于某些案子来说，这一阶段尤其重要，因为有些凶手在作案后会想方设法摆脱我们的调查，甚至远走高飞，但另一些凶手则会找机会接触办案人员或者在命案现场徘徊，也可能接近被害人葬礼、墓地，这种人是为了满足自己的幻想。

“有组织罪犯”都是步步为营，绝不是临时起意的，因而其行为模式中最重要的部分是对犯罪的策划。他们的策划工作主要是从幻想里来的，可能在他们远没有走上犯罪道路那会就形成了，上文中提到不少这种例子，比如朱伯特在刺死第一个人之前，这种计划就在他头脑里酝酿多时了；还有里塞尔也是如此，他在停车场因为思念女友而遐想无限之际，刚好找到了一个中意的被害人，而这种暴力幻想在很多年之前就存在于他头脑中了。

“有组织罪犯”大多挑选陌生人下手，一般是他们游荡时发现的目标。这些罪犯的心里都有挑选被害人的一些标准，比如年龄、外表、职业、发型或生活方式等，戴维·伯科威茨就专找独身的开车女性或与男友同车的女性，而且总是在停车场作案。

这种凶手通常运用一些策略来欺骗被害人，他们大多数都非常聪明，而且能说会道，能够吸引被害人跟着他们到隐蔽的地方。控制被害人对这些凶手来说极其重要，执法人员后来专门学习了这些凶手的种种伎俩，如凶手会塞给妓女一张50美元的钞票；装好心人让被害人搭便车；帮助一个受伤的摩托车骑士；骗小孩说带他去找母亲等。他们在实施之前经过详细的策划，事先充分谋划了如何骗取被害人的信任，并不断完善他们的诈骗技巧。比如约翰·加西在芝加哥同性恋者聚集地用钱吸引被害人，他声称如果有人愿意跟他回家做爱就付钱；特德·邦迪以自己英俊的样貌勾引妇女上车等。

相较之下，“无组织罪犯”在选择被害人的时候就毫无逻辑，因此他们作案的风险更高。比如，他们选了一个强壮的对象，对方就会反击，因此这类罪犯的身上多有一些自卫造成的伤痕。另外，这种罪犯对被害人本身毫无兴趣，也根本不关心对方是什么样的人，只是想快点打昏他们或者想方设法不让对方看到自己的脸。

前面提到“有组织罪犯”的主要特征就是精于策划，这表明他们的犯罪行为的所有阶段都被精心安排好了，一步步走下去即可；而“无组织罪犯”的行为则显得杂乱无章，很多事情要到我们逮捕他并得到他的口供后才能明白，但即便如此，我们依然可以根据线索把侦破工作引导到正确的方向上来。

在实施犯罪的过程中，“有组织罪犯”能够随机应变、保持镇静，比如埃德蒙·肯珀在一所大学校园内枪杀了两名女学生后，还能神色自若地开着装有被害人的车经过警卫身边，后来他说自己当时也很紧张，但并没有表露出来。如果是一个“无组织罪犯”遇到这种情况，他可能惊慌失措、坐立不安，只想尽快地逃跑，这样反而会引起他人的注意。

我们可以看到，适应能力及随机应变的能力是前者的特征，也是他们最厉害的地方，有些罪犯从一次次的犯罪中学习到了很多东西，并日益增进其杀人技艺。因而，如果警方发现了五起特征相同的连环杀人案时，我们会建议他们全力侦破第一件，因为时间越早的案子越容易露出破绽，比如凶手第一次行凶时可能选择离自己较近的场所，但后来就会越离越远，因此侦破第一件案子的概率最大。

我在上一章提到自己利用凶手日益进步的犯罪技巧逐渐修正我对凶手的侧写，并因此抓住了约翰·朱伯特。这种案子还有很多，比如蒙利·里塞尔。他被捕后供认自己在十几岁的时候就犯下五六桩强奸案了，最开始他是在自己的屋子里作案，后来开始挟持女性到对方家中作案，最后他更加“进步”，开始开车到其他州作案。随着时间的推移，每次案件的证据越来越少，最后警方把主要精力都放到最开始的几桩案件上，发现他那时候总是挑选离自己家很近的女性下手，这才抓住了他。他杀人的暴力程度越来越高，比如那五六桩奸杀案中，前三个案子都是先奸后杀，后几个案子则是先杀人后奸尸。

有时候，“有组织罪犯”的策划过于精细，反而可以让警方找到线索，比如凶手一直使用相同的行凶工具（手帕、绳子之类），就容易被警方顺藤摸瓜。

交通工具也是我们判断凶手特征的重要线索，他有没有使用交通工具，或者用了谁的交通工具都是重要线索，比如蔡斯凶杀案发生时，我对警方说凶手可能是步行到现场作案的，这说明凶手就住在附近，我之所以这么说是因为从线索可以判断凶手是个“无组织罪犯”，他有严重的心理疾病，因此他不能在控制被害人的同时开车。读者如果记得第一章的内容，就知道我提出凶手住在附近这条推论对最终破案非常有用。像蔡斯这种“无组织罪犯”一般是步行或乘坐公共交通工具到达现场的；而“有组织罪犯”则一般会开车或开着被害人的车去作案，这么做是为了毁灭证据。“有组织罪犯”自带武器去作案，案发后绝不会留下凶器，因为他知道凶器上的指纹或弹道都可能让他暴露，带走凶器是最安全的做法。另外，他会抹去作案现场留下的所有指纹，并清除血迹和其他证据。对破案来说，判断死者是谁的时间越长，凶手逍遥法外的机会也就越大，因而“有组织罪犯”经常抛尸、毁容，或者丢掉死者的衣物，就是想拖延警方确认死者身份的时间。

“无组织罪犯”的心思就没有这么缜密了，他们可能随手使用被害人的刀杀害对方，凶器可能就留在死者身上，都不知道拔出来扔掉，他们想不到消除指纹这种事情，因而警方可以很快找到他们。但“有组织罪犯”会把尸体带走并找到一个隐蔽地点藏尸，比如特德·邦迪杀害的很多人的尸体都找不到了。在密苏里州堪萨斯市有一个名叫鲍勃·伯德拉（Bob Berdella）的凶手，他的手法和约翰·加西手法类似，他在绑架、虐待并杀死男孩后，会把孩子的尸体剁成块喂狗，因此很多被害人尸骨无存。

所有的事情都不是绝对的，“有组织罪犯”中也有不少反其道而行之的案例，比如臭名昭著的“山腰绞杀手”[①]，他们非常自负，故意把尸体丢到警局前面示威。有些“有组织罪犯”会故意把作案现场和抛尸现场弄乱以迷惑警方，这也需要事先精细的策划，“无组织罪犯”是不会这么做的。

执法人员到达命案现场后必须能够分辨本案的凶手是“有组织罪犯”还是“无组织罪犯”。一般而言，后者的作案现场能够显示出其心理的混乱，死者一般会伤痕累累，有时候他们也会因为极度疯狂而将死者毁容或肢解，但不是为了掩盖证据。而前者则会尽量毁灭各种证据，两者迥然不同。

“有组织罪犯”一般会拿走被害人的东西当作纪念品，也可能是为了让警方找不到证据而这么做，皮包、首饰、戒指、衣物或照片等都是其下手的对象，抓到凶手后会在其住处找到这些东西。他们拿这

① 20 世纪 70 年代末，美国一对堂兄弟犯下十几起绑架陌生人并绞杀的案件，因案发地点都在山腰得名。——译者注

些东西并不是为了换钱，而是为了满足自己的幻想，把它们当作自己的“奖杯”以达到心理上的满足。就像猎人喜欢在墙上挂满动物的头颅一样，凶手在观赏这些物品时心中感到无限愉悦，同样这些物品也能让他们记住被害人和犯罪经过，从而可以经常回忆往事。除了拿走被害人物品外，有些凶手会在行凶时拍下照片，道理也是一样的。有些杀手甚至把被害人的珠宝首饰送给自己的家人，他们看到这些东西时就能回忆起过去，这种隐秘的快乐让他们很兴奋。约翰·布伦南·克拉奇利（John Brennan Crutchley）最开始被起诉强奸，但我判定他是一名“有组织罪犯”，而且应该是连环杀手，因为他的卧室墙上挂了十几串项链。以前提到过的蒙特·里塞尔，在奸杀被害人之后拿走其皮包和首饰，并藏在他的公寓内，后来他的幻想更加严重，作案后甚至会开着被害人的车载着尸体兜风达几个小时之久。

“无组织罪犯”一般不会取走被害人的东西当作纪念品，但可能由于理智全失而取走受害人身体的一部分或一些饰品。

我一再强调，所有的犯罪行为在本质上都和性有关，即便作案过程中没有对受害人进行性侵犯也是如此。一个真正的“有组织罪犯”会通过多种途径完成性满足，他们可能在杀害对方之前强奸、虐待对方，也可能是通过殴打、割伤、勒死等行为完成性欲的发泄。相比较而言，“无组织罪犯”想不出这么多“招数”，他们只会奸尸或与失去抵抗能力的被害人发生性行为。

另外，两者还有一点不同，那就是“无组织罪犯”作案时非常迅速，而“有组织罪犯”作案时则会“精雕细琢”，仿佛是在创作一件完美的作品，并非常享受杀人的过程，因而他们不会直接把对方杀死，而是反复折磨。约翰·加西在真正杀掉被害人之前，会把对方折磨得死去活来，但一直留着一口气，这样他才能获得最大程度的满足。具体到强奸过程，“有组织罪犯”需要看到被害人的恐惧和不安，如果对方反抗，他们就会更加兴奋，也因此更加凶残，因此他们经常在强奸过程中把对方杀死。

在犯罪的第三和第四阶段，“有组织罪犯”会按照计划藏尸，或者利用毁容、分尸、焚尸等方法掩盖死者身份，并和警方斗智，在他的精心策划下会控制整个作案的行为，从而让警方很难破案。有一个凶手是医院救护车的司机，有一次他从一家餐厅的停车场绑架了被害人，在其他地方将其奸杀后故意把尸体抛在一个很明显的地方，然后打电话报警，等警方到来后他才走开，这样警方就不会怀疑他了。后来他发现把尸体弃置于垃圾场可以带来更大的满足感，因此就开始连续作案。

两者在人格特质上有很大的不同，而且其人格的发展过程，以及人格对其行为的影响都有很大的不同，这些对侦破工作来说也是非常重要的线索。一般而言，“无组织罪犯”的父亲通常工作不稳定，对他的管束非常严格，其家庭成员多有酗酒或精神病史。而“有组织罪犯”大多生长于小康之家，父亲工作稳定，但不大管教孩子，任其我行我素。

前文提到过“无组织罪犯”在成长过程中经常遭遇沮丧、愤怒和恐惧等不良情绪，正常人会通过与其他人的交流缓解这些压力，而他们会把这些情绪隐藏在心里，他们找不到发泄的途径，也缺乏行动和语言上的技巧，即便面对专业心理分析人员也无法清楚地表达自己的心情。他们通常长相很差，别人都不关注他们，这也是他们无法表达自己的原因之一，此外，他们身体一般很虚弱，且与旁人格格不入，而他们对自己的这种情况感到无地自容，但这个不幸的事实不会让他们奋发图强，反而使他们更加沉浸于自我的幻想中，使得他们更加伤心、生气、孤僻，变成离群索居的遁世者。因此，他们很难和一位异性同居，甚至无法找到可以同处的同性朋友，顶多是和父母居住在一起。总之，他们拒绝融入社会，非常自卑，大多不聪明。他们自认为能力不足，一辈子只能庸庸碌碌，最多打打零工而已。举个例子，有个人杀了一个年轻女子，警方侦讯时，他自称是名失业的演员，其实只不过是个舞台管理人员，而且因为无法管理好灯光而被解雇。他之所以说自己是演员，一方面是因为表达能力不足，另一方面则体现出他经常幻想。

“有组织罪犯”一般非常外向，在学校的时候通常是孩子王，经常和别人打架，有时候也会胡作非为。普通人大多认为这是凶手的普遍特征，但这种人只属于“有组织罪犯”。“无组织罪犯”在学校里一般很低调，无人注意，因此当他日后被捕的时候，同学和老师甚至想不起来他这号人，但他的邻居一般认为他是个好孩子，待人彬彬有礼，从不惹麻烦。

“有组织犯罪”则非常高调，同学们会认为他是个麻烦的家伙，总是喜欢打架、不遵守校规，他们很聪明，通常可以找到一份不错的工作，但因为总惹事而常被解雇，在压力之下会走上犯罪之路。一个前俄亥俄州的警官因行为不检而经常惹麻烦，工作、感情都不如意，而且经常上法庭，在一次意外事件中他绑架了一名年轻女孩，最后杀了她。“无组织罪犯”通常不会遇到这种压力，他们是因为心理异常才犯罪的，外部世界对他们的影响不大。

上文说“无组织罪犯”总是自卑，而“有组织罪犯”则完全相反，他们自视甚高，像加西、邦迪及肯珀都是这种人，他们认为警方都是些蠢家伙，根本无法抓住他们，并认为心理学家都是些废物，根本不了解自己的想法，总而言之，他们自认为是最聪明、最成功的人。犯下罪案后，他们会关注媒体报道，而“无组织罪犯”根本不会关注这些事。

“有组织罪犯”通常有多个性伴侣，由于天资聪颖，又会花言巧语，总是能吸引异性（有时是同性）和他们上床。除了有吸引力外，他们还有很强的心理分析能力，但无法与别人维持正常而长期的关系，他们虽然有很多伴侣，但交往的时间都不长。在俄勒冈州有一个喜欢开膛破肚的凶手，他有很多性伴侣，但没有一个与他有深入而长期的关系。特德·邦迪的女人在被杀之前认为他的性能力很差，因此他对女人有种仇视的心理，而且相信是这些女人造成了自己的性无能。因此，许多强奸犯都会殴打被害人。

此外，这些人经常敌视其女友，好像女友做什么事情都是故意在与他们作对。他们的智商很高，但并不是真的聪明，否则曼森为什么不去追寻当摇滚歌手的理想呢？实际上，他们认为这个社会抛弃了他们，社会使他们堕落，因而曼森总觉得自己不该进监狱，而应该是一个红得发紫的歌手，他的这种说法很有煽动性，搞得手下那群人都奉他为精神领袖，并甘愿为其发动所谓的“阶级战争”。埃德蒙·肯珀认为自己是劫富济贫的侠客，因为他的受害人都出身于富裕之家或中产阶级，他相信自己的行为必将引来未来阶级重整的潮流。而约翰·加西则认为整个社会都是他的敌人。

在我们的研究中发现，有不少杀手兼具两种特征，我也经常对学员们强调这一点，并经常用杰勒德·谢弗（Gerard Schaefer）作为案例来解释，下面就说说这个案子。

20世纪70年代初，佛罗里达州警方接到数起妇女失踪的报案，因此马上成立了专案小组，很快就发现了线索。其中两名年轻妇女在失踪前误入沼泽地，她们发现很难走出去，狼狈不堪之际，刚好有一辆汽车出现，她们便搭便车到了城里。后来发生了什么事情？一段时间以后她们在警局说出了那段痛苦的遭遇。

当时他们看到那辆车子的时候感到有救了，便叫停了汽车。这辆车看起来像是警车，司机长相很普通，衣着整洁，他说可以载两个女人到她们想去的地方，但车子开动后却往森林深处驶去。接着司机拿出枪来强行把她们捆在了一起，那个司机得意扬扬地宣布自己要奸杀她们，并说自己以前就干过很多次了。凶手实施强奸之后忽然看了看手表，说：“糟了，我得回去啦！”说完就开车跑了。

两个女人拼命解开了绳子，跑到马路上求援。她们把警察带到被绑的地点后模拟了事情的经过，在此过程中她们因为害怕而一直哭个不停，最终还是向警方说出了事情经过，她们还说凶手把她们绑起来以后，曾找来一根树干，可能是想把她们吊起来。

警方搜索了附近区域，发现一些残缺不全的腐烂尸体和一些女人衣服的碎片，鉴定后发现这和前几起失踪案中的女子所穿衣物相同，都是牛仔裤的布料。等两名女子的情绪稳定之后，警方继续让她们讲述案情的细节。两名女子说凶手的车里有个缓冲器，凶手就把绳子的一端绑在这个缓冲器上，另一端用来捆绑她们，后来凶手打算开动车子把她们吊起来，此外，她们还看到凶手的汽车玻璃上贴着一张兄弟会的贴纸。

在进一步分析前我就确定这名凶手一定是个“有组织罪犯”，因为他在作案过程中不断与被害人谈话，使用自己的交通工具，并用诱骗的方式让女人上他的车子，携带枪支并在作案后带走了它，他的谋杀很有计划——先强奸，再凌辱，最后杀害，这足以证明他是个“有组织罪犯”。我猜他打算在这次作案后掩埋尸体，但因为临时有事无法完成，令人疑惑的是什么事比杀掉两个女人、掩埋尸体更重要呢?

杰勒德·谢弗很快就成了嫌疑犯，他曾是个警察，因为以前犯过事而被警察局除名。根据他以前的同事讲，他以前经常拦下女性的车辆，伪称对方交通违规并抄下对方车牌号码，等回到警局后就从电脑数据中查出对方的电话号码和其他资料，过不了多久就会打电话约对方出来（我在这里要补充一点，有很多人也干过假借职权获取意中人资料的行为，但他们只是想和对方交往，而这些凶手则是为了把女子诱骗到树林中凌辱或杀害）。后来的调查显示，他之所以没有杀掉这两名女子，是因为当时接到另一位警察的呼叫，他们当时约好了一起赶回警局。那两名女子指证谢弗开的车子和她们看到的车辆十分吻合，警方在搜查他的住处后找到了属于其他被害人的牛仔裤。这时候，已经基本确定他就是凶手了。

谢弗坚决否认所有的指控，但证词和证据十分确凿，他还是被提起公诉，并被判刑，现在仍然在佛罗里达州的监狱里服刑。但我们永远无法知道他总共杀了多少名女子，据估计，有35人。由于他拒不认罪，且不配合警方的侦破工作，因此我们无法确定，除了被查出的案件外，他还犯过多少其他命案，也无法找出那些被害人的尸体。

从犯罪心理研究的角度看，谢弗的住处可真是资料丰富，屋子里不但有自己犯罪的证据，还有很多可以供我们研究的资料。屋内有女性衣物和珠宝首饰，很显然这是从被害人的身上拿来的，但在询问过程中他说这是自己任巡警时在高速公路上捡回来的，他本想捐献出去，但还没来得及，其中一些送了人，有一条项链就送给了女友。在他家里还发现了大量淫秽书籍和侦探杂志，他在警局的同事也证实他非常喜欢看女子被吊打、勒死之类的场景。

我们从他的日记和他家墙上的画可以看出来，他很早就开始了折磨被害人的幻想，所有这些细节都互相关联。他在墙上画的画中，有一幅画了一名年轻女子被反绑在一棵树上，身上还被打了一枪，画上甚至有女子排出的粪便。另外一幅画上有三个裸体女子面对着一个男子，旁边加了一行字："这些女人必须取悦我，否则我就强奸她们，然后让她们到广场上去卖淫。"还有一幅画画着一名躺着的年轻女子，从侧面看就好像被吊起来一样。除了这些画作外，他屋子里还有一些他自己拍摄的照片，都是被害人被吊起来的场景。

审判期间，他经常耍弄新闻媒体，谁都无法从他嘴里套出一点信息，他只是对媒体反复说："我是被冤枉的，总有一天会还我清白。"有份报纸刊登出一张庭审时的照片，拍的是四位法警押着他的场景，他在照片里满面笑容，气定神闲，即便是后来被判终身监禁的时候他依然非常镇静，这都是典型的"有组织罪犯"特征。

赫伯特·马林在20世纪60年代末高中毕业以前，所有住在圣克鲁斯附近并且认识他的人都认为他是个好孩子。他身高5英尺7英寸，体重120磅[①]，虽然个头有点矮，却是足球队的主力守门员。他的学习成绩也很好，待人谦和有礼，深受同学们的喜爱，并在同学们的推选下成为"未来最佳成就奖"得主。但没人知道在他和善的面具

---

① 身高约1.70米，体重约54.43千克。——译者注

之下竟然有另一张面孔，他是个妄想型精神分裂症患者，吸食大麻和迷幻药以后情况更糟。

高中毕业后，他忽然堕落，让所有人都感到不可思议。精神分裂症常常被人误解，其实只是精神疾病中最常见的一种，而妄想型精神分裂症只是精神分裂症的一个分支。其实，妄想型精神分裂症本身并不一定引发暴力倾向，大多数普通人都多少有些这方面的倾向，只是轻重程度不同，而且大部分患者不会伤人。60年代末期，北加州有一批高中毕业的年轻人想要找回“迷失的自我”，马林的转变和这些孩子很相似。他毕业后进入大学学习，但学习成绩不佳，有一阵子他和许多人一样挂起念珠，留着披肩长发当了嬉皮士。再后来他发现自己无法找到女友而剪掉了长发，开始以西装革履的生意人形象出现，但这种改变并没有改善他的生活，后来他便进入一家精神病院接受治疗。医生发现他性格温和，似乎不会对其他人造成威胁，便让他回家了。回到家里之后，他发现自己已经是个大龄青年，于是做出一些在街上或舞会上向女孩子求婚之类的荒唐举动，当然都被拒绝了。这一系列挫折让他很沮丧，进而认为自己是个同性恋者，便跑到旧金山同性恋者的聚集地去，开始当街向男人求爱，但仍然一再被拒绝。有一天他跑到一间教堂里大吼大叫，说基督待人不公。后来他又忽然想当牧师，但最终未能如愿。之后，他忽然冲到一家体育馆学拳击，教练看他身材矮小，便婉拒了他的要求。

最后他只好参军入伍，但由于他的父亲也是军人，因此除了陆战队以外，其他各军种都把他给刷了下来。陆战队先让他接受基本训练，但后来又发现他进入过精神病院而不让他做勤务，最后还撤了他的职。从军队出来后，他和一名同样患有精神病的老妇人住过一段时间，这时候他迷上了东方宗教及东方的神秘主义，于是跑到夏威夷“朝圣”，但毫无成果，后来还去过中国。

那时候他已经25岁，没有朋友，没有工作，完全被社会抛弃，可以说一无所有，只能偶尔打打零工，但工作时间从未超过一个月，因此一直靠双亲接济。与此同时，他的妄想型精神分裂症的病情更加严重了。

精神分裂症患者会把从各处得来的信息在心中综合起来，但最后分析得出的结论却让他们更加迷惑，因为他们无法把握事情的真正意义。比如，马林读到过加州大地震及地震预测的文章，于是认为加州可能将要发生强烈地震，这让他困惑不已，最终他给自己的解释是越战中美军大量伤亡导致了地震，而这个世界即将因此毁灭，为了避免这种情况的发生，他需要用别人的鲜血来献祭。1972年2月，美军在越南战场上遭遇大败，马林更加确信加州即将地震，并有沉没于太平洋的危险，因此他需要用更多人的鲜血来献祭才能避免。在后来的采访中他告诉我们，父亲利用心电感应来给他下达杀人的命令。

我们在研究中发现“无组织罪犯”在作案前通常都有反社会的行为，而且是不由自主地产生这种想法，马林的行为也符合这一模式。他无法把自己正确地融入这个社会，无论是工作还是情感，都无人接受他。但这个时候他还没有实施过强奸、抢劫、偷窃或纵火的罪行，也没有触犯过法律，他因为没有犯罪记录，因此可以合法地购买枪支，但此后，他就开始了犯罪之旅。

马林的案子让警方大惑不解，这些杀人案件似乎毫无关联。首先，凶器不一样，目击者对凶手的描述也不相同，受害人的年纪、性别、致死原因和其他特征似乎也有很大差异；其次，当时肯珀也在这个地方疯狂作案，这让警方疲于奔命，无法专心地侦破此案。

马林第一次杀害的是一个55岁的男人，当时这个流浪汉正在高速公路上闲逛，马林看到对方后就故意放慢了车速并接近对方，这个老汉果然要求搭个便车。马林让对方坐在前座，然后从后座拿了一根棒球棒，不由分说就把对方敲死了，并把他的尸体拖到高速公路附近的一片草丛里。第二天，尸体被人发现，警方开始侦办此案。

两周后，马林又感觉到了父亲的杀人命令，为了净化这个世界，为了阻止地震的发生，他开始寻找下一个受害人。这次仍然是在高速公路上找了一个搭便车的人，但这次是个女子，凶器也换成了刀，他在开车的同时把刀插入了她的胸膛。等她死后，马林把尸体拖到了草从里，先是剥光了她的衣服，然后把她的双腿捆绑在一起，接着就开始开膛破肚，以检查对方是否受到了“污染”。他把死者的内脏都掏出来检查了一遍，然后把内脏挂到了附近的树上，这次直到几个月以后尸体才被发现，那时候已经只剩下头颅了。两个案子有很大的差别，因此警方开始并没有把它们联系在一起。

马林是一个“无组织罪犯”，我在前文说过这种凶手不会开自己的车作案，但马林是少数的例外。这也证明我们的心理侧写只能成为艺术，而无法成为科学，我在学校教书的时候就对学员说在检查命案现场时，必须按照我所提供给他们的对照表核查，这样就容易评估及判断了。就本案而言，除了交通工具不符合“无组织罪犯”的特征之外，其他很多特征都符合，比如随机挑选受害人，没有预谋，没有刻意藏尸，无理性地开膛破肚等。虽然第二个被害人的尸体在几个月后才被发现，但这事纯属运气，并不是凶手策划的结果。

马林告诉我们，第二次作案四天后，马林对父亲指令的正确性产生怀疑，于是到离圣克鲁斯15英里远的一座教堂内找一个天主教教士忏悔，他坐在忏悔室里，因此教士无法看到他的样子。他向对方说了自己对父亲指令的疑惑，对方问他："赫伯特，你读过《圣经》吗？"

"读过。"

"《圣经》里是不是说要遵守父母的训令？"

"是的。"

"我认为这很重要，我甘愿成为阁下的祭礼。"

马林马上踹门而入，连敲带刺，将对方杀死，然后夺门而出。

一位教堂执事目睹了惨案的发生，立刻跑出去求救，等警方到来的时候马林已经无影无踪，执事把马林的特征都告诉了警方。也许是眼力不好，这名执事把马林说成了高瘦体形的男子，因此反而误导了警方的调查。

我后来采访了马林，并研究他的人生在哪里出了差错，最后逐渐把注意力集中到了他的高中时代。有一次，足球队有个队友诱惑他吸食了一些大麻，这是他第一次吸大麻。后来他的精神状况不佳，就逐渐戒掉了大麻，但他从此非常仇恨那个害他染上毒瘾的队友。

1973年1月初，他到圣克鲁斯郊外的一处住宅来找那个队友，却发现那里住的是一个妇人。这个妇人的丈夫因为涉嫌贩毒被通缉，现在正在外地躲藏，妇人和他交谈了几句，告诉他那个队友住在这条路的尽头。他后来告诉我们，这个妇人坚持愿意将自己和孩子作为"祭礼"，就像那名教士一样。因此，他枪杀了一家人，然后到了队友的家里。

这名从前的队友、如今的毒贩邀请他进屋。马林也不客气，一进屋就责问对方为何把自己带坏，对方的回答让他很不满意，于是他开枪射击，对方挣扎到浴室外气绝身亡。那人的妻子当时正在浴室冲凉，他听到声音后要对方开门，等了一会儿没听到回答就破门而入，连她一块儿杀了。警方到现场勘查后认为这可能是毒贩黑吃黑，没有把这起案子和前两起案子联系在一起。

一个月后，马林在一片红树林区发现了四个十几岁的男孩，便走过去问他们在干什么。对方说是在露营，他马上说这块地是自己的，不容他们污染，并要他们立刻离开。但这几个男孩不买他的账，说法律规定此处可以露营，反叫马林滚开，几个男孩还从帐篷里拿出一把点22口径的来复枪示威。马林见状不敢再逞强，临走时说明天还会来看他们走了没有。果然，第二天马林又来了，并把这四个男孩全部枪杀，尸体在一周后才被人发现。

后来，他再次感应到父亲的命令，这时候他正开着一辆装满柴火的厢型车，他忽然看到路边有个西班牙裔男子在花园里浇花，他立刻把车转过来开到花园旁边，举起来复枪就射击。死者的邻居目睹了惨案的过程，赶紧打电话报警，警方从邻居口中得知了他的车牌号，立刻报告给附近的警察。几分钟后，马林被一位巡警拦了下来。他被捕的时候十分配合，毫不反抗，来复枪就在身边他也没有打算反击，警方在他车厢内又找到了那把取走前队友性命的手枪。

我在狱里采访他时发现他非常温和，彬彬有礼，而且长相英俊，但沟通能力很差。我每提出一个问题他都会说："先生！我可以回房间了吗？"后来他告诉我之所以犯下这么多罪行，都是为了拯救地球。可以看出他患有严重的精神问题，应该留在精神病院治疗，而不应该被放出来。

那么，“有组织罪犯”和“无组织罪犯”谁更危险呢？哪种罪犯更多呢？这个问题不好回答，根据我们的研究和推理，大概三分之二的凶手属于前者，三分之一的凶手属于后者。

我认为，“无组织罪犯”从小时候到成年一直比较疯狂，他们会在被捕之前持续作案。我们对凶手的了解其实还很少，但他们就生活在我们中间，不会因为社会环境的改变而消失。此外，我推测“有组织罪犯”的比例会进一步上升，我们的社会在进步，同时武器也越来越容易获得，武器的杀伤力也越来越大，因而犯罪的破坏性也越来越大，而随着社会问题的滋生，各种关于强奸、凶杀的幻想也会越来越多。

第 7 章 动机 + 过程 = 凶手

我把想要的十几项东西写在搜查令上，让搜查人员据此查找，最终的结果显示我最想要的几种物品都找到了，比如他和好莱坞当红女星朱迪·福斯特的谈话录音带，一张欣克利准备交给福斯特的明信片，那张明信片正面就是里根夫妇的照片，背面有他写的几行字。

帐篷上的洞是戴维·梅尔霍佛在转移一个儿童受害人时留下的，他后来杀死了那名儿童

此包裹上写着“SMDS”字样，这是梅尔霍佛的受害人名字的缩写。包裹里装的是受害人的手和两根手指

约翰·欣克利在华盛顿特区的福特剧院前，此剧院就是林肯总统遇刺的地方。拍完这张照片后不久，欣克利就枪击了里根总统，使其受伤

我从1974年进入行为科学调查组任职后，和霍华德·提顿及帕特·马拉尼成了好朋友。马拉尼以前是兄弟会的一员，1972年开始进入调查组工作，提顿以前在加州圣莱安德罗搜证组工作，1969年开始从事心理侧写工作，曾师从心理学家詹姆斯·布鲁塞尔（James Brussel）学习。布鲁塞尔博士是20世纪50年代的著名心理学家，也是心理侧写的开山鼻祖，1956年纽约市一个“疯狂炸弹专家”在市内安装了32枚炸弹，布鲁塞尔曾对犯案现场、“疯狂炸弹专家”的言辞和其他信息做过研究，最终对警方说凶手可能是名东欧移民，约40岁，与母亲一同住在康涅狄格州内，整洁讲究，自小就很聪明，但非常仇视自己的父亲。布鲁塞尔甚至更大胆地预测，凶手被捕时一定穿着双护甲的带扣外衣，后来凶手乔治·米特斯基（George Metesky）被捕时果然穿了一件这样的衣服。布鲁塞尔的预测中只有一条错误，就是凶手没有和母亲同住，而是和两个未婚的姐妹住在一起，其他推测完全吻合。

罪犯心理侧写工作曾在20世纪60年代遭遇过挫折，当时发生了一系列“波士顿绑架案”，很多心理学教授与心理医生组成专案小组对凶手的身份做过许多预测，可惜最终证明都很不靠谱。但是随着陌生人暴力犯罪案件的增多，心理侧写的工作需求更大，因此这门艺术才没有终止。在60年代的谋杀案中，杀手一般和被害人有关系，但到了80年代，四分之一的凶杀案中被害人都不认识凶手。社会心理学家认为这是由于社会变化速度太快，导致很多人无法跟上这种变化，因而社会风气日益败坏，物欲横流，再加上媒体对暴力和性的渲染，导致陌生人犯罪逐渐攀升。

有一次，蒙大拿州博兹曼市的联邦探员彼得·邓巴（Peter Dunbar）丢了个绑架悬案给我。案子发生在一年前的6月，密歇根州法明顿市的贾基一家在郊外露营时，忽然有个陌生人拿刀割破了帐篷，并掳走了他们7岁的女儿苏珊。提顿和马拉尼对凶手做了初步的心理侧写，认为凶手一定是一名年轻白人男子，他独自一人住在附近，趁夜色和贾基家大人不在的时候下手绑架了女孩。根据这份侧写，苏珊已经死于非命，但贾基一家没有见到尸体，心中仍然留存着一丝希望。

邓巴根据这份报告发现了一名嫌疑犯，名叫戴维·梅尔霍佛（David Meierhofer），是一名23岁的越战退伍军人，可是找不出他和该案有关的证据，因此无法起诉，而且邻居们都说他是个“和善、有礼貌、聪明”的人。于是，贾基一家只好失望地返回了密歇根州，而邓巴也因为去调查其他案子而离开了。

1974年1月，博兹曼市又有一名18岁的年轻女子失踪了，这名女子曾拒绝了梅尔霍佛的求婚，因而该男子再度被传唤到警局，他自愿接受测谎试验，结果显示他无罪，警方便再次将注意力移往别处。

我在第二起案件发生时受邀参与此案，这桩案子给我们更多信息，因而可以重新修正早先的那份侧写，但侧写的结果依然矛头直指梅尔霍佛。尽管他自愿接受过测谎，而且结果证明他无罪，但我们依然坚信侧写的结论。测谎只对正常人有用，而很多罪犯可以通过技巧骗过测谎仪，只要当时将自己的身心控制得很好就可能做到。也就是说，只要梅尔霍佛足够聪明，他也可以欺骗测谎仪。我们向邓巴保证梅尔霍佛就是凶手，同时提顿与马拉尼认为凶手或许会打电话给被害人的家属以“自夸”，因此邓巴在贾基家的电话旁加装了一台录音机。

苏珊失踪一年以后，贾基太太突然接到一名男子打来的电话，对方声称苏珊还活着。事后她对记者说：“这家伙十分自负，喜欢装模作样，还喜欢辱骂嘲弄别人。”那人在电话里还说他已经把苏珊带往欧洲的某国，日子过得比在贾基家还好。贾基太太事后回忆道：“他想激怒我，但我却想通过原谅和怜悯让他浪子回头。果然，最后他不再伪装，而是放声大哭起来。”

打电话的人不承认苏珊已死，他在警方追踪到他的位置前就挂了电话。一位联邦调查局的声音分析专家在分析之后断定那通电话就是梅尔霍佛打来的，但这项证据无法说服蒙大拿州法院签发搜索令对疑犯的住处进行搜索。我们再一次无功而返。

邓巴的电话追踪最后只发现对方是用公共电话打来的，可能是商店里的公共电话，也可能是偷接电话线打的。邓巴从梅尔霍佛的服役记录中发现他在越南服役时学习过接电话线的技术，但这无法作为直接证据来起诉。

马拉尼听了电话录音后说：“我认为梅尔霍佛对女性有很强的占有欲。”于是，他建议贾基太太来蒙大拿和梅尔霍佛见见面。贾基太太为了寻找爱女便答应了，很快她就和梅尔霍佛在律师的办公室内见了一面，但当时梅尔霍佛很镇静，没有表现出任何破绽。见面之后没多久，贾基太太突然在密歇根的家里接到一通电话。对方自称是住在盐湖城的“特拉维斯先生”，并自称是他绑走了苏珊，与其他人无关。在他挂断电话前，贾基太太听出了对方的声音，因此叫了一声：“你好，戴维！”

在贾基太太的证词的帮助下，邓巴终于获得了对梅尔霍佛住宅的搜查令，果然在他家里找到了两位遇害人的遗物和其他证据，并发现他还做过另一桩绑架案。庭审之后，他被判有罪。被单独收监后，他于第二天上吊自杀。

很明显，我们对凶手所做的心理侧写侦破了该案，如果没有这份侧写，邓巴根本不会怀疑一个邻居眼里的好青年。即便他通过了测谎仪，我们仍坚信他就是凶手，最后靠着马拉尼的心理分析，终于突破了他的心理防线。

心理侧写有助于缩小侦查的范围，进而找出真凶，即使有很多干扰的因素，我们也能够找到线索。这个案子告诉我们经验越多，就越能准确判断嫌犯和犯罪过程的信息，而此案之后，我们的经验还会更加丰富。没有任何两件案子或任何两个凶手是一样的，我们要寻找的是作案模式及凶手特征，需要根据事实进行逻辑推理，从证据出发，用经验判断，最终找出凶手。

也就是说，我们的工作是把各种不可能的因素都排除，进而缩小嫌犯的可能范围，把注意力集中在真正的凶手身上。比如，我们最有把握的是男性凶嫌，全国有一半人口是男性，加上“成年男性”的条件后就可以缩小范围，再加上“单身的白人成年男性”这一条件，就可以把范围更加缩小，再加上其他条件的话，就可以把网越收越小，条件越多，嫌疑犯数量越少。比如我们说疑犯是无业人士，或以前接受过心理医生的治疗，或是住在凶案现场附近，再结合前面的条件，嫌犯的数量几乎就没有几个人了。

我在匡蒂科和其他地方教过很多次课，我发现案例再丰富，学生们还是会要求我提出更多的案子，如果能有一本这方面的《工作指南》就好了，让他们按图索骥，知道要注意哪些细节，要询问哪些问题，或如何从现场找出最重要的特征，等等。我多么希望警官和我们在教授学员时能够有这样一份对照表，把一切都数字化，做出一套公式来套用，那该多好。我希望在未来可以有人发明类似的电脑程序，但我们这些年的经验也告诉我们，程序无法替代人脑，尤其在犯罪心理学这方面更是如此，这需要经验的积累。

心理侧写最重要的部分是勘查犯罪现场，犯罪现场一般都有对我们来说最有用的证据，我们就根据这些证据分析作案细节和凶手的人格特质。举个实例，一名从事特殊教育的老师在纽约布朗克斯区一所公寓大楼的阳台上被人杀害，现场的物品都属于被害人，包括用来勒死她的手提包带、留在她阴毛上的梳子，以及凶手用来在她身上写猥亵文字的笔。分析之后，我们认为这并不是一桩事先计划好的谋杀案，而是临时起意的凶杀案，因为如果是预谋好了的，凶手就应该会带着胶带、绳子、凶器之类的物品，或者其他可以帮助他实施强奸的工具，但现场分明没有这些东西。

那些想象力丰富的读者也许觉得要从地广人多、复杂多变的纽约市找出凶手来，一定要利用心理学的知识去分析，更何况死的是一位年轻教师，这种看法是绝对正确的。

尸体被发现的时间是10月的一天上午，死者名叫弗朗辛·埃尔弗森（Francine Elverson），身高不足5英尺，体重不到100磅[①]，可以说非常娇小，与父母一同住在那栋大楼公寓内。案发当天早上之后就没人再见过她了，按照平时的作息时间，她那时候应该到附近的一所日间看护中心照顾残疾儿童。

尸体看起来十分怪异，不合乎逻辑，让人无法猜透是什么意思。一位调查人员说死者身上的字像希伯来文的“Chai”，这是死者父母告诉他的，死者常戴的一条项链上就有这个字，但现在这条项链找不到了，这样看来本案和反犹太运动无关，而是纯粹的性犯罪。从尸体上可以看到，凶手对她戴的耳环动过手脚，此外，她的丝袜被当作绳子绑在她的手腕上，内裤被脱下来套在她的头上，其他衣物都被扔在尸体旁边。死者的脸部遭到重击，脖子被她皮包的皮带勒住，死后遭到非常残忍的毁尸，全身布满刀伤，乳头都被割掉放在她的胸前，鲜血流了一地，大腿内侧有不少咬痕，甚至阴道里还被凶手插进了一把伞和一支笔，一把梳子也缠在阴部，在她大腿和腹部还有凶手写的文字：“他妈的，你不能阻止我！”

我们最终在尸体上发现了一些不属于死者的东西，包括凶手的精液和一根黑色的阴毛。纽约警局凶杀组探员托马斯·福利（Thomas Foley）把案件资料送到我们这里的时候，警方已经查到22个有嫌疑的人。纽约是一座国际化大都市，人多地广，这样的暴力性罪犯藏身其中并不奇怪，但警方也偶有冤枉好人的情况，比如这些嫌犯中包括一个担任过死者公寓警卫的黑人，但他已经没有这栋大楼的钥匙了；还有一个年轻的嫌犯因为持有死者的皮包而被怀疑，那是他在楼梯里

① 身高不足1.52米，体重不到45.36千克。——译者注

捡到的，只是没有及时上报而已。

我看过现场照片和其他证物后认为那根黑色的阴毛与本案无关，现场证据显示似乎是多人作案，但我认为凶手只有一人，而且是个严重精神病患者，他是无意中遇见死者并杀害她的。我很快就对福利警官说，凶手应该是一名25~35岁的白人男子，他认识死者，并居住在案发地点附近。我认为凶手有精神病，就和理查德、蔡斯一样，至少在10年前就有精神病了，他们这种凶手只在住处附近作案。他可能一个人居住，或者与一个很溺爱他的长辈同住。从死者身上的字以及尸体的处理方式来看，凶手读书不多，可能被学校开除过，喜欢看淫秽书籍，作案的方法就来源于这些书籍。由于他有长期的精神病史，所以应该最近才出院，时间不超过一年。

福利和其他警员根据我的分析把那些嫌犯进行了过滤，首先排除了那名黑人守卫，一些有过性犯罪记录但现在已有美满婚姻和工作的人也被排除了。在我们的建议下，福利对附近有过精神病住院史的人进行了调查，发现了一名不在嫌犯名单之列的人，他叫卡迈恩·卡拉布罗（Carmine Calabro），现年26岁，与其父亲住在死者同栋大楼的第四层，母亲在他19岁那年就去世了。此前在10月份，警方曾叫他和他的父亲来协助调查，他父亲说命案发生前后卡迈恩一直待在精神病院，警方采信了他的说法，就把卡迈恩从嫌犯名单中排除了，但这时候经过查证才发现他父亲的说法不尽属实。

卡迈恩在高中时被退学，之前在附近的精神病院住院治疗超过一年，出院后得到一份舞台管理的工作，但最近又被解雇了。他和警方谈话的时候自称是失业演员，再三逼问下才承认自己是失业的舞台管理员。警方又去那家精神病院调查取证，发现那里管理十分松散，卡迈恩可以轻易地溜出来作案，然后再悄悄地回去。进一步的调查发现在案发时他的手臂上缠着纱布，而这正是我们推测凶嫌用来勒昏死者的工具，纱布已经找不到了，但我们找到了另外的证据。我们请来了包括洛厄尔·里维尼在内的三位牙科权威，鉴定后发现死者身上咬痕的齿纹与卡迈恩完全一样，铁证如山，卡迈恩最终被判入狱25年。

这名失业舞台管理员的暴力行为很早就开始了，此前曾有几次企图自杀，并被多人目睹过调戏妇女，而他始终无法与女性交往就是他作案的导火线。

那根黑色的阴毛又是怎么回事呢？原来死者的尸体必须装进尸袋送往法医检验，但那个尸袋此前用过，并没有清理干净，所以那根阴毛是尸袋的上一任主人的。

本案侦破后，福利的上司、也是我的学生约瑟夫·达米科（Joseph D'Amico）在新闻发布会上幽默地说："心理侧写师的工作非常出色，是他们让我们准确抓到了凶手。我有一点不满，他们应该把凶手的电话号码也推测出来的。"我们很高兴通过自己的努力让纽约警局拨云见日，最终抓到了凶手。

卡迈恩在法庭上一直不肯认罪，后来《今日心理》杂志报道了我们行为科学调查组侦办此案的经过（死者和凶手的名字均未提），不久之后，卡迈恩给我们写了封信，对这篇报道的内容做了一些补充，并在信后说："你们运用的方法非常正确。"

有一次，我正在前往弗吉尼亚州里士满市上课的途中，忽然车载电话响了起来，局里要我立刻赶回匡蒂科。我说这次课程非常重要，但调查局不听我的解释，他们告诉我无论如何要回来，因为里根总统遇刺了。

我赶紧往回赶，在路上我打开了车上的收音机，这才知道里根总统虽然遭遇刺杀，但并没有被杀害，我在车上暗暗祈祷他能够脱离险境。我在听广播的同时也想起自己采访过的那些杀手，其中有些人也做过刺杀的事情，他们很多人都有精神分裂症，不知道这次的刺客是什么人。

到了匡蒂科后，我直奔助理局长麦肯齐的办公室，屋里的人很多，该来的都来了，很快我们就和华盛顿总局接通了电话，总局负责侦办此案的是弗兰克・魏卡特（Frank Waikart），他告诉我刺客约翰・欣克利已经被捕，他们正要去搜查他住的旅馆，我要求他及时把查到的证据全部告诉我。

联邦调查局的效率很高，已经知道欣克利是名白人男子，大约25岁，单身，毕业于丹佛的一所大学，家境优越。开枪后他立刻被特工逮捕，被捕后一直非常冷静。调查局前往搜查他的旅馆房间时，发现那里围满了新闻媒体的记者，警方只能把所有记者都赶到一边去，并规定未经许可闲杂人等不可进入这个房间。

虽然欣克利已经被捕，但调查进展并不顺利，一方面是因为各方都还在震惊之中，另一方面则是因为华盛顿属于多重管辖区，很多不同单位的执法人员一拥而上，反而使取证工作变得混乱起来。这是非常危险的做法，一旦证据采集的程序出现错误，证据就可能不被法庭采信，那样就会让欣克利逍遥法外了。

为了确保证据的确凿，我们需要知道这个刺客的心理特征，必须对他进行深入研究。魏卡特向我通报了他们取得的证据，我从证据上判定欣克利是名精神错乱型刺客，他并不是受人指使，他知道自己在刺杀时的所作所为以及有何后果，但他没有谋反的意图。他是个孤僻而内向的人，他的同学对他的看法也应该是如此，他没有女性朋友，从未约会过，不喜欢运动，也不是什么社团的成员，在校期间成绩不好，沉迷于幻想。我让魏卡特去搜查他的旅社房间、汽车和他在丹佛的住处，一定能找到他孤僻和爱幻想的证据。

我提醒魏卡特，要他的部下搜查时注意那些可以反映其幻想的东西，如日记、剪贴簿、书刊等，无论这些书刊多么平常，都要全部带回来，因为从心理分析的角度来讲，这些普通平凡的东西就是检视欣克利人格的镜子，杂志、书籍等都是，我们可以透过它们了解欣克利的想法。我还让魏卡特注意搜寻录音机及录音带，因为孤僻的人最喜欢用这些东西来记载自己的想法，其他如银行卡、收据之类的东西也很重要，我们可以利用这些证据追查他前半年甚至前一年的行踪及消费情况。我的经验告诉我，欣克利这样的刺客喜欢在事先跟踪观察目标，欣克利应该也是如此。我还要他们拿来旅社的账单，这里面也许能查到他的通话记录，可以进一步掌握其行踪和爱好。

我把想要的十几项东西写在搜查令上，让搜查人员据此查找，最终的结果显示我最想要的几种物品都找到了，比如说他和好莱坞当红女星朱迪·福斯特的谈话录音带，一张欣克利准备交给福斯特的明信片，那张明信片正面就是里根夫妇的照片，背面有他写的几行字：

亲爱的朱迪：

你看他们不是天生一对吗？再看看南茜（里根妻子）多么性感！总有一天我们俩也会入主白宫，让其他人都羡慕得流口水。请为我们的将来保留处女之身，你是处女吗？

约翰·欣克利

这张明信片没有寄出去，探员还在他的住处搜到另一封写给福斯特的信件，上面说他即将去行刺里根，他悲壮地说自己或许一去不复返，但要福斯特知道他这么做完全是为了她（这是他预谋行刺里根总统的证据）。此外还搜查到了一些日记和便条，其中有张纸上写道："每件事都头昏脑涨的……仍是这年轻女孩……取笑我的名字。"这是电影《出租车司机》里的台词，而朱迪·福斯特正是影片的女主角，影片中也有刺杀总统的情节。所有这些证据都和我当初的推测一样，约翰·欣克利生性孤僻，无法和女人正常交往，只能生活在自己的幻想中。

对我们这些执法人员来说，一起凶杀案最惨痛的后果就是它对受害人的家属、朋友与同事造成的恐惧和悲伤，这也是我们工作的动力源泉。因此，当詹姆斯·卡瓦诺（James Cavanaugh）博士从芝加哥打电话来求助时，我义不容辞地答应了他。许多年前，我曾请他担任罪犯人格研究计划的顾问，他是芝加哥圣鲁克医学中心的处长，是心理学专家，这次来找我是因为他的一名年轻女学生被谋杀了。这名女生名叫洛里·罗谢蒂（Lori Roscetti），被人发现死于离医学中心不远的铁轨旁。罗谢蒂聪明，而且谦虚，各项成绩都是A，死前刚刚参加了一项女子才艺竞赛，这项活动后来因为预算不足而取消，也让她为此付出的努力成了泡影。在医学中心里，每个人都很喜欢她，卡瓦诺的同事们对她遇害都感到非常伤心难过。

正式要求我参与此案的是芝加哥警官汤姆·克罗宁（Tom Cronin），他是前调查局探员，也是我的学生。他给我寄了一堆资料，并说提供线索抓获凶手的人可获得4.5万美元的奖金，他还幽默地说如果我们破了案可以平分奖金（执法人员压力太大，经常用这种笑话来缓解压力，我们都不是为奖金而从事这一行的）。

从他寄给我的资料中，我知道这名年轻女学生的遇害时间在凌晨1：30之前，死前她和其他同学待在一间教室内，出来后她和一个男同学到车库去开她的车，手上提着一些书和袋子，两人开着她的车到另外一个车库去取那名男同学的车，到了车库男生出去后关上了车门。这地方紧挨着伊利诺伊大学，附近一带都不安全，因此她非常小心，一定要把车门关好才敢开车，因此她的同学在做证时都说她开走时一定紧锁了车门。

尸体被发现的时间是清晨5：30，那里离医学中心不到半英里，尸体就在铁轨旁边，附近就是一个贫穷的黑人社区。法医验尸后报告说她的脸被重击过，身上有多处外伤，被不止一次地强奸过，有证据显示她的尸体被车子碾过。车门和后备厢都被打开了，她的皮包被人搜刮一空，只剩一个空包留在现场。

警方在侦查过程中对她的一名男性朋友产生了怀疑，他们两人是好朋友，但不是恋人关系，别人说他们两个曾经有过暧昧，但死者好像拒绝了他。不过他有不在场证明，在被害人遇害的那天夜里，他一直待在城里。警方还在医学中心调查了死者的人际关系，也有几个人有嫌疑，警方后来搜查了车库的保安住处，但一无所获，后来又针对铁路沿线的货车司机展开排查，同样无功而返。

本案的资料翔实，做出罪犯心理侧写并不难，我在汤姆·克罗宁的家里向他说了自己的想法。

我推测死者开车离开车库后，可能在附近的某处路灯下停了车，刚好旁边就是凋敝的黑人社区，这时候过来几个人想抢她的车子，她急得想关车门，但歹徒破门而入，然后，这些人强迫她把车开到某个隐蔽地点，把她轮奸杀害后，劫走了她的财物。

我认为这桩案子是临时起意的凶杀案，最初只是为了劫财，其次才是满足性欲，谋杀则是为了避免事情败露。从死者身上提取的分泌物证明凶手应不止一人，很有可能是帮派或同伙作案。我向警方建议关注3~6人组成的年轻黑人团伙，他们全是15~20岁之间的男性，有人可能有犯罪史或入狱史，家庭住址离作案现场不会太远。在中产阶级的白人社区中，孩子们一般都是同龄人组合在一起，比如都是15岁或18岁，但黑人社区的情形有很大不同，各种年龄的孩子都有。我之所以说其中有人曾经入狱，是因为他们强奸的手法在监狱里经常发生。

警方最早把侦查重点锁定在认识死者的人身上，但总是钻进死胡同，我的分析提出之后，警方转变了侦查方向，并很快有了收获。这也得益于悬赏金的诱惑，警方在命案现场附近的黑人社区放话，要求大家协助查找此案的罪犯，并留心与该谋杀案有关的一切事物，很快警方根据市民提供的线索拘留了四个人，其中最年轻的只有14岁，他承认了自己的罪行，另外两个十六七岁的男孩也坦白了，后两者曾有过20多次犯罪记录，并都进过少年管教所，还有一个人坚决不肯承认犯罪，但有证人证实他在案发前后在现场出现过。

前三个人的供词大致一样，他们说在案发当晚原本是想拦车抢钱，等了十几分钟后终于看到一名白人女子把车停在一处路灯下，两个人靠近车子，挑衅女子说她一定不敢碾过他们，这时候另外两个人悄悄靠近了车门，其中一人打开了车门，几个人一拥而上把她带到了铁轨旁。他们先是用木棍殴击受害人，觉得不过瘾，又把可怜的受害人拖出车子殴打，等对方失去意识后施以轮奸。这时死者又苏醒了过来，于是他们又用藏在塑料袋内的水泥块猛砸她的脸部，将其打死后还开车辗过其尸体。做下这桩凶案后，四个人走路回了家。

后来他们企图翻供，并说是警方把他们屈打成招，但陪审团并不相信他们这套说辞，四个人都被判有罪，并立刻入狱服刑，那个14岁的男孩因年纪太小被移交少年管教所。死者虽然尽力反抗，但最终没能躲过一劫，无论是审判还是其他措施都无法挽回她年轻的生命，但法律的正义最终得到伸张，这是对社区、死者亲朋、卡瓦诺博士及医学中心所有人员的唯一慰藉了。

1985年11月感恩节那周的一天清晨，在佛罗里达州靠近马拉巴市的一条公路上，一名19岁的裸体女孩虚弱地在路上爬着，她的双手双脚都被铐着，而且因为失血太多而几乎休克，路过的几辆卡车都对她的求助视而不见，幸好最终有一辆汽车停下来了。

女孩非常害怕地说："千万不要再把我带回那个屋子了，求求你！"

开车的人说他会帮她的，并把她扶上了车。女孩指着不远处的一户人家对好心的司机说："记住那栋住宅。"司机看了看，那家住宅的草坪修剪整齐，绿树成荫，西班牙式的院落内还有游泳池。司机把她带回了家，报警之后叫来了救护车。送到医院时，她全身失血达40%~45%，脖子、手和关节都有明显的绳索捆绑痕迹。

稍微恢复了一些体力后，女孩向警方讲了事情的经过。一天早上，她从布里瓦德县去一个朋友的家，便在路边招手想搭便车。一辆车停了下来，司机穿着运动外衣并打着领带，同意载她到目的地，但中途得在他家停一下拿点东西。到了他家后，他邀请女孩进屋，女孩拒绝了，这个男人随即从车后座拿了绳子把女孩捆了起来，由于捆得太紧，女孩很快昏迷了。

她苏醒后发现自己被绑在一间厨房里，无法动弹，旁边有台V8摄像机对着她拍摄。这时候男人进来强奸了她，并把整个过程录了下来，完事后又把针头插进她手臂与手腕，抽出血后一饮而尽，他喝着血的时候告诉女孩说自己是个吸血鬼。就这样，男人休息了一会儿之后又对她进行了强奸并抽饮了她的血，到第二天清晨她已经遭到了三次这样的待遇。男人恐吓她不要逃跑，否则他的兄弟会来取她性命。稍后她趁着对方出去的空当爬出了窗户，到附近的路上求救。医生说如果她再不逃跑的话，很快就会死于失血过多。

警方调查了那栋房子的信息，房主名叫约翰·布伦南·克拉奇利，是一名39岁的电脑工程师，在哈瑞斯公司任职，该公司和美国太空总署签有合约，他已经结婚，有一个小孩，此时妻子和孩子到马里兰州度假访亲去了。第二天凌晨2：30，警方得到搜查令后前去搜查这所房子，很快就逮捕了这个男人，并搜查到几份可疑物品，谨慎起见，警方还在他房子里拍了不少照片。刚开始女孩不想提起诉讼，但社工人员劝她为了防止这个人再伤害其他女孩，最好把他送入大牢，最终她同意起诉。警方先是对女孩的证词进行了测谎，然后对这名男子提起绑架、强奸、攻击以及窝藏毒品的公诉。

警方找到了那台V8摄像机，但嫌犯在警察破门而入前已经洗掉了里面的内容，因此只找到了一些大麻和一些强奸、捆绑受害人的证物。被害人说这卷录像带记录了他犯下的所有暴行，是最重要的证据，警方因此求助于我，问我是否还有什么证物没有被找到，或者是否应该进行第二次搜查。

这名强奸犯的奇怪行为引起了我的兴趣，因此我就很高兴地接下了任务。检查了证据之后，我认为这个男子应该是个连环杀手。

执法人员处理特殊案件的经验不足，因此不知道应该在案发现场找寻些什么，也会容易让罪犯消除一些重要线索或证物。我勘查之后马上告诉警方在第二次搜查时应该关注哪些目标，比如我在警方拍摄的现场照片中发现凶手有厚达数英寸的信用卡，这是重要的线索，但第二次搜查的时候发现这些东西已经不翼而飞了，可能已经被销毁了。

凶手抽屉的挂钩上悬挂了十几条女人的项链，再加上这么多信用卡，我断定这些东西都是属于受害人的，因而那名女孩不是凶手的第一个目标，他此前还犯下过类似的案件。警方在他家里搜出了两张属于其他女性的电子门卡，便问他是从哪里弄来的，他说这是以前搭载的两名女性掉在车上的，他一直没找到机会还，而那些项链则是他妻子的。除此之外，他还对警方说那个受害的女孩是个妓女，是她引诱他的。

警方调查过去数年内的悬案时发现，在布里瓦德县还有另外四起女性被杀案未破，虽然没有直接证据，但所有的线索都指向了克拉奇利。我建议警方到他的办公室里去搜查，果然找到了上次搜查时不翼而飞的那一堆信用卡，还发现他秘密藏了一批有关海军武器和通信设备的绝密资料。搜查得到的证物内还有一些由密码保护的磁盘，警方想破解内容查看，联邦安全机构鉴于他私藏军事机密，也想破解其中的内容，双方联合破解磁盘后发现里面的内容并非军事机密，而是32名女性的姓名、电话号码以及克拉奇利对她们性能力的评价等资料。警方此前已经联系了名单中的一些女性，证实她们中有人曾遭克拉奇利的非法拘禁和性侵犯，也有些人只是和他玩了各种性虐待的游戏，而且他的妻子似乎也很喜欢性虐待。

我坚持调查他此前的记录，结果发现在1978年他曾是一起命案的嫌犯，失踪的女子名叫德布拉・菲茨姜（Debbora Fitzjohn），当时在弗吉尼亚州费尔法克斯县当秘书，她在死亡前曾和克拉奇利一起待在他的车里，但费尔法克斯县的警方没有找到直接证据，最终没有起诉他。记录还显示，他在宾夕法尼亚州居住的那段时间里，在离他住处不远的地方发现过数具女性尸体，但也因为缺乏直接证据而放过了他。

1986年4月，这个案子即将开庭审理，克拉奇利忽然决定对绑架及强奸这两项指控俯首认罪，条件是检方不起诉他饮血（造成人体严重伤害）及非法拥有毒品的罪名。和检方达成协议后，他召开了一次记者招待会，和妻子两个人一唱一和，对其行为提出辩解，声称那次罪行只是“温和的强奸案，尽量避免伤害对方”。

庭审之时，法官诺曼・沃尔芬格（Norman Wolfinger）要求我出庭做证，因为绑架和强奸案的罪行都判得很轻，最多12~17年，表现良好的话可能只需要在监狱里待四五年。检方和警方认为这样的判决对克拉奇利太轻了，因此让我出庭提供更多的证据，证明克拉奇利的罪行远不止于此。我很同意这样的看法，为了赶在做证之前获得足够的证据，我们加快了搜集证据的步伐。

我们调查了克拉奇利的经历，他出身于书香世家，但在他五六岁之前，母亲一直把他打扮成女孩的样子，儿童时期曾表现出某些精神问题，被拘留期间他也告诉心理医生说自己年轻的时候经常求助于心理学家。他的妻子和朋友都认为他有很强的控制欲，经常命令他们照着他的话去做。他经常使用性暴力，据说曾参加多次性派对、群交聚会等。和他磁盘上的女性进行访谈后发现他喜欢各种奇特的性试验，我认为这和他连续杀人的行为有关系。

6月份，这个案子举行了听证会，这个看起来很有学问的金发瘦削的被告决定自己为自己辩护，他在法庭上发表了长达三小时的讲话，一把鼻涕一把泪地说自己只是喜欢各种性试验，这种性行为本应该是个人隐私，不属于法律管辖。检方虽然同意不起诉他喝血的行为，但因为这种做法严重伤害了被害人而举行了一场听证会，他辩解道这是15年前一名护士教他的性游戏，而且由于血已凝结而根本没有喝下去。最后，他只承认自己的行为“需要治疗”，但不应该入狱。举行听证会时他的妻子并不在场，但事后她对记者说丈夫无罪，顶多只是行为不检、喜欢玩性游戏而已。

我在这场听证会所做的心理学证词被克拉奇利的辩护律师质疑，他说喝血的案子太特殊了，根本不会有什么这方面的专家，最后他质问我遇到过几桩类似的案件，我看着天花板算了一下，说：“有五六件！”

旁听席立刻窃窃私语起来，这个辩护律师不信我的说法，便叫我举证出来，我便把蔡斯等人的案子一一说了一遍，听过我的发言后，辩护律师不敢再逞能，也不敢再质疑我的话了。我最后说，这种伤害对被害人的身体和心灵造成了永远无法平复的创伤，而他对一个毫无反抗能力的弱女子犯下这种兽行，还用摄像机拍下来，并在家人外出的时候实施犯罪，这都证明他是蓄谋已久的，而且他对被害人一再恐吓，并多次强奸，根本不是什么“性试验”，而是无可辩驳的丑恶罪行。

后来我再次做证的时候又拿出了那些证据，一堆信用卡和其他死者的“纪念品”都证明他曾犯下多起类似案件，证据还显示这些死者都死于失血过多，因而她们都是在经受长达数天的折磨后才死去的。我最后向法庭建议参考特德·邦迪案的判例对他判处重刑，否则他可能像特德·邦迪一样利用新闻媒体来蛊惑人心，无限期拖延自己的服刑时间。

法官听了我的话后，最终判处他25年有期徒刑，50年保释管束期，这样即使他刑满释放后也要终生置于政府控制之下了。

诺曼给韦伯斯特局长写了一封感谢信，感谢他让我出庭做证。后来他私下告诉我，如果没有我的证词，克拉奇利不会被判刑这么长时间。我的经验告诉我，克拉奇利这种人必须被隔离起来，否则很可能继续作案，因而我对这个结果感到很欣慰。但执法人员认为如果他在服刑期间表现良好，可能在1998年前后就可以出狱，甚至可能更早，美国的司法体系决定了这种判决不一定能全部执行，即便是终身监禁的罪犯也可能提前出狱，死刑犯也可能逃过电椅，而25年的有期徒刑可能只需实际服刑20年或者10来年，甚至可能只需服刑6年。

1989年10月，我已经打算退休了，在匡蒂科工作了这么多年，我也想休息一下了，但我的同事和全国各地的警察总是找我帮忙，而且其中很多人都是我的学生，我无法推辞，只好一次又一次应允他们。

这一年万圣节前不久的一天下午，12岁的埃米·米亚利维（Amy Mijalevic）忽然在一家小型购物中心里失踪了，而这家购物中心就在俄亥俄州湾谷警察局对面。这里离克利夫兰不远，现场旁边就是萨姆·谢泼德（Sam Shephard）开的整形医院，而这个谢泼德医生就是20世纪五六十年代在克利夫兰人们谈之色变的杀人狂。

埃米的照片很快出现在“失踪少女”的布告栏上，她的长相和美国十来岁的同龄女孩差不多，蓝眼、棕发，脸上有雀斑，戴着大耳环，穿着蓝绿色运动装。看到照片的人都会为她暗自祈祷，希望她只是迷路了，马上就会回家，但谁都知道这种可能性基本不存在。

负责此案的正是我调入匡蒂科之前在克利夫兰分局的同事约翰·邓恩（John Dunn），此案的另一个警员迪克·雷恩（Dick Wrenn）曾和我在1980年俄亥俄州热那亚镇的一个案子中合作过。两个人联合要求我前往当地检视证据，当时我正在辛辛那提市参加医学年会，周末的时候便赶到了湾谷。

凭借以往的经验，联邦调查局很快介入此案，就像我们在朱伯特一案中所建立起来的合作模式，执法单位联合破案往往事半功倍。我抵达湾谷的时候，邓恩已在警局里成立了专案小组，并调来了20多个探员协助当地警方。

我们猜测埃米遭到绑架，但没有歹徒要求赎金，也没有发现尸体，失踪现场也没有任何挣扎的迹象。主要的证人是埃米的弟弟，他告诉我们埃米失踪前几天曾连接好几通一名陌生男子打来的电话，那个人在电话中说：“我和你母亲一起工作，她最近刚刚升职，我们希望送给她一份礼物，请于某日到购物中心见我并把礼物带走，但请千万保密，我们想让你母亲收到一份意外的惊喜。”

埃米接电话的时候问是否可以告诉弟弟，对方不同意，埃米天真地说她弟弟是个大嘴巴，并同意了那个人的意见，但埃米挂上电话立刻就告诉了弟弟。有目击者看到埃米在购物中心的一辆车里和一名男子谈话，目击者只看到该名男子是个非常年轻的白人男子，但无法肯定有什么具体特征，也不肯定是否戴了眼镜，因此无法进行嫌犯指证。

邓恩和我坐在一起做凶手的心理侧写。我认为这个凶手和朱伯特非常相似，只是朱伯特的受害人都是男孩，但我认为这个凶手在各方面都是朱伯特的复制品，因此我要求警方全力找寻一名二三十岁的男人，他内向、孤僻，穷困潦倒，单身，教育程度不高，但不是笨蛋，可能没有服过兵役，喜欢和小孩在一起，外表和善（埃米因此才会上他的车）。他虽然喜欢孩子，但更喜欢亲近女生，另外，他可能不喜欢和成年人接触。

他选择在购物中心这种公众场合实施绑架，证明他经验不够老到。记录显示该地区过去没有发生过类似案件，因此我认为这是他第一次作案。我推测埃米被他骗上车后就被带到他的家里，他可能用零花钱、糖果、牛奶之类的东西取得她的好感，然后和她玩耍，等她不再害怕之后就会对她下毒手。最后，我向警方建议关注一下那些主动要求参与调查的人。线索虽然很少，但还得继续调查。

我在1月份的时候再次回到湾谷，这时警方已经找到四五个符合心理侧写的男子，其中一人是埃米以前驾驶训练班的老师，这个男人神志不清，而且通过了测谎，我认为埃米应该不会上他的车，便把他排除了。另一个疑犯是个警官，还有一个是消防队员，他们两个我也排除了，因为他们的工作对教育程度、训练、纪律、体能和适应力都有一定要求，我对凶手的侧写显示那个人无法通过这些训练。

第四个嫌犯是个很年轻的人，他曾到警局表示自愿帮助散发埃米的照片，这个社区里有很多人提出这种请求，但邓恩与雷恩一看到这个年轻男子就疑心大起，他是个三十出头的单身男子，一个人居住，在一家俱乐部打杂。高中毕业后服过兵役，曾患有严重的皮肤病，因此看起来有点恐怖，他曾为此接受治疗，我想可能就是因为这样他才无法吸引女性。除了自愿参加搜寻埃米的工作外，他还给埃米母亲寄了一张卡片表达慰问，落款自称“一个关心的朋友”，并送来两枚便宜的胸针，说一个送给埃米母亲，另一个则等埃米回来后再给她。

我非常同意邓恩和雷恩的看法，另外我很想知道这两枚胸针是他从哪里买来的，最后我们查出这是他从工作的那个俱乐部买来的。

邓恩和我假装代表警方向他表示感谢来到了他的住处，他住的是廉价公寓，里面只有一间厨房和一间浴室，卧室里只有一张折叠床。谈话开始后，我们借机了解了一下他，他说曾有个女友，但这个女友是个单亲母亲，我觉得他们之间应该没有任何性行为。

谈了一会儿，我就直接问他：为何自愿参与这项调查工作？孩子是不是你杀的？是否由于心理疾病才犯下了这桩案子？是不是因为怕案情外泄而杀了她？他对我的问题提出强烈抗议，说自己和埃米的失踪没有任何关系。

我们无权搜查他的屋子，只是趁他上厕所的时候仔细观察了一番，并没有发现属于埃米或其他孩子的物品。但经过这一番审视，我认为这里就是作案地点，他在这里杀了埃米后再抛尸到其他地方。看来，我们得申请搜查令来查查排水管了，希望能够找到毛发之类的证据。

谈话过后，我和邓恩都认为他就是凶手，只是苦于没有证据。

三周后，埃米的尸体在15英里外的一处地方被发现了，她仍然穿着那件运动装，但明显被脱掉过，死后又被人穿了回去。抛尸地点是荒郊野外，位于连接克利夫兰与辛辛那提的高速公路出口旁边。尸体保存得比较完整，可见抛尸时间不超过一周，而推测的死亡时间是10月份，因此凶手是一直把尸体冷藏着，直到最近才弃尸的。

就在发现尸体的那一天，我们的嫌犯自焚而死。

等警方接到他的死讯后，邓恩和我建议立刻搜查他的公寓，但为时已晚，他的家人已经把那间屋子打扫了一遍，连衣服都捐给慈善机构了。

在湾谷警方的档案中，埃米的绑架案仍被列为悬案，我们或许永远不会知道真相了。此案之后，该地区两年内没有再发生类似案件，我只能希望未来也不要再发生这样的惨剧了。

我在FBI的20年缉凶手记

第 8 章　骗局

负责此案的迪克·雷恩及乔治·史坦贝克探员向我介绍了案件的详情。我查看过地图、听过电话录音后，马上就判定这是一场精心策划的“游戏”，凶手的所作所为就是为了误导警方，让警方以为可以按照那张地图找到线索，并让警方误以为德布拉的尸体已经被抛入河中。

本章将会介绍一些十分狡猾的凶手做下的凶案，他们会布置案发现场，把警察耍得团团转，但他们无法欺骗心理侧写师，我们要帮助警察抓住凶手。通过对这些罪犯的心理和行为进行研究，我们也能知道他们是如何摆脱警方的（此类凶手都是属于“有组织罪犯”，而“无组织罪犯”是不会花心思想这些事的）。

读者可能看过这样的侦探小说，比如一个生气的丈夫失手杀了太太，他把现场布置得像是入室盗窃案一样，让警方认为是某个盗贼杀了他太太。下面我要说的这些案例都和这些小说情节类似，但只是前半段一样，因为实际生活中的凶手从未能愚弄执法机关。

1978年2月的一天晚上，佐治亚州哥伦布市有一群中老年妇女举行了一场派对，但所有人都无心玩乐，他们都在谈论最近发生在该市的多起同龄妇女连环被杀案件。大家谈起这些案子时都心惊不已，其中七个人不由自主地打开皮包看了看里面的防卫武器，而一不小心，她们竟把枪支掉到了地毯上。这些连环杀人案的确非常恐怖，被害人都是上了年纪的妇女，有些被害人在被强奸之后还被凶手用她自己的丝袜勒死，因此大家都称凶手是“丝袜杀人狂”。法医提取的一些证据显示凶手是名黑人男子，警方只有这一条线索，而黑人男子又何其之多。

哥伦布市的警长和警察都很固执，所幸还不是老古董，在媒体和民众的要求下，他们请求联邦调查局出手相助。

很快，警长收到了一封用军方信纸写的奇怪的手写信件，信里面大部分的字母都是大写的，偶尔夹杂着几个小写字母，而且语法错误极多，信件的内容大致是这样的：

亲爱的先生：

我们七人小组写这封信的目的就是为了通知阁下，我们绑架了一个哥伦布市的女市民盖尔·杰克逊（Gail Jackson）。验尸官说凶手是黑人，因此我们决定抓住此人，否则你会承受更大的压力，而我们认为你需要更大的压力。现在杰克逊女士还活着，但如果在1978年6月1日以前抓不到凶手，你就等着在威能顿街替她收尸吧；如果同年9月1日前还没捉到凶手，会有更多人受害……你必须在周日前给予回应。别以为我们是在开玩笑……我们是恶魔军队。

这封用军方信纸写的信件虽然写得很乱，但给我们的信息很明显：一伙白人男子绑架了一名黑人妇女，如果我们抓不到凶手，这个人质就会被杀害。后来他们再次来信说他们在芝加哥，并说哥伦布市的警长可以通过媒体和他们沟通，同时要准备1万美元的赎金。警长起初认为这是个恶作剧，但稳妥起见，他还是把这封信送到报社发表了，希望公众能够举报寄信的人；同时警长也害怕恶魔军队和丝袜杀人狂把本市变成杀戮的战场，便给芝加哥警局打了电话，让他们协助调查这七个人的身份。

后来，又有一个自称是恶魔军队代表的人给佐治亚州边宁堡的宪兵部队打了个电话，质问警方为何还未破案，并说盖尔命在旦夕。

这时候已是1978年3月底，我正在亚特兰大和军方高级代表汤姆·麦克格林（Tom McGreevy）吃饭。汤姆曾担任联邦调查局佐治亚州调查局代理局长，他和我说到哥伦布市案件的种种消息，并把我介绍给了哥伦布市警长。警长把恶魔军队写来的信给我看了，问我可不可以帮助他，并说如果需要其他证据，他们还有恶魔军队和宪兵部队的电话录音。

我查看了这些证据，立刻判定这个所谓的恶魔军队纯粹是为了误导警方的调查，简单点说，我认为恶魔军队只有一个黑人男子，他写信的方式和电话录音都可以证明这一点。明确了这一点，问题就简单多了，这个人明显是想分散警方的注意力，他很可能就是凶手，而且一定认识盖尔。但为什么他非要写这封信呢？我猜是因为他已经杀了盖尔，这封信是为了欺骗警方，让他们以为盖尔还没死。调查局的心理学顾问默里·迈伦（Murray Miron）博士也认可我的看法。

4月3日，边宁堡的宪兵部队又接到一通电话，对方说盖尔的尸体就在边宁堡“方圆100米”的范围内，紧急搜寻后果然发现了尸体。我从麦克格林那里得到了另外一些资料，知道了盖尔是个妓女，在宪兵部队周围的酒吧很有名气。法医验尸后确认她在五周前已经死亡，这也证明了我之前的看法，在凶手寄出第一封信前她已经被杀害了。

如今的资料已经足够，我可以做出一份详细的心理侧写了。一般情况下，完成心理侧写最好通过被害人的背景资料来进行，比如谋害被害人的风险有多大？死者平常在哪里活动？每天从哪条路经过？过着什么样的生活？和她关系亲密的人有谁？等等。具体到盖尔这一案子，她是一名黑人妓女，平常的熟客都是宪兵部队里的官兵，一般在基地周边的酒吧和街道上活动。我据此推断凶手和死者非常熟悉，他误导警方调查就是害怕警方识破自己的身份。

我对凶手的心理侧写是这样的：单身的黑人男子，25~30岁，在边宁堡服役，可能是宪兵或炮兵。我对他是军人的判断是依据信里的内容和他电话里的谈话内容，像“米”这样的单位只有军事人员才使用（美国的度量单位一般使用英制而不是公制）；他在电话里还使用了“交通工具”的称呼，而不像普通人那样说“汽车”，这也是军事人员特有的习惯。从信件的写作来看，他的文化程度不高，因此官阶也不会很高。读者从前文已经知道大部分连环杀手都是20~30岁，我之所以说他属于这个区间的后半段，是从他的教育背景和官阶程度综合分析得来的。

恶魔军队在最后一封信上提到了另一个黑人女性的名字：艾琳（没有说明姓氏），他告诉警方如果找不到凶手艾琳也会死。我猜测这封信发出的时候她已经凶多吉少了，于是建议宪兵队监听所辖单位所有的电话并进行录音。可惜的是，当凶手再一次打来电话时，接线员因太过紧张而忘了打开录音机。凶手在电话里说了艾琳的尸体所在位置，警方果然找到了艾琳·瑟基尔德（Irene Thirkield），并查到她也是名妓女，死于来复枪。

两个受害人都是黑人妓女，警方因此在基地周围黑人士兵经常光顾的酒吧里进行排查，几个和死者很熟悉的人向警方提供了一个嫌犯，这人名叫威廉·汉斯（William Hance），在这个基地的炮兵部队服役，是她们的掮客，军警双方在两天后逮捕了他。通过手写信件的笔迹的对比、声纹对照和弃尸现场足迹的对比，警方确认了他就是凶手，而他也供认不讳，承认自己组织卖淫、贩卖毒品和谋杀了三名女性，另一名是去年9月份杀害的。后来，他又被确定为早先哥伦布市几起凶杀案的嫌犯，通过对比，我们发现他可能在很早之前居住于印第安纳州本杰明·哈里森堡时就已经犯下了命案。

最开始我认为汉斯的受害人中应该也有白人女子，但后来通过医学检验排除了这种可能性。警方在查案过程中还发现了另外的案情，在调查死者的时候发现最初的死者中有一人的手枪遗失了，警方追踪这支枪的去向，最终在亚拉巴马州的一个小镇上找到了持枪人。他说这把枪是侄子卡尔顿·加里（Carlton Gary）给他的。警方查了加里的档案，发现他是哥伦布市人，而且在纽约杀过人，服刑之后先是在南卡罗来纳州抢了几家餐厅，然后回到了他的出生地哥伦布市，而他的母亲是一位富豪家里的女佣。警方对比之后发现这个卡尔顿·加里就是威廉·汉斯，他改名换姓后才加入了军队。数罪并罚，汉斯认罪后被判处死刑，目前正在监狱里等待死刑的执行。

恶魔军队一案过后不久，军方请求联邦调查局给他们讲授有关人质谈判的课程，于是我在多年之后重新踏上了军队的土地，来到了驻西德美军基地。

近20年来我一直在联邦调查局任职，但一直保留了预备役的身份，其实按照调查局的规定，我的两种身份之间是有冲突的。调查局经常接到军方的代训请求，我的身份决定了这种工作总会派到我身上。

来德国的时候我的同事约翰·道格拉斯与我同行，他也是人质谈判方面的专家，曾在密尔沃基市有成功解救人质的经验。结束这次授课之后，我们正准备收拾回国，英国警察学校的人忽然出现，要我们前往英国帮他们破解一桩悬案。我和该校很有渊源，知道该校位于布蓝希尔，离伦敦仅有100英里，那里设备十分先进，可与匡蒂科相媲美，因为我们两校之间交流颇多，再加上对方出动了高级长官来请我，我和道格拉斯却之不恭，便来到了英国。

英国人听说我们这两个美国佬只要看看现场照片就能知道谁是凶手，都觉得我们是在吹牛。当晚，东道主在当地一家饭店为我们接风，同座的有一位名叫约翰·多迈尔（John Domaille）的警官，他说现在正负责查办一起自"开膛手杰克"以来最耸人听闻的连环杀人案，这个杀手因为在约克郡杀了八名女性，得名"约克郡开膛手"，案件中的受害人多是妓女，他的作案时间长达四年。此外，还有三名女性从他手下死里逃生，据她们描述，凶手是个白人男子，成年，中等身材。这种描述太过笼统，警方一直没有发现什么有嫌疑的人，最终警方的调查范围扩大到所有1924~1959年出生的白人男子，这简直是大海捞针。

多迈尔的介绍让我们想起了特德·邦迪，这个英国凶手也是在被害人将死之际将其强奸，并喜欢猛砍死者的尸体。

多迈尔对我们说在过去这几年间，探长乔治·奥德菲尔德（George Oldfield）已接到两封署名为"开膛手杰克"的信件和一盘录音带；第三封信寄给了一家大报社，这些证据就成了警方侦查的重点。奥德菲尔德即将退休，这个案子是他的辖区内有史以来最严重的大案，因此给他很大的压力，该区很多居民都批评他办案不力，但他也是用尽了办法，包括把凶手寄来的录音带加以电子分析，并把这些录音带在广播电视中广为播放，警局也在各地进行排查，但就是没有任何结果。

我和道格拉斯说要看看犯案现场的照片，这样才能做心理侧写，但布蓝希尔并没有这些照片，我们只能借来录音带听了听，录音带里的男子说话非常慢，显得非常谨慎，录音带时长一分钟多一点，内容如下：

我是杰克，看来你的运气不佳啊，乔治，你抓不住我了，但我很尊敬你。自从我作案以来已经两年了，你的调查还在原地打转，看来你的下属一定瞧不起你吧，乔治！想来你也过得不好，是不是？几个月前在查珀尔敦那一次，你们本来有机会逮到我的，甚至不用动用探员，只要是个穿制服的警察就能抓到我，但最终我还是逃掉了。我以前就警告过你3月份我会再度作案，但可惜没有遵守约定，现在我也不知道自己会在什么时候再度犯案，也许是今年的9月或10月吧，有机会的话我可能提前动手，你们还是一筹莫展，是吗？乔治……到时候，我绝对不会出现一丝纰漏，你们的调查也不会有任何进展，把你们哄得团团转的感觉真好，乔治……

听完这卷录音带，几个人迫不及待地围上来听我们说些什么，我对多迈尔说："你知道录音带上的这个家伙不是凶手，对吧？"

多迈尔看来有些吃惊，而道格拉斯则认同我的看法，认为这只是有人误导警方的招数，是为了破坏警方的调查。我们两个为什么如此肯定？答案很简单，这个人在录音带上说的案情和多迈尔向我们描述的情节不一致；而且我们认为凶手不是录音带上这种外向、喜欢出风头的人，而应该是一个安静、内向的凶手，他不会主动地与警方联络，从他作案手法的干脆程度和残忍程度来看，他非常憎恨女人。

警官们有些半信半疑，如果此人不是凶手，那么真凶是谁？他们希望我立刻做心理侧写，但我说没有拿到犯罪现场的照片就无法做侧写。警察非常着急，便向我口头介绍了一番本案的详情，酒桌上我和道格拉斯也不好太过推辞，便利用现有证据推测了一下凶手的特征：他30岁左右，学历不高，可能被学校开除过，案发后他曾到过案发现场了解警方动向，但他的身份不会引起警方怀疑，他的职业可能是卡车司机，也可能是邮递员，甚至可能是警察。我们认为他不是一个完全与世隔绝的人，可能和某个女子有关系，虽然犯罪过程中没有性侵犯，但我依然认为他有严重的心理问题，而且这种问题已经形成多年。

多迈尔原本打算请我们前往约克郡检视犯案现场照片，但我们接到了匡蒂科的通知，必须立刻返回，只好请他把照片寄过来。

但我们回国后没有再收到英国的消息，照片也始终没有寄来。后来我们了解到奥德菲尔德警长之所以不给我们照片，是因为他并不认同我们的侧写，而坚持认为录音带上的人就是凶手。他们继续耗费精力追查此人，但一无所获，调查方向不对，如何能找到真凶呢？

后来当地又发生了类似案件，奥德菲尔德也被撤换。英国警方为此案耗费将近1 000万美元，先后审问过2万名嫌犯，搜查过3万户家庭和18万辆汽车，但几年来一直无法抓到凶手。后来，警方在一次针对娱乐场所的突击搜查中拘留了一名男子，竟发现他和一系列案件（13宗谋杀案和7起强奸案）有关。很快警方就查明他就是凶手，本案意外地破获了。凶手名叫彼得·萨克利夫（Peter Sutcliffe），和我们的侧写一致，他是个35岁的已婚男子，担任某工程公司卡车司机，经常往返于全国各地。他被捕之后，警方又查出那名用录音带愚弄警方的男子原来是一名退休警察，因为和奥德菲尔德警官素有仇怨而故意误导他。

1980年2月底的一天晚上，俄亥俄州热那亚镇发生了一起案子。一个十几岁的女孩德布拉·休（Debra Sue）20：00离开了朋友家，步行往几条街外的自己家走去，但她没有走到家，而是神秘失踪了。她的父亲在当地一家银行任副总裁，第二天清晨，她的父亲还没见到女儿回来便报了警，警方在她家和朋友家周围搜索了很久，但没有发现她的踪迹。没多久，德布拉家的电话响了，她的婶婶接了电话，她后来对警方报告时说对方大概是个白人男子，20岁左右，无法从口音判断对方是南方人还是新英格兰地区的人。这名男子在电话里说："我们已经绑架了你女儿，准备好8万美元，否则她性命不保！"德布拉的婶婶要求与德布拉通话，但对方马上挂断了。

德布拉的婶婶对当地的通信系统非常了解，她认为对方就是从当地打来的。又过了一天，德布拉的父亲在家里接到另一个电话，他做证时说对方好像是墨西哥口音，那个人同样声称绑架了他的女儿，并要5万美元赎金。他也要求与德布拉通话，对方不同意他的要求，并说很快会再打来教他如何付款。这时候警方已经安装了录音设备，因此这通电话被录了音。

绑架案按照惯例是由联邦调查局参与的，因此调查局很快从克利夫兰分局调来了探员协助侦破此案。绑架后的第三天，有人在热那亚以西约2英里的地方发现了德布拉的衣物，那里紧挨着一条乡间道路。又过了一天，在附近的另外一条乡间小路旁发现了另外的衣物。在她的内衣上有一张黄色粉笔绘制的地图，地图在两处发现德布拉衣物的地点都做了标记，根据地图上其他的标记，警方沿河展开搜索，在一座桥的那头发现了轮胎痕迹和脚印，看来凶手曾在这座桥上往河里扔了东西，警方派出警犬搜索，却没有找到任何线索。

警方认为德布拉可能已经被杀害，为了及早找到尸体，警方继续派人沿河搜索，并派人监听德布拉家的电话，但从此之后绑匪再也没有打过电话。

我曾在克利夫兰分局工作过，和那里的探员很熟，恰好案发时我就在附近讲课，他们便把我请了过去。

负责此案的迪克·雷恩及乔治·史坦贝克探员向我介绍了案件的详情。我查看过地图、听过电话录音后，马上就判定这是一场精心策划的“游戏”，凶手的所作所为就是为了误导警方，让警方以为可以按照那张地图找到线索，并让警方误以为德布拉的尸体已经被抛入河中。

我多次和这种狡猾的凶手过招，因此立刻建议警方调转侦查方向。凶手一开始要赎金的时候说德布拉还活着，但我告诉调查局和警方那时候德布拉已经被杀了；从类似案件的模式分析，德布拉曾被凶手强奸或殴打过，可能就是在殴打过程中致死的；我还认为凶手并不是故意要绑架和杀害她的，可能是一时冲动才将其杀害，因此才在惊慌中设下了这种调虎离山的把戏；凶手一定认为警方按部就班地侦查一定会查到他，所以才出此计谋误导警方。我最后对调查局和警方说：“他的目的就是让我们无法找到女孩！”

那几通电话显然也是经过精心设计的诡计，他故意用假口音来迷惑警方。后来我们把这盘录音带送到雪城大学的默里·迈伦博士那里分析，同时我也在思考：本地只有2 000居民，即便排查也不是很困难，凶手一定是注意到了这一点，因此尽可能地牵引警方注意力。

我经过冷静而详细的分析后对凶手做了初步的心理侧写。

他是个白人男子，身体健壮，30岁左右。我之所以说他身体健壮，是因为只有这样他才能在镇上无声无息地绑架德布拉；另外，反社会人格的罪犯通常都喜欢把自己练得很健壮，并喜欢开大马力的车子，喜欢穿牛仔靴，以“炫耀”自己的力量感；从这种人格特质出发，我认为凶手虽然心理上攻击性很强，但外表很干净，是一个女人眼里的好男人。还有，我认为他是一时冲动犯下罪行，所以一定有诱因，可能是因为和某位女士发生了冲突，在压力之下才变得狂躁起来。我认为他的总体条件不错，应该可以吸引不少漂亮单纯的女孩。

从他勒索赎金、绘制地图和误导警方的作案手法来看，他对警方的工作很熟悉，可能是警察、私家侦探或者从事安全保卫之类工作的人员，但作案时应该是失业状态，可能失业达6~9个月，这是他人生第一次失业，而且最近诸事不顺，可能还和女友决裂了。我提出一个更大胆的推测，认为他至少离过一次婚，正在和前妻或女友闹矛盾，失业的这几个月里可能有过违法行为。之所以这么判断，是因为这种人性格暴烈，遇到失业、失恋、离婚的情况往往会更加暴躁，进而无法控制自己的行为。他的违法行为可能只是乱开车、窃听警用频道、非法接汽车天线之类的事情。

读者从本书的一些案例可能知道，有些凶手喜欢穿上警服来获得掌控的感觉，可能有些人就是警察，他们作案多有直接导火索，比如和上司不和之类的事情，本书第6章的杰勒德·谢弗就是个例子。

警方根据我的侧写找到两名嫌犯，一个是31岁的革职警察，因为和18岁的女孩同居而被警局开除；另一个是铁路局的警察，以前就住在警局旁边，九个月前被解职。第一个嫌犯曾到警局接受过讯问，表现得过分合作，让人有些怀疑他可能是伪装出来的，也可能他已经通过其他渠道了解了警方的信息，只对警方说他们已经知道的信息，但不会吐露其他内容。警方非常迷信测谎，因此便提出对这两个人进行测谎，我认为测谎只对普通人有用，足够聪明的人可以欺骗测谎仪，但警方还是坚持这么做了，第一名嫌犯最终通过了测谎试验。我继而向警方建议为什么不查证他的不在场证明，警方似乎觉得毫无必要，他们认为通过测谎就证明他是无罪的，但警方还是进行了核查，证明此人的确无罪，因而他摆脱了嫌疑。

第二个嫌犯是杰克·加尔（Jack Gall），他和我的侧写非常符合，因为和前妻对位于密歇根湖畔的共同财产是否出售这个问题产生分歧，现在两个人正在闹矛盾，在被铁路局解聘后又因盗窃罪而被捕过。他有一辆时髦的蒙地卡罗汽车，里面无线电对讲机等设备一应俱全，其他特征也和我的推测吻合。警方决定先不动声色，等他放松警惕后再实施抓捕。

几周之后，绑匪再次打电话到德布拉家，用墨西哥式的口音告诉德布拉父亲准备交赎金。热那亚警局的一位警官就在旁边听着，他从声音判断对方就是杰克·加尔，因为加尔以前经常对同事们学着用墨西哥口音交流。打电话的第二天，也就是4月10日，绑匪再次打来电话，这一次警方追踪到了来电地点：几英里外伍尔柯商店墙上的付费电话。警方在这台电话上也装了监听设备，准备在绑匪再次使用这个电话时将其抓获，这个计谋虽然简单，但证明非常有效。

又过了一天，警方在电话旁边安排了一辆车，并派警员监视。果然，没多久加尔就到这里打电话，而与此同时德布拉家的电话也响了。绑匪要求在今晚交赎金，并说黄昏时分会再次打电话来确认交钱地点。在加尔打电话的时候，监视车里的警员拍了照片，电话也被录了音。加尔打完电话后摘下了手套，看来他有很强的反侦查能力，知道如何避免留下指纹。

监视车跟踪加尔走了一段，加尔发现有些不对，监视车赶紧开走了，此时警方早已在他的住宅附近安排了监视人员。黄昏时分，绑匪再次打电话要求德布拉父亲到伍尔柯商店外的电话亭等待他进一步的指示。监视车里的警员已经看到加尔在电话亭的电话簿里放了一张字条，德布拉父亲到达这里的时候车上藏了几个警员，他去电话亭拿了那张字条，然后按照对方要求到河边交钱赎回女儿。但他到河边后等了五个多小时也没见到绑匪和女儿，只好又把钱带回了家。

加尔安排这一场戏份只是想取得不在场证明，他那晚根本没有外出。

虽然还没找到死者的尸体，但警方已经掌握了足够多的证据，便立刻抓捕了他，然后审判、判刑，一切都很顺利。事后热那亚警察局长加里·杜鲁门（Garry Truman）对我说，如果没有我的心理侧写，这个案子可能永远成为悬案。后来，死者的尸体终于被找到，抛尸地点和加尔地图上的指示完全不同。

凶手掩饰犯罪现场，不仅是为了消除证据，也是为了让警方以为这是桩普通案件，并非血腥暴力的特殊案件。1991年发生了一起案子，可以作为例证来说明这种做法，那时候我刚刚从联邦调查局退休。

这次邀请是西海岸某大都市的一位心理学家提出的，他当时正对某户要求27万美元赔偿的案子进行调查，这户人家说他们的住宅遭到暴力损坏，损失甚大。

我在以前的工作中见到过无数遭暴力破坏的房屋，这一次想来也不是什么难事。这个心理学家把犯罪现场的照片和警方报告以及他的意见都寄给了我，但我没有看他的意见，这是我的专业准则，在我做出自己的评估前是不会参考他人的意见的，因为这样才能保持独立和公正。收到20多张照片后，我对它们进行了详细检查，照片都是关于这栋房子的，可以看出这以前是一栋温馨的住宅，但照片上的房子因为遭受暴力入侵而变得狼藉不堪。

房屋里的珍贵书籍、昂贵饰品被扔得遍地都是，客厅、墙上、厨房、卧室到处散落着壁饰、家具、油画、衣服和花瓶，在家具和其他物品上还能看到一些大字涂鸦，写着“狗屎”“浑蛋”“阴道”“快搞我”之类的脏话。

你可能从影视剧里看到过十几岁的男孩有时候会做出这种叛逆的事情，但这件事可不是那么简单的暴力反叛，更不是十几岁孩子做的。一般而言，这种行为都是集体暴力行为，有一个领头的人和一堆小弟，一起发泄他们对社会的愤怒；还有一种可能是这是某个孤僻、反叛的青春期孩子所为，他这么做是为了反抗社会或权威。一般而言，他们并不是故意选择某家对其造成毁损，而是随机选择的，这些墙上和家具上的脏话能够反映出他们的人生态度和兴趣。青少年做这种事，一般会写上乐队、神秘主义、撒旦之类的名词，有时候会在这些地方发现性行为的迹象，甚至有可能在衣橱或床上大小便，当然他们也不会放过顺手牵羊的机会，一般会把主人的财物拿走。

但这些照片不一样，这里的破坏并不是随机的，而是有选择的。比如墙上有些油画没有遭到全部损坏，奇怪的是那些值钱的画作都没有被破坏，即便被破坏也和其他普通东西的方式不一样，其中一张画有小女孩的油画甚至毫发无损。有一些漆器掉在地上，但都没有摔烂，如果是青春期的毛小子作案，肯定不会留下这些东西。

厨房和浴室虽然看起来混乱不堪，但设备、镜子和厨房用具都没有遭到真正的破坏，除了门把手，门的其他部位也安然无恙。地上扔着一根条状物，看起来像是放在那里而不是扔在那里的，没有丝毫的损坏或变形。此外，衣服虽然有破损，但没有发生撕裂、割断之类无法修补的破坏。我因此疑惑：难道破坏者故意避免损坏值钱的东西吗？

其他令人怀疑的地方还有画作都被放在容易整理的地方，家具也被放在很容易恢复原位的地方，除了那些脏话，并没有此类案件中经常出现的性行为迹象或大小便。

这些脏话也有可疑之处，这些话里只有少数是时下年轻人喜欢用的词语，比如“阴道”，如今的年轻人更喜欢用“下体”这个词；另外，现场也没有留下他们喜欢的口号或乐队名字，比如“杀无赦”“终结者”之类的词语；还有，现在反社会的年轻人一般很少使用“快搞我”之类的词语。

综合考虑这些因素后，我对嫌犯做了一份心理侧写。

我排除了作案者是青春期男孩或团体的可能性，因为对方显然非常谨慎、温和，因此我断言作案的是某个孤独的白人女子，年龄在40~50岁，非常看不惯时下的年轻人；她非常自恋，人际关系不好，可能离过很多次婚。从理论上讲，这个女人应该是屋主的家庭成员，因为显然作案者对现场的一些物品有感情，并避免破坏最值钱的物品。

从她布置的“骗局”来看，我猜她有意把嫌疑引向青少年，但墙上的脏话暴露了她的性别和年龄。我刚才就说过“快搞我”这种话不大可能是青少年写的，而女孩也不大可能写这种话，最有可能的就是那些遭遇中年危机的妇女，这些文字反映了她对男性的幻想和反社会的性格，并且表现得很幼稚。

如果嫌犯有孩子，也不大可能是十几岁的男孩，因为那样她就会对现在的“流行语”有所了解，因此她可能有个女儿，但女儿不和她住在一起。我做出这种推断，是因为那幅女孩的油画没有遭到破坏，因此我认为她有一个喜欢的女性亲人，并没有和她住在一起。

从她作案的手法看，作案前几天她一定遭受过某种重大挫折，而且就是在近期，最多不超过一周。这个挫折可能和金钱有关，也可能是因为男人或者工作方面的问题。

综上所述，这个女子作案的动机有三个：一是因为她最近遭遇挫折，心情非常沮丧；二是为了报复某位家庭成员；三是为了引起别人的注意。此外，还有可能和保险金有关。

我把自己的分析结果寄给了那位心理医生，对方收到信件后对我说屋主和我的描述一模一样。屋主是一名白人妇女，刚过40岁，最近和男友关系破裂，经济状况也很糟糕，她和前夫生有一个女儿，但女儿和前夫住在一起，她的性格特征也和我的推测完全一致。最终证明正是这个屋主实施了破坏，然后企图诈骗保险金。这名心理学家对我的神机妙算佩服至极，我却不以为意，这些年来在调查局破过无数连环杀人案，相比之下，这个案子简直是小菜一碟。

我在 FBI 的 20 年缉凶手记

第 9 章 再次杀人？

如果说，桑普斯提出减刑的要求还在情理之中的话，那真正让人感到震惊的就是他能够“学以致用”。他声称自己杀了弗兰，不过是因为被一种叫“创伤后应激障碍”的病症所困扰。也就是说，他认为自己当时并没有行为能力，因此当然也不必为弗兰的死负责。

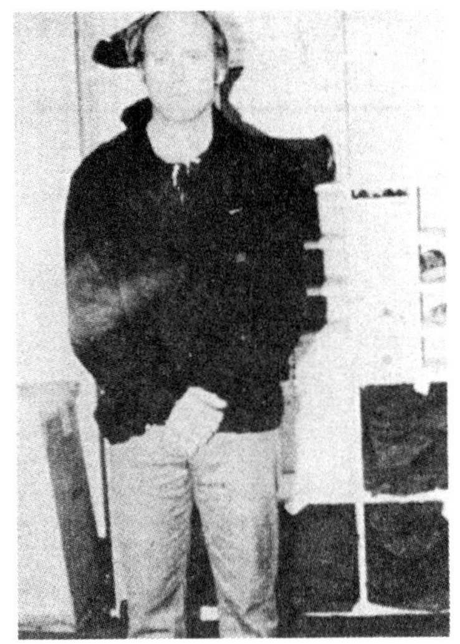

杜安·桑普斯在俄勒冈州锡尔费顿镇杀害两名女性后被刑拘期间

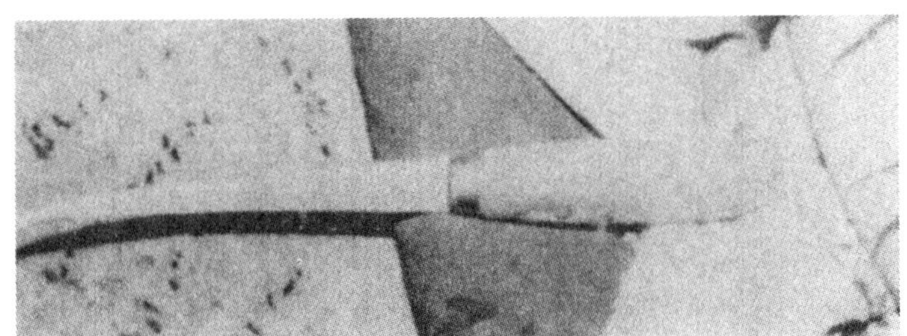

桑普斯杀人和取出内脏所用的那把致命的切鱼刀

警察正在搜查桑普斯的汽车

基尔伯恩·麦科伊（Kilburn McCoy）警官的外表看起来就是个十足的牛仔，其气质堪比影帝克林特·伊斯特伍德（Clint Eastwood），他的妻子珍妮特（Janet）也是名警官。1980年，我在俄勒冈州塞勒姆市附近的一所警察学校上课时，他们夫妻俩还一同听过我的课。在课程即将结束的那周，麦科伊恳请我到他的警局查看他辖区内发生的一桩离奇谋杀案的档案资料：1975年，至今仍被关在牢里的越战退伍军人杜安·桑普斯（Duane Samples）以谋杀罪被起诉。被害人只有一个，但是麦科伊认为这宗案件的案情不会如此简单，他分析认为桑普斯有可能是连环杀手，因为这名大学心理系毕业的高才生暴力幻想特别严重。

1975年12月9日是一个恐怖的日子，桑普斯的罪行就发生在这个晚上。地点是在俄勒冈州一个名叫锡尔费顿的小镇上，一个名叫弗兰·斯蒂芬斯（Fran Steffens）的女子和她1岁半的女儿，与好友戴安娜·罗斯（Diane Ross）一起在家里聊天。当时桑普斯是这个社区戒毒中心的咨询师，他的主要工作是帮助瘾君子克服心理障碍。在一个偶然的机会下，他认识了弗兰，从此就经常去她家要些啤酒或大麻，间或也聊聊天。桑普斯和该社区几名妇女曾经有过一夜风流，他对这位风韵十足的佳人也一见倾心，但可惜的是，落花有意，流水无情，弗兰虽然没有断然拒绝，但是无意和他深入交往下去。这天晚上两个女人都聊累了，于是弗兰带着女儿上床睡觉，而戴安娜就坐在客厅的沙发上，与刚来的桑普斯聊天，听他说有关他越战的英勇事迹。不一会儿，戴安娜就委婉地提醒该休息了。

戴安娜等桑普斯走后，准备在沙发上将就一晚。迷迷糊糊中不知过了多久，戴安娜突然被一阵惊叫声惊醒，醒来一看，原来自己不知什么时候昏死过去了，浑身上下已被人用刀砍得伤痕累累，颈部、胸部以下至肚脐以上都是刀伤。其实她不是痛得惊醒过来的，而是被弗兰的尖叫声给惊醒的，当时弗兰被桑普斯用刀押进了卧室。她自己正要落荒而逃的时候，发现自己的内裤已被割断。

她双手护住身体，拼尽了全身力气总算是逃出了好友家，挣扎着来到附近一家住户，越过厨房，径直跑到对方的卧室内大叫："有人砍我，快叫医生，再晚的话我就要死啦！"她努力使自己保持清醒，她知道，如果昏迷的话，就可能永远起不来了。当救护车来到的时候，她还听到有个人叫道："不用着急，她已经不行了！"

但是，戴安娜到底还是逃出了死神的魔爪，警方这才从她的口中知道，弗兰可能已经被桑普斯杀害了。

警方立刻飞车赶赴弗兰的家中，可惜为时已晚。弗兰的被害手法与戴安娜的如出一辙，颈部和四肢均被砍了数刀，血与肠子弄得满床和她女儿全身都是，她女儿由于睡熟了而幸免于难。弗兰大腿骨上的伤看得出是死后才砍的，她的双手也有因自卫而导致的伤口，显然弗兰为了抵抗歹徒的侵犯不惜以命相搏。

对于当地警方来说，桑普斯也算得上是耳熟能详的人物，他不但在戒毒中心担任心理咨询师，还经常与警察一起打软式棒球。案发后，当荷枪实弹的警察赶到小镇附近他和另一人合租的公寓时，他早已不知去向，但是没过多久，他就被逮捕归案了。警察从他口袋里搜出了一些字条，里面都是有关他自我幻想的一些内容，包括一些威胁弗兰就范的话或是“被一个漂亮女孩杀死是我终其一生的梦想，而现在这个梦想终于要实现了”云云。

桑普斯自称曾拿着这张字条找过弗兰，希望借她的手来结束自己的生命，可是遭到了对方的强硬拒绝，而这正是弗兰惨遭横祸的导火索。

警方和心理医生当晚与第二天都对他进行了访谈，大家认为他的环境适应能力很强，对自己是谁以及自己的处境都有清晰的认识，除了能分辨对错以外，也清楚自己在这种处境下要寻求律师的帮助，这些都实实在在地显示了这场凶案的原因主要是心理状况导致的。谁也不可能想到，在戴安娜下了逐客令后，他会回家手持杀鱼刀前来手刃两名女性。戴安娜甚至还听说当自己挣扎着跑到邻居家求援时，桑普斯还拿着刀追到大街上来了。谋杀及意图谋杀，这是法院最后给他定的两项罪。

在审判之前，桑普斯和他的律师共同就案情的细节和发生过程进行了细致的回顾，在对事情的合理解释方面，桑普斯似乎比律师更胜一筹，由此可以证明他的思想和心智就当时来说，都是很正常的。

桑普斯与律师商量后决定承认自己谋杀了弗兰，但作为交换条件，戴安娜告他意图谋杀的罪名必须撤销，换言之，这样戴安娜就无法出庭做证来指控他了。就这样，桑普斯接受了15年有期徒刑——俄勒冈州刑期最重的惩罚。他盘算着如果够幸运的话，七八年就可以出来了。

桑普斯认罪后开始在监狱服刑，媒体一时间对这件案子也不再关注。受害人戴安娜康复后搬去了加州居住，而另一位受害人弗兰的女儿则交给了她家人抚养。由于桑普斯已经认罪，检察官事后承认，没有再针对他的过去背景加以详查。由事后搜到的证据可以证实，让自己被一个漂亮的裸体女人开膛破肚是桑普斯一生中最大的幻想。但是这种幻想并不是其生来就有的，原来，在桑普斯5岁的时候，他曾经和母亲及一位怀孕的婶婶睡在同一张床上，后来婶婶因为难产而失血过多，这导致了桑普斯开始产生把人体的内脏取出来的这种幻想。等他再大一点的时候，每逢玩给蚂蚁身上穿洞的“游戏”时，他心中就有莫名的快感。到了13岁，他在与人玩俄罗斯轮盘赌时意外地射到了自己的下腹。自越战归来后，小时候的种种幻想就在他脑海中死灰复燃了。

他的聪明才智在一般人之上，从他的背景资料中可以得出一个初步的结论，那就是，他绝对属于智商最高的前5%的那类人。他于1964年毕业于斯坦福大学心理系，接着就参加了越战，在前线他自称“奋勇前进的观察员”，后来又称自己的理想主义已经幻灭。1967年从越南回来后，他成了一个流浪汉，这期间他染上了酒瘾和毒瘾，这成了他最大的一个困扰。他虽然干过酒保、社工等工作，但失业是他大部分时间的生活状态，他从北到西，一个城市一个城市地辗转流浪，一直到有能力辅导别人解决问题及扮演好心理咨询师的角色后才总算找到了一份稳定的工作。同事与朋友都认为他是个不错的心理辅导老师，塞勒姆附近的很多大学生及十几岁的孩子都接受过他的教导，因此他也结交到了不少朋友。正因为如此，在案发后大家都认为这次事件让人难以置信，或许是毒瘾复发才导致他在神志不清的状态下犯下了弥天大罪。可惜这些人都没有洞察到他内心深处的阴暗，而只是对事物的表面有肤浅的认识。

有一次我去俄勒冈州的监狱探访其他杀人犯时，顺带着我也想访谈一下桑普斯。他爽快地答应了。不久，一个40岁左右，瘦削、谢顶的男子来到我面前，他戴着副金边眼镜，一看就知道是个聪明、肯动脑筋的家伙。他十分健谈。由于他学的是心理学，所以在狱中担任秘书职务，主要工作是义务教导狱友如何处理自己的感情问题。总体来说，在这次访谈中我对他所提出的问题及他所给的答案就占了整整57页的篇幅。在我征询他以后可否就用此资料作为对凶手进行统计分析的基础时，他却断然拒绝了，他否认自己是连环杀手，也认为自己和我访谈过的那些凶手并不一样。

在私下谈话的那一个小时里，他告诉我他正打算攻读心理学和担任监狱心理辅导的工作，等出狱后就可以取得心理学博士学位，到时候说不定还可以在联邦调查局的行为科学调查组谋个一官半职呢！当然，我实话告诉了他，联邦调查局是不会雇用有犯罪前科的人的，但他听到后不置可否。看来，这又是他跟自我奋战以及和无聊搏斗的种种幻想罢了。因为桑普斯不同意加入我日后的访谈计划，所以我只对这次谈话做了些笔记而已，并没有进行录音。

我想这可能是我和桑普斯的最后一次会面了，从作案现场和照片及其他证据中不难发现，他是个专家，而且有很明显的性暴力倾向。可是他否认自己是这种人。

在我对罪犯的分类中，他应该属于“混合型罪犯”，也就是兼具“有组织罪犯”及“无组织罪犯”的特征。这话怎么说呢？由作案现场的开膛破肚、凌虐尸体、血流满地以及没有性侵犯等情况来看，这是个“无组织罪犯”；可是从他工于心计、作案前妥善计划、回家拿刀杀人，以及事后丢弃夹克和清理现场等因素来看，他又属于“有组织罪犯”。我甚至倾向于认为，他口袋里充满幻想语句的字条有可能是案发后才写的，这让他事后有机会脱罪。

1981年初，我第二次听到有关桑普斯的消息。当时俄勒冈州州长维克·阿提耶（Vic Atiyeh）打算缩短他的刑期，看来他不久后就可以重获自由了。其实，早在1979年，他就申请了减刑，如今他的申请仍然引起了马里恩地方法院的一阵骚动。对于他的初次申请，该县地方法院法官加里·戈特梅克（Gary Gortmaker）并没有什么意见，却让州长给驳了回来。不过第二次申请时州长就核准了。就在这时，影星迪克·范·戴克（Dick Van Dyke，主演多部迪士尼电影）的儿子克里斯·范·戴克（Chris Van Dyke）主掌马里恩地方法院，他和助理萨拉·麦克米伦（Sarah McMillen）主张不宜过早纵虎归山，并责成麦克米伦想想办法，就因为这层原因，麦克米伦找上了我。

锡尔费顿镇警局知道消息后也是哗声一片。地方法院门前也挤满了前来抗议的居民，因此使得范·戴克对州长此举心生不满，认为他在未征得检察官同意的情况下就贸然做出了错误的决定。这时，麦克米伦找上我，问我是否愿意出来做证以推翻州长的这项决定，我答应了她的要求，因为我也认为桑普斯此时还不宜出狱。不过，根据规定，还是要征得联邦调查局局长的同意才可以。于是，范·戴克写了封信给韦伯斯特局长，之后我就动身前往俄勒冈州了。

但是有些人却持相反的意见，他们在和桑普斯谈过话后，都认为他是狱中的典范，已摆脱昔日罪行的阴影。既然如此，为什么不给他一个重新做人的机会呢?！同时，他们认为桑普斯已经可以控制自己的侵略个性，不可能在日后再犯下同样的暴行。桑普斯的辩护律师还表示，在美国是不可以在罪行还没发生的情况下就先审判对方的，因此我们也不应对桑普斯存有偏见，认为他日后就一定会再犯罪。鉴于此，我们应该给他重生的机会。

如果说，桑普斯提出减刑的要求还在情理之中的话，那真正让人感到震惊的是他能够“学以致用”。他声称自己杀了弗兰，不过是因为被一种叫“创伤后应激障碍”（Post-Traumatic Stress Disorder，简称PTSD）的病症所困扰。也就是说，他认为自己当时并没有行为能力，因此当然也不必为弗兰的死负责。他提到的这种疾病最早见于1975年的医学文献上，患这种病症的人大多是从越南战场上回来的退伍军人，这些人长期被失眠、无法专心工作、烦躁及性生活失调等问题困扰。桑普斯对这种病的说法有一部分是真实的，可见其平时并没有停止对新知识的学习。当然，他也声称自己有资格出狱是因为自己在狱中已克服了这些困扰。

当时支持桑普斯论点的有两位心理学家。其中一位任职于私人诊所，后来接受退伍军人协会的要求前往狱中探视桑普斯；另一位则是个学院派的人物，从很早之前就开始研究越战退伍军人的种种心理失调问题，他把这些问题叫作“后越战压力综合征”。但是，我并不认同他们将桑普斯的问题通通往越战身上推的态度，虽然我也不认为桑普斯的压力和越战完全无关，但是导致他杀人的心中幻想是在他幼年时期就已经生根发芽了的。而且桑普斯的暴行是从越南回来近十年后才犯的，但通常上述症状是在受伤时或自越南返回后数周或数月内最常发生的，这又怎么说呢?

另外，桑普斯也坚称受到越战的影响是自己产生不当行为的一个重要原因，因为他亲眼看见两位军官休·汉纳（Hugh Hanna）及兰迪·英格拉姆（Randy Ingrahm）在肚破肠流中痛苦地死去，当时他吓得要死，此后就一直生活在这恐怖景象的阴影中。要不是心理受到这么大的创伤，那为何至今还对这两个人的名字记忆得如此深刻？

桑普斯还在监狱里和一位女士结了婚，这位女士在广告界和公关界还是位相当活跃的人物，在俄勒冈州的政治圈子里也有不错的关系。申请减刑的行为在她的努力下如火如荼地进行着，我想这大概也是州长第一次不批准他的申请而第二次却又核准的原因。俄勒冈州州长以前是一个商人，根据法官的印象，他通常是站在执法人员的这一边的，他还鼓吹成立所谓的全国来复枪协会，他在协会成立发表演讲时说道："作为州长，我有责任关心和保护人民及本州司法体系等问题，另一方面我也像本会的其他会员一样，希望安全而合法地使用枪支。还有，我也相信严格的惩罚是对枪支暴力犯罪的最佳解决之道。"在他出任州长的几年时间里，数以百计的减刑申请堆放在他的办公桌上，但是除了其中的四件外，其余的都被驳了回去。

除了桑普斯案外，这四件中的其他三件都没有引起太多的争论，比方说有位先生虐待妻子长达十年之久，后来做妻子的在忍无可忍之下失手杀了丈夫，这案子就没有引起争议。可是桑普斯案就不同了，因此有人认为州长可能是听了周围人士错误的建议，也有人认为这是他向该州退伍军人示好的一种表示。过去，美国的退伍军人自战场归来后一直被社会大众误解及歧视，一直到里根总统上台后他们才再度被当作英雄看待。

凭借自己过去在军中以及联邦调查局的工作经验，我不但知道如何取得陆军的档案资料，也知道如何评估这些资料。于是，我要求陆军调查在1966至1967年间是否有两名叫汉纳及英格拉姆的军官阵亡。另外，我也调阅了桑普斯的退役记录，在DD-214这一栏中是填写这个人在服役期间所获颁的勋章及褒奖令的。结果，在桑普斯的退役记录中，这一栏是一片空白。不久，陆军对我的另一项要求也有了回应，确实有汉纳及英格拉姆这两位军官，不过在这期间他们只是受伤而没有死亡，后来他们都退伍回家了。至于死亡的军官中，并没有名字的拼写与该两者相近的。

那两位自愿为桑普斯挺身做证的心理学家在和他详谈后，也拿不准对方所说的是否为实情，而桑普斯本人知道我取得了他的退役记录以及其他相关资料后，表现得很关心。

此时，又有一位重要人物愿意出来做证，他就是定期在俄勒冈州各监狱里担任心理辅导的约翰·科克伦（John Cochran），他认为桑普斯借着担任狱中秘书及辅导人员的机会删改了自己的监狱记录，以表明自己正在逐渐康复，虽然这项指控没有得到正式的证实，但确实有些记录不知所踪了。科克伦凭着长期与服刑人员打交道的经验，他也肯定桑普斯是个典型的性暴力患者。因此，他一再告诫有关当局及新闻界对桑普斯申请减刑一事务必慎重考虑，他相信如果桑普斯获释，他还会再度杀人。可惜言者谆谆，听者藐藐，他的专业经验并没获得应有的重视。

在我即将要去俄勒冈州拜见州长的时候，我太太碰巧因车祸受伤而住进了医院。不过，她很善解人意，不愿看见我因私废公，执意要我去履行自己的职责。那时桑普斯在新闻媒体面前大力造势，该案的性质差不多已成了政治事件，俄勒冈州议会甚至有意削减州长决定此种减刑申请的权力。

整个州的报纸电台都对这场案件的争议展开长期的追踪报道，不久媒体的立场也一分为二。一派认为桑普斯已经康复了，他们主张如果美国社会相信监狱的心理辅导以及相信心理疾病也可以痊愈的话，那桑普斯也应被一视同仁地享有这个机会。多位心理学家、心理医生、越战退伍军人以及自由主义者，虽然都没有在监狱中工作过，但大多站在这一边。由于他们主张人类有改变及成长的能力，所以很受大家的欢迎，也很能吸引人们的注意力。

另一派的观点则完全相反，他们认为桑普斯是个严重的性暴力患者，他的暴戾之气之所以被限制住，主要是因为他身陷囹圄，而一旦放虎归山，他一定还会犯下杀人罪行，所以他不应该获释。这种论点暗示了心理方面的专家可以了解心理疾病，却无法治愈，也暗示了监狱的重刑犯在获释后都还会再犯，让人感到十分悲观。

我认为这两边的论点都有点言过其实，我只想以事实来作为认定及判断的基础，而本案的事实就是，桑普斯在暴力方面的幻想是从小时候就已经产生了的，其个性与作案模式和我所接触过的许多连环杀人犯如出一辙，他们谋杀别人就是将这些幻想付诸实践的唯一手段。由桑普斯口袋里的字条、生活中恶习难改、受毒品控制、犯案前无法与女人发展正常人际关系、谋杀行为本身的惨无人道、篡改服役记录以及企图掩盖问题真相等种种情况判断，他的确有很严重的心理疾病。而且，俄勒冈州的狱政系统并不可靠，并不缺犯人获释后再犯的先例——在获释没多久就成了连环杀手，像杰尔姆·布鲁铎斯及理查德·马凯特都是这样，而俄勒冈州以南的加州也有埃德蒙·肯珀的例子。也许孕育于儿童时代的幻想，一辈子都无法根除，这也是导致他犯罪的根本原因所在。

1981年6月底，在进见州长的前一个晚上，检察体系召开了一次会议。范·戴克和他的助理麦克米伦小姐、我和科克伦、俄勒冈州立医院心理学系的史蒂文·H. 詹森（Steven H. Jensen）及1975年桑普斯犯案前后对他做过评估的彼得·德库西（Peter DeCoursey）医生都出席了这次会议，我们商讨第二天上午该采取什么措施。范·戴克建议道既然桑普斯声称自己是得了“创伤后应激障碍”，那么就由他的越战服役记录来检验其说辞的真伪，像记录中DD-214栏一片空白及谎称两位同僚已死，都说明了他有意隐瞒事实真相。麦克米伦小姐接着问我是否可以查出英格拉姆现在是否仍健在，我对她说这种事必须得按正常的渠道进行，她说凭我过去的关系应该可以试一试。

第二天上午由我带头，我们一同去州长办公室进见州长。州长有些紧张，问我是从哪里来的，我回答是联邦调查局的人。他又问该案和联邦调查局有什么关系，于是我耐心地解释我是暴力犯罪行为方面的专家，应马里恩地方法院的邀请前来协助审理该案，并且是通过正常途径批准的。

我早已做好了应对州长这种质疑的准备，在来俄勒冈州之前，我就向总部方面的法律专家请教过了，他们认为如果我只针对桑普斯案发表意见的话就有些不妥，于是我向州长列举出六个前例，包括我刚才提过的那三人，其中又特别强调来自该州的马凯特及布鲁铎斯两人，说明他们获释后不久就因为控制不了儿时就已深埋心底的幻想而成了连环杀手。我的发言一共有20分钟，不过州长只听了前面10分钟就匆匆离去，或许是想刻意与本案保持距离，免得惹上什么麻烦。其后的10分钟就由他的助理们听取我的意见陈述，他们只是礼貌地听着，并没发表任何意见，等我陈述完后，就换其他人来继续陈述。

在我回家后，这个案子却在俄勒冈州掀起了滔天巨浪。马凯特见机不可失，也提出了减刑的要求，不过被打了回去。到了第二个月，在麦克米伦的敦促下，我也找到了英格拉姆的下落，这时他在伊利诺伊州卖保险，在越战时只是应征入伍，并不是军官，虽然曾经受过伤，但他说并不记得桑普斯这个人。麦克米伦把这个消息发布到各大媒体上，后来桑普斯又反击说他指的是英格拉哈姆（Ingraham）而非英格拉姆。我向军方再度查询，证实在1966到1967年间确实有这么一个人阵亡，但并不在桑普斯所隶属的那个部队。

桑普斯强调自己的暴行和性没有关系，这是他反击检察官的另一个重点。他声称没有对被害人展开性攻击，既然没有性接触，又如何称得上是性犯罪？不过读者由本书前面所举的例证中可以知道桑普斯的这种说辞并不成立。

哥伦比亚广播公司（CBS）“60分钟”这个节目对这场“世纪对决”产生了深厚的兴趣。此时，桑普斯早已知道自己该说什么话及该做什么事，因此有不少观众在心里头问道：“这么一个举止文雅、彬彬有礼的男人难道不可相信？”再加上当时美国已摆脱越战的阴影，也了解到老兵才是这场战争的受害人，因此桑普斯逐渐占据了上风。

在这些争论还此起彼伏之时，我又通过驻欧美军的协助找到了汉纳这名军官的下落，这时他已经是一名少将了，正在比利时驻欧盟军最高统率部里担任要职。后来我还到比利时亲自与他面谈过，他对桑普斯的印象十分深刻，因为桑普斯当时拒绝担任前线观测员的工作而和他发生过争执。当时斯坦福大学的毕业生在越战中曾力主反战，拒绝服从长官命令，桑普斯大概是受此影响才会如此，于是汉纳只有亲自上阵，也就是在那次，他被敌人击中，嘴、舌头及牙床受伤。后来在军事法庭审理桑普斯的反战行为时，汉纳还不能开口做证。我将这些消息通知范·戴克，由他知会州长的助理们。转眼间夏天就到了，但州长对本案仍然悬而未决。

后来桑普斯原部队的指挥官考特尼·普里斯克（Courtney Prisk）出面向新闻界说明他和桑普斯的结识经过，他指出桑普斯所说的那两名军官并没有死，至于死状如此凄惨的是另外一人，不过死亡现场距离桑普斯有300多码之远，桑普斯能否看见都不得而知。最后，他总结道："桑普斯虽然有些奇怪，但毫无疑问是一位好战士。"

也许是州长采信了我们这些人的说辞，也许是该州议会威胁要削减州长大权，也许是大众不断地施压，总之，1981年快结束时，州长终于做出了决定，桑普斯继续服他的刑期，直到日后假释委员会做出他是否该假释的决定时为止。

州长一锤定音之后，桑普斯就把愤怒的矛头指向我。他认为我才是害他继续蹲监狱的"幕后黑手"，于是和我展开了长达数年的笔战，另外他也对科克伦有所不满。其实，我们两人不过是因为了解他而站在就事论事的立场上说话。最后，桑普斯还向州议会甚至国会山的参议员们提出诉愿，并写信给他们要求调查我在这整个事件中所扮演的角色。

桑普斯于1991年出狱，我希望他真正康复了且不再重蹈覆辙，当然，如果他能一直保持正常行为的话。

我在 FBI 的 20 年缉凶手记

第 10 章 天网恢恢

有一次，当我们几个成员正在得州讨论两个计划的运作时，一位曾任记者的暴力犯罪逮捕计划任务组成员突然闯了进来，声称有个名叫亨利·李·卢卡斯的男子招供说自己所杀的人已超过 100 名，全国几乎每一个州都有他的被害人。毫无疑问，这个案件正好可以作为暴力犯罪逮捕计划的最佳试金石。

作者罗伯特·雷斯勒（坐者）同暴力犯罪逮捕计划的创始人皮尔斯·布鲁克斯

上图为皮尔斯·布鲁克斯（图中最上面右侧）与联邦调查局暴力犯罪逮捕计划小组的工作人员：安娜·博德（Anna Boudee），肯·汉德弗兰德（Ken Handfland，前排左边），戴维·埃柯夫博士（Dr.David Lcove，前排中间），吉姆·豪利特（Jim Howlett，前排右边）

布鲁克斯带领搜寻 20 世纪 60 年代的连环杀手哈维・默里・格拉特曼弃于洛杉矶外沙漠里的尸体

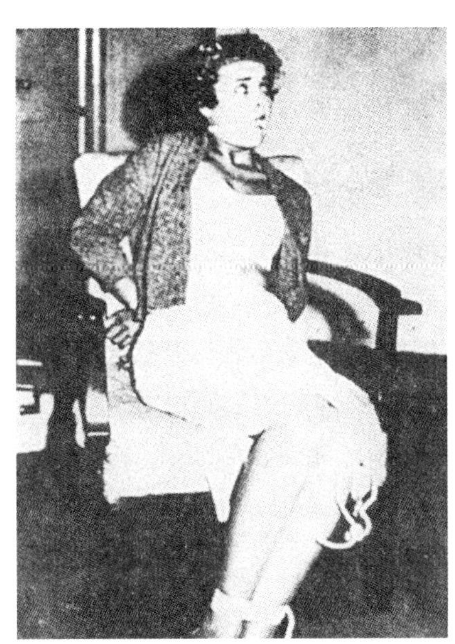

哈维・格拉特曼在杀害被害人之前，为惊恐万分的受害人拍摄的照片，以此充实他收集的来自受害人的“纪念品”，留待杀人后重温杀戮的快感

上溯到20世纪50年代，洛杉矶地区连续发生了好几起强奸杀人案，但是只有一位调查人员怀疑这些看起来毫无关联的奸杀案都是一个人所为。经过了四分之一个世纪，对该罪犯的搜寻成为美国此后对付连环杀手的范例。

在那个时代，哈维·默里·格拉特曼（Harvey Murray Glatman）可以说是一名“冠绝一时”的杀手，50年代他就在报纸上刊出广告，声称可以替女性介绍模特工作，这对于一些没有经验而又梦想赚大钱的年轻女孩来说，非常具有诱惑力。当女孩前往应征时，他开出的价码往往令人惊叹不已，而且工作轻松，时间又短。听到的女孩无不心驰神往。接着他用三寸不烂之舌，诱使对方和他一起到一栋偏僻的公寓，在公寓里，他要求女孩脱掉衣服拍照。

格拉特曼很了解女孩的心思，知道她们怕朋友或家人反对，大多不敢把自己的行程告诉他们，因此即便失踪了，别人也没办法知道她们的去处，同时他告诉自己女孩是自愿在陌生人面前展现诱人的胴体的，仿佛是对他的一种勾引，于是他强暴了她们，又担心她们会把真相说出去，所以就将对方杀掉。以后许多连环杀手也群起仿效，纷纷采取这种模式，像俄勒冈州的杰尔姆·布鲁铎斯就是这样，在这方面格拉特曼可谓始作俑者。

之所以说他是始作俑者或“走在时代的前列”，是因为50年代在报上刊登人事广告就是从他开始的。现如今，这种让两个陌生人碰面的人事广告在报纸上满版都是，我们常常会看到或听到类似的广告：年轻鳏夫，风流倜傥，愿与有兴趣跳舞的女性为友。绝大部分这类启事都是合法的，但也有不少人利用这种方法去强暴或害人。格拉特曼之所以能创新出这个方法，其实源自他15年来的幻想。

洛杉矶警局凶杀组的侦探皮尔斯・布鲁克斯（Pierce Brooks）负责侦办此案，最近他辖区内发生两起年轻女孩被杀的案件，没有证据表明这两起案件之间有任何联系。布鲁克斯是洛杉矶警界的资深干警，他在调查案件方面的功力十分了得，但是在本案中，他感觉深受挫折。因为只有相信这两起案件都是一个人做的，且该凶手也可能涉及其他地区的命案，这两起案件才有合理解释，可是他又缺乏一个全面系统、合乎科学的方法来证明自己的假设，所以他只有亲自到自己辖区内的各个县的报社查阅过去的资料，又来往奔波于各地警局的档案中心。他这么做无非是想要从过去所发生的那些谋杀案之中寻找其相似之处，并希望以此得到启发来抓住凶手。

布鲁克斯搜集到的有关格拉特曼的想法及行为上的资料，可以说是警方最早拥有的有关连环杀手自身想法的信息。在本书的其他章节中都可以看到他所提出的许多论点。在格拉特曼的所有行为特征中，最吸引人的特点，就是他做事思路清晰，条理分明。此外，强暴实施之后，他和受害人的谈话内容也引起了人们的高度关注，其实和其他许多杀人狂一样，他也最讨厌女人反过来想要控制他，比如对他说，如果他肯放她们走，她们就不会把事情告诉别人等。这样会更加让他暴跳如雷，当然受害人也就难逃一死。事实上，受害人被强暴后能全身而退的情形在他手里也从未发生过，因为隐藏在他内心深处多年的幻想情节里也包含了杀人的部分。格拉特曼被捕后被处以死刑，并于1957年执行。当时布鲁克斯也在场。

类似的情节你可能会在许多电影或小说中见到，原因无他，不过是编剧或小说家把本案中的杀手与侦探两大主角的事迹加以夸张润色而已。在几年前举办的一次悬疑小说发布大会中，大作家玛丽·希金斯·克拉克（Mary Higgins Clark）就向我打听过本案的有关细节。不久后，她的畅销小说《爱音乐，爱跳舞》（*Loves Music, Loves to Dance*）就正式出版了，另外像约瑟夫· 华堡（Joseph Wambaugh）的知名小说《洋葱田》（*The Onion Field*）的主人公就是皮尔斯·布鲁克斯，只不过故事的情节并非本案罢了。

在布鲁克斯坚持不懈的努力下，洛杉矶其他辖区的人员也被带动了起来，最后整个加州的警局都紧密联系在了一起，这为整个地区以后在追踪和缉拿要犯方面提供了便利，在他的建议下，类似打字机这种效率低又不合潮流的工具逐渐被淘汰，被功能全面、效率又高的电脑所取代。对此大家可能觉得不算什么，但在20世纪50年代末60年代初，电脑还是一个十分新潮的玩意，不但体积庞大笨重，价格还高得离谱，加州政府当时不可能把这些庞大经费拨给管治安工作的警察，不过这种想法在他心中根深蒂固，在以后陆续担任洛杉矶、斯普林菲尔德、俄勒冈州尤金以及科罗拉多州莱克伍德等地的警察局长时，他都将电脑化视为首要任务。

20世纪70年代中期，我开始着手认真研究连环杀手的个人历史，格拉特曼的案子引起了我的高度重视。我制订的罪犯人格研究计划是在70年代末期被局里批准的，这个各位读者已经知道了。在司法部的帮助下，我还对许多杀人凶犯进行过面对面的访谈，经过不断努力，行为科学调查组逐渐成长壮大，提顿与马拉尼退休后，我更是独挑大梁。到了1979年，我在匡蒂科又面向警察开设了相关课程，把自己研究总结出来的绝技传授给他们，同时也为行为科学调查组训练出了不少精英。在这种形势下，勾勒出凶手特征的犯罪心理侧写这门学问才逐渐摆脱艺术的羁绊，上升到科学的范畴。

1981年，匡蒂科的行政长官吉姆·麦肯齐（Jim Mckenzie）有一次和我一起坐在酒吧喝酒，我们边畅饮着啤酒边聊着往事，时间虽已过去了很久，但心酸往事却依然历历在目。

我们已经为这个国家的执法机构建立了就全国甚至全世界范围来说首屈一指的训练中心。我们的指纹档案及证据分析实验室，一直以来都被公认为各地解决各类疑难杂症的最佳工具。但是，在办案的过程中，我们也暴露出了地方警局各自为政、缺乏强大的统一力量等隐忧。于是，在酒酣耳热之际，我向麦肯齐提出要求利用匡蒂科先进的设备以及对行为科学的研究，成立一个全国性的暴力犯罪分析中心，通过这个组织对各地的警察加以特殊的训练，等他们回到自己的辖区后，就可以利用我们所传授给他们的技能来搜捕自己辖区内的犯罪分子，至于该计划的名称，可以定为罪犯人格研究计划。麦肯齐一听不住地点头，表示他绝对赞同我的这个构想，不过接着他话锋一转，声称这个构想原则上可行，但必须要算是他的构想才可以。我们相视大笑，我知道这是他的玩笑话，借以讽刺官僚机构中那些官僚的丑陋嘴脸——好事全往自己身上揽，而错事全往下属身上推。事实上，麦肯齐不但承认这后来被更名成全国暴力犯罪分析中心（NCAVC）的计划是出自我的构想，还竭尽全力替我保驾护航。

全国暴力犯罪分析中心计划囊括了匡蒂科所有行为科学方面的计

划，读者都知道匡蒂科是在1972年正式开始运作的，当时只是一个训练特勤人员、各地警察以及新进探员的基地，而该基地中所有有经验的训练人员最后也都被网罗至全国暴力犯罪分析中心计划中。此外，它也与许多我在狱中访问杀人犯之前尚未实施的计划紧密联系在一起，诸如虐待儿童、放火、强暴、间谍及反间谍等案件都成了我们研究探索的对象。

当全国暴力犯罪分析中心计划开始做可行性研究时，我们才知道一位名叫皮尔斯·布鲁克斯的人也获得了司法部的批准，正在评估其一项名为暴力犯罪逮捕计划的可行性，经过了20年的努力，他终于可以把自己在20世纪50年代末期就产生的梦想付诸实践了，以电脑作为分析工具，不但可信度高，而且花销相当低。

从格拉特曼案出现一直到20世纪80年代初期，美国的暴力犯罪案件发生了翻天覆地的变化，在50年代及60年代，几乎所有的凶杀案在一年之内就可以宣布侦破，原因有很多，最主要的是案件少——每年顶多1万件，其次就是凶手与被害人大多是熟人，不是配偶、亲戚就是邻居、同事，很少是陌生人之间的杀戮，至于说没有正常动机、没有起因的凶杀案更是少之又少。但到了70年代情形就不同了，每年发生的凶杀案比过去暴增了一倍，超过2万件之多，而且其中有5 000件一直悬而未破——比例高达四分之一之多。正因为这些改变，促使布鲁克斯一直想建立一套有系统、有组织的方法来办案，而且不只是在加州，他甚至想把这套做法推行到全国，利用全国警察所掌握的信息来侦破那些一直悬而未决的案件。

获悉他打算实施这项计划后，我立刻与他联系，邀他来匡蒂科考察，并请他担任我们罪犯人格研究计划的顾问，在他参观过我们的设备及了解我们所做的事后，他又邀请我和我的直属上司一同加入他自己所成立的工作执行小组，成员包括得州的心理学权威道格・穆尔（Dong Moore）与萨姆・休斯顿（Soom Honston）教授。

3. 5万美元，这就是布鲁克斯申请到的经费，如此少的经费促使他必须努力节省开支，纳税人的每一分钱在他的眼中都是实实在在的。也正因为这样，当许多专家被邀到得州开会时，大家都不得不把下个月的交通费提前“申报”，好让他们看看预算后再建议我们坐哪种交通工具才省钱。到了得州后，我们集体住在宿舍中，用餐时间也是搭巴士到速食店解决，既经济又实惠。不过，他努力为纳税人考虑荷包问题虽然让我钦佩，但也发现他的初步计划或许实行起来会有点困难。

他设想将其暴力犯罪逮捕计划设在各地的总办事处集中于莱克伍德警局内的一两个房间，以10台到15台的终端机掌控全国犯罪动态；换言之，每一台终端机要服务两到三个州。为了使这套系统继续运作下去，每年都必须向联邦政府提出经费申请。当然，想要增添设备的话也必须走这些程序。

和布鲁克斯熟识以后，我就向他讲出了我对他的计划的看法，联邦政府对于这些预算不见得年年支持，另外，这计划要实际执行的话，还需要各地警局与各地政府充分配合才行，各地都不见得有充实的经费与人力支援，再加上情报搜集、整合是一个大问题，这些都为这个计划的实施埋下了隐患。

通过分析当前的处境，我认为如果把它隶属于联邦政府改成隶属于联邦调查局的话，这些问题就可以迎刃而解了，局内拥有众多的预算，配合驻在各地的组织及探员，以及所掌握的资讯遍及全国等特点，这应该是一个完美的选择了。

布鲁克斯对我的提议无可辩驳，于是他的暴力犯罪逮捕计划就成了本局全国暴力犯罪分析中心计划的一部分。不久，他就来到匡蒂科负责实施自己的计划，在数百万美元的预算下，这两个计划都开始正常运转起来了。

以前，当陌生人杀手犯下命案时，警方往往无法在最短的时间内以最适当的方式朝最正确的方向去侦办，因此往往错失先机。例如，像戴维·伯科威茨连杀数人后，纽约警方还是找不到被害人之间的任何关系。如果全国暴力犯罪分析中心计划全面运行的话，其间的联系则可以立刻被发现，逮捕行动也可以立即展开，后续的悲剧自然就不会发生了。类似的情形，亚特兰大的韦恩·威廉斯（Wayne Williams）疯狂犯案后过了整整一年，警方仍然认为辖区内的多起谋杀案不是一个人所为。暴力犯罪逮捕计划也可以在这些案子上协助当地警方，但它也必须和全国暴力犯罪分析中心这一计划充分配合才行，唯有如此，像约翰尼·戈施等无头公案才有破解的一天。自从爱子被掳走后，已过了10年，仍是音讯全无，戈施父母亲生要见人，死要见尸，对父母这点微薄的要求都无法满足，这让警察局情何以堪？正因为如此，暴力犯罪逮捕计划以及全国暴力犯罪分析中心计划这两个计划才日渐凸显其紧迫性。

有一次，当我们几个成员正在得州讨论两个计划的运作时，一位曾任记者的暴力犯罪逮捕计划任务组成员突然闯了进来，声称有个名叫亨利·李·卢卡斯（Henry Lee Lucas）的男子招供说自己所杀的人已超过100名，全国几乎每一个州都有他的被害人。毫无疑问，这个案件正好可以作为暴力犯罪逮捕计划的最佳试金石。

卢卡斯是个一只眼失明的流浪汉，1983年他因为在得州一个小镇杀害了一名老妇人而被判有罪，在监狱服刑时，他告诉法官这个案子在他眼里只不过是“小儿科”，因为自从1975年出狱——那次是因为杀害自己的母亲而被捕——他已经在全国各地杀了100多个人了。有些人是他一个人杀的，还有些人则是自己与其他流浪汉联手杀掉的，与他联手的那名流浪汉名叫奥提斯·图尔（Ottis Toole），他们于1979年结识。全国各地的警察都被他的这番话震惊了，这也让不少人担惊受怕了数年。

这时，伊利诺伊州南部的警察开始注意到卢卡斯了，因为过去在他们的辖区内发生过一件离奇案件，一位年轻妇女离开一家便利店后被强暴了，而后又被乱刀砍死，证据显示这个凶手只不过是个短期逗留的过客而已。这时，暴力犯罪逮捕计划就针对这个案件开始发挥了。不过，我们并不是直接审问卢卡斯有没有在命案发生前后到过伊利诺伊州南部，或是直接问他有没有在那家便利商店附近杀人，而是直接质问他有关被害人肤色、性别及年龄等特征的问题，必要时甚至给他看命案现场的照片，以勾起他的回忆，最后再问他是否犯过该案。

以后各地的无头公案也都用这种方式讯问卢卡斯。牙尖嘴利的他虽然对一半以上的案件都推说不知道，但也有不少案件他俯首认罪了。当他点头时，一位命案管辖地的警官就前往得州访谈卢卡斯，有必要的话——当然不是经常发生——再带着卢卡斯赶赴命案发生地进行模拟、搜证或是出庭做证。当然，大部分的案子还没有其他证据及目击证人，因此还不能宣布侦破。不过，这个方法已使35个州所发生的210起无头公案顺利告破。

大部分时间卢卡斯必须离开得州那间无空调设备的牢房。外出时搭飞机或汽车，住饭店或汽车旅馆，大家丝毫不敢怠慢。有一次，相关部门召集全国各地警局代表共聚一堂，讨论卢卡斯的案子，这次我也参加了，不过当时的情况就像菜市场一样的混乱嘈杂，只见大家呼喊叫嚷着，纷纷举手要求发言，每个地区的警局代表都想趁此机会解决他们辖区的悬案，来之前他们也都向上级报告说这次赴得州参加这次会议的重要性，可是却因为僧多粥少而不能成行。

趁出席此次会议之便，我的一位上司也想对卢卡斯本人进行访谈。他这样做不仅是要获得些有用的情报，也是为了日后可以向人炫耀一番，说自己曾与这么一个“声名显赫”的罪犯面对面谈过话。不过在这个时候，大家也发现卢卡斯的供词有些夸大事实。比如说局里一位休斯敦的探员问他是否在圭亚那犯下杀人案时，他很爽快地答应有。不过，当这位探员又问他是如何到圭亚那去的时候，他却说是开自己的车子去的，真让人有些啼笑皆非。等再要深入调查时，他又说自己已记不清圭亚那确切的地点了。“不过我猜想它应该是在路易斯安那州或得克萨斯州吧？”他一本正经地说，害得那位探员气个半死。等到卢卡斯知道圭亚那离美国本土尚有数千英里之遥时，他才如恍然大悟一般地说自己必须为琼斯敦数百名邪教人士的自杀负责，谁都知道琼斯敦事件完全由邪教首脑吉姆·琼斯（Jim Jones）策划，中毒而死的数百人到底是自愿就死还是被琼斯所骗或胁迫，至今仍说法不一，但可以肯定的是，它绝不可能和卢卡斯发生什么关系。很显然，他的供词含有很多水分。

后来，随着证据搜集越来越多，也越来越发现他讲话总是喜欢信口开河，包括他以前在宾夕法尼亚州洋菇园工作，在佛罗里达州卖废品以及在信用卡公司做接待人员等，都不过是他信口胡诌的话。对于他亲口承认是自己所为的那件得州杀人案，在《达拉斯时代前锋报》两位记者的查访下，才知道这又是他自导自演的骗局，案子发生时他人还在佛罗里达州呢！

这时，他又开始翻供了。他承认自己以前所说的100多件命案都是瞎吹的，经过紧张和高强度的审问，他说自己在1975年后“杀了一些人”，当被问到到底杀了多少人时，他一会儿说不超过10个，一会儿又说大概是5个。总而言之，他记不起来了。当然，他这样做的目的只是为了好玩，这也间接显示出警方的无能。

历经数年，卢卡斯所造成的风波与震撼才逐渐平息。我认为如果暴力犯罪逮捕计划在他初犯时就加以访谈的话，应该就可以知道他的哪些话可信，哪些话不可信。还有，在卢卡斯故作惊人之语的开始，如果就有一套妥善的方法，那以后警方就不可能闹出如此乌龙风波了。首先，我们会要求警方填写暴力犯罪逮捕计划的表格，把该辖区所有悬案的资料上报，再输入电脑中，然后就各案件的时间、地点与凶手特征等资料加以分析，或许就会发现在卢卡斯认罪的案件中，有些是同时间不同地点发生的，当然这也表示除了其中某一件外，其余都是他胡诌的。就这样，在逐步缩小调查范围后，破案的可能性也会大增。

当我们为暴力犯罪逮捕计划表格的雏形而大伤脑筋的时候，洛杉矶地区发生了一连串的凶案，一般都相信是一个人干的，虽然没有直接的证据可以证明。而大家也把这名在该市西班牙裔地区屠戮无数的杀手取名为“夜行人”。

为了协助他们，我们从暴力犯罪逮捕计划小组调了些人手过去，以帮助判定哪些被害人是这人所害以及哪些被害人不是。参加这次行动的调查人员都有丰富的经验，像指挥这次行动的弗兰克·萨莱诺（Frank Salerno）过去就和我一同对付过“山腰绞杀手”。除此之外，我们也要借着这次行动评估一下，看我们所设计的表格是否管用，当然也希望借此案建立一套用以今后办案参考的模式，使本局站在从旁辅导的立场去协助地方警察，免得对方批评我们瞎指挥或“越俎代庖”。

一段时间之后，该案凶手理查德·拉米雷斯（Richard Ramirez）就被抓获了。此次本局虽出力不多，但得到了修正那份表格的机会，使它不再过于冗长，如此简化的结果，就是一个警察大概用一个小时就可以填好一份表格。

20世纪80年代中期，当我们正在为暴力犯罪逮捕计划以及全国暴力犯罪分析中心计划的资金问题而伤透脑筋的时候，宾夕法尼亚州州立大学的菲利普·詹金斯（Philip Jenkins）在一篇罪犯研究报告中提到1983年到1985年是“连环杀手恐慌年”，大概意思是说，在此期间，全美国所发生的无法侦破的案件数目超过了过去的总和，大家必须对此问题加以重视，这和我的说法（见本章前面部分）不谋而合，可是另一方面他也认为社会大众之所以恐慌，媒体得负相当大的责任，像卢卡斯案就是个最好的例子。

暴力犯罪分析中心计划及暴力犯罪逮捕计划是两项长期性的计划，这是我和布鲁克斯的共识，它必须要长期耕耘才有开花结果的一天；换言之，我们离只需要按一下电脑按键便能捕捉到凶手这一境界还差得很远。因此我记得有一次我感慨万千地对布鲁克斯说，暴力犯罪逮捕计划是从1985年就正式开始运作了，但我相信到1995年它还无法全面地运作，理由很简单，因为填写暴力犯罪逮捕计划的表格完全是各地方警局的一种自发性行为，无法勉强，必须再花时间让他们了解向暴力犯罪逮捕计划小组求助的好处，在这之前我们不能强迫对方配合，否则只会把情况弄得更僵。再说，要想建立一套有效且数量庞大的资料库不是一天两天能完成的，等资料够多时，才可能建立一套模式帮助警局及早破案。

1984年6月21日，里根总统在康涅狄格州哈特福德召开的全美警长协会的年会上宣布了全国暴力犯罪分析中心的编制。他说这个计划最主要的目标就是要找出并逮到连续犯案的杀人狂，运作的资金则由国家司法协会提供。布鲁克斯上台后，和我们一共花费了九个月，到了1985年5月底，他坐在匡蒂科的一台终端机前注视着我们把第一笔资料从暴力犯罪逮捕计划的表格键入电脑，霎时间他百感交集，27年来的梦想终于在这一天得以实现。三天后，布鲁克斯回到俄勒冈州，该计划移交给我来管理。

我虽然接下了这份工作，但内心并不是很情愿，这种整日与数字、机器打交道的日子并不是我梦寐以求的，我感兴趣的还是行为科学研究与实际的调查工作。至于最适合担任这个职位的应该是司法部的罗伯特·O. 赫克（Robert O. Heck）督导，他经验丰富，对此又兴趣十足，因此局里最初是答应将来由他来担任的。可是后来获得这笔预算后，联邦调查局就想收回成命，由局里的人掌控大局，这让赫克痛苦不已，也让我头痛万分，不过木已成舟，只有接受事实。到了1985年7月，全国暴力犯罪分析中心的营运成本列入本局的年度预算中，至于它所包括的四项计划则分别为研究发展计划（主要就是我当初的罪犯人格研究计划）、训练计划（对象为各地方警察及局里各分处的探员）、罪犯心理侧写计划以及暴力犯罪逮捕计划。

暴力犯罪逮捕计划小组原计划招募一个经理和一批初级分析师来执行工作，主要是将寄来的表格上的资料输入电脑，其他人则负责主动和各地的警局联系，督促他们把自己辖区内没有侦破的案件以及其他暴力犯罪的资料填在表格内寄回匡蒂科。第一年的经费就由我主管，我决定以购买电脑设备的钱暂时垫付。为了节省开支，也决定不用级别高的经理和高级分析师，而以资料录入人员及初级分析师代替，因为当时资料库内的资料还很少，即使是高级分析师也无用武之地，因此第一年的工作大多以资料输入为主。如果我们以全国平均每年出5 000件未能侦破的刑事案件来计算的话，预计到1989年，也就是正式运作四年后，电脑的存储器里会有2万件刑事案件的详细资料了。到20世纪80年代末期，我行将退休之时，我们已有能力招募中等水准的技术人员来处理资料了。另外，在我们的不断说服下，各地的警察也愿意把令他们感到困惑的案件资料都送到我们这里来，和我们建立充分的合作关系。

然而，遗憾的是，仍然有些大城市和几个州没有加入我们的暴力犯罪逮捕计划，他们的拒绝加入意味着我们完成目标的机会又降低不少，因此我认为联邦政府有必要命令地方上的警局与我们合作，向暴力犯罪逮捕计划小组提交资料的这种做法也应该成为标准程序，这样我们目标的完成就指日可待了。我估计，等暴力犯罪逮捕计划正式步入正轨之后，未侦破的刑事案件至少可以减少25%，这样一来，悬而未决的案件将只会占到全部刑案的5%到10%。

也许有人认为我的估计太过于乐观，但我的预估是有理由的，因为其中许多案件都是一人所为，所以侦破一案后往往连带着又侦破了好几个其他案子，比如说在马萨诸塞州被害人A身上的刀伤与新罕布什尔州被害人B身上的相同，只要抓到任何一案的凶手就可以使两案同时告破；再比如说新泽西州的一位被害人被歹徒枪杀，凶手已经逃逸，但找到了子弹，这时案子虽然没破但资料已输入电脑中，两年后，得州一间酒吧内一名男子因持枪企图强暴女子而被捕，警方把搜获的枪支拿去做弹道比对，结果发现与在新泽西州所发生的那起枪杀案的弹道吻合。就这样，新泽西州的这件案子也可以宣告侦破了。

这种境界虽然我们目前还达不到，但我们一定会达到的，而且必须达到。1991年夏天我正埋首写书之际，人们对暴力犯罪逮捕计划强烈需求的呼声也明显高过以往任何时候。就在不久前，路易斯安那州格尔夫波特的唐纳德·勒罗伊·埃文斯（Donald Leroy Evans）因杀害一名10岁女孩而被捕，经过暴力犯罪逮捕计划小组的追踪，发现他与许多桩杀人案都脱离不了干系，经过仔细搜证与过滤，他承认自从1977年后，他已在20个州杀害了60多个人。其中两件目前已得到证实，也因此确定他是个连环杀手。

至于暴力犯罪逮捕计划能帮我们侦破埃文斯的多少案件，那很难说，不过绝不至于引起像20世纪80年代初期卢卡斯那样的混乱与乌龙事件。当然，最好的处理方法就是把埃文斯所承认及证实过的案件详细输入暴力犯罪逮捕计划小组的电脑，并与全国失踪人口及身份未明的死亡人士加以核对。然后再针对埃文斯的游荡习惯找出可能的游荡路线，相信一定会大有收获的。虽然暴力犯罪逮捕计划与全国失踪人口及身份未明的死亡人士等资料库还没有正式连线，不过仍可以运用上述方式侦办刑案。

虽然迄今为止，仍有少数几个大城市与一些州不愿参与暴力犯罪逮捕计划，但是，英国、澳大利亚、新西兰及韩国等国已对此计划表现出浓厚的兴趣。由于我已赋闲在家，因此常有机会到外国讲授暴力犯罪逮捕计划以及罪犯心理侧写。这些国家除了愿意联合各方面的人士成立类似于暴力犯罪逮捕计划的项目之外，也愿意将各种资料与我一同研讨，希望能尽快逮捕他们在国外的暴力罪犯。

我原先预测暴力犯罪逮捕计划会在1995年左右展开全面运作，后来的事实证明了我的这一预测是十分准确的，这虽然有点事后诸葛亮的味道，但并不影响这个计划的功用与效益。

第 11 章 摄像机下的凶手

加西十分聪颖，智商也相当高。更重要的是，他能说会道，很懂得如何操纵别人，也知道如何瓦解被害人的戒心并使他们对他产生好奇心，这也就是说他是个“蜘蛛人”。他可以在加害对方之前把他们引诱到他的“网”的中间，这种手法和特德·邦迪的手法有异曲同工之妙。

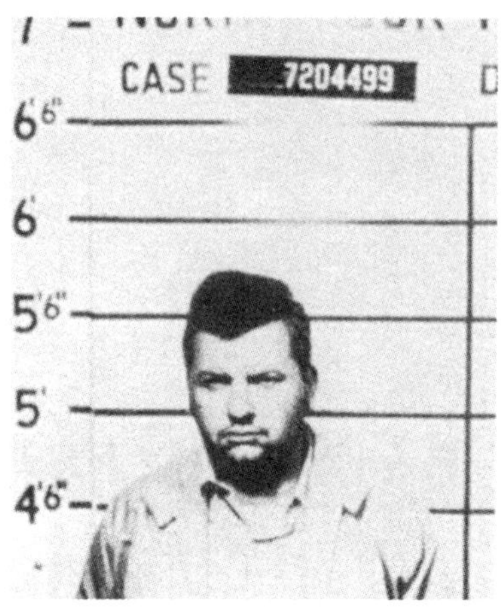

约翰·加西在伊利诺伊州被拘捕时拍摄的照片。三年后，他首次行凶杀人，死者是芝加哥地区的一个男孩，之后这个杀人魔头又谋杀了 32 个人

1979 年，法医罗伯特·斯坦（Robert Stein）在约翰·加西的住所搜查犯罪证据

警察在搜查加西住所时发现的色情书刊

左图为约翰·加西送给作者的小丑画，右图为小丑画背面加西的手迹

加西房子下臭名昭著的那片“爬行区域”，记号显示有 27 具尸体埋在里面。另有 2 具在房子后面，还有 4 具被扔进了当地的河里

联邦调查局高级探员兼本书作者雷斯勒与连环杀手埃德蒙·肯珀

此处掩埋了遭到埃德蒙·肯珀杀害的一个受害人的头颅

埃德蒙·肯珀带领当地警察去加州圣克鲁斯附近的埋葬地点

1988年6月20日，我在一次不同寻常的“节目”中担任主持人，在麦克风前面现身说法的两名特别来宾则是全美最惹人注目以及最危险的连环杀人狂。这项计划得到了广泛的支持与认可，也是匡蒂科有史以来第一次进行这样的“秀场”。有300位来自美国及海外的执法人员参加了“秀场”，而我们的目标则是试图在各个国家建立一套调查凶杀案的标准程序，让执法人员对检视凶案现场、询问目击证人以及缉拿凶手归案等问题和方法都有一个正确的概念。

按照局里的计划，我们首先是带这300位来宾到华府的总部参观，接着就来到匡蒂科体验一番他们或许一辈子都不会再有的经历——亲自与两个最凶狠的杀人犯交谈，这样他们在回国后也有“资本”可以“炫耀”。这两个杀人犯就是约翰·加西和埃德蒙·肯珀，10年前我就和这两个人“泡”在一起了，因此我十分有把握说服他们分别从伊利诺伊州及加州的监狱来参加我们的“秀场”。这两人对我也十分信任，我相信如果该“秀场”由别人主持的话，那么他们是一定不愿意出席的。因此当局里的一位高级长官心血来潮，表示想担任主持人时，我立刻向他剖析了其中的原委，他也很谅解我的难处，于是答应坐下来只当个听众，由我独自上台主持。

把凶杀案犯人的访谈内容通过卫星转播出去的构想，始于热拉尔多·里韦拉（Geraldo Rivera）所主持的电视节目，他们曾力邀我上台，可是我碍于联邦调查局人员不宜在商业电视台露面的规定而婉拒了。另外，里韦拉也曾试图说服加州监狱管理当局让查尔斯·曼森出现在现场直播的画面上，可是一直未能如愿，不过狱方答应可以让他到监狱里来对曼森进行录像访问。后来该节目播出了其中部分内容，当时我和杰克·莱文（Jack Levin）博士还应邀对曼森所说的话做了评论。

当两个犯人面对摄像机镜头时，影像就会通过卫星而被传送到匡蒂科，投射到大荧光幕上。我首先用幻灯片把他们两人的案件介绍给了观众，然后就由观众提出问题，由两个犯人亲自做现场回答。当时我们可以在荧光幕上看到他俩，但是他俩看不到我们。他俩每人有90分钟的时间来回答各位观众的问题。整体上来说，这的确称得上是一次绝无仅有的大“秀场”，这两人都很聪明，表达能力也都不差，而且同样凶残。

1978年年底，我开车带着我的家人去芝加哥度圣诞假期时，忽然在车上的收音机里收听到一则惊悚的报道，在接近伊利诺伊州德斯普兰斯的一栋小屋里发现了几具尸体，这地方离芝加哥市不远，和我儿时成长的地方——欧哈尔机场——遥遥相望。记者又报道说可能还有更多尸体。

对一个有兴趣研究连环杀人案的人来说，这可是重要而难得的机会，即使是牺牲了假期也在所不惜。我在把家人“丢”到朋友家并简单地交代两句抱歉的话后，便带着相机赶到了命案现场。到达后我看见二三十具尸体蜷伏在地上，似乎是几个家庭成员。当地的联邦调查局探员把负责侦办此案的人介绍给我认识，这时我才知道对方就是德斯普兰斯警察局刑事组组长乔·科泽斯克（Joe Kozenczak）。当时，搜寻尸体的行动是由库克县警长办公室负责执行的，因此我也见到了那些参与办案的人员，巧的是警长办公室里的霍华德·瓦尼克（Howard Vanick）以前在匡蒂科还当过我的学生，因此我就顺理成章地参与了办案。

命案现场是如何被发现的呢？原来1978年12月11日是皮斯特太太的生日，这天她正在等她15岁的儿子罗伯特·皮斯特（Robert Piest）下班，和他一同回家参加家庭派对。不过罗伯特在下班后告诉母亲他必须到停车场和某承包商碰个面，谈谈暑假打工的事情，因为据说收入是目前他在药房工作的两倍。10分钟过去了，儿子还是没有回来，做母亲的有些担心，立刻打电话报警了，警方安慰她说青春期的孩子不告而别是常有的事。可是到了19：30，皮斯特太太再也等不下去了，坚持要求警方开始搜寻她的儿子。

光是芝加哥平均一年就有2万人失踪，不过有大约1.9万人会在几个小时至一年内找到，所以警方根本不想认真地寻找。可是，科泽斯克不这么认为，他有个儿子和罗伯特同校，亦为15岁，而且他知道罗伯特是个乖孩子，不是那种不打电话回家就离家出走的人。想必是有事情发生了，联络上药房的人员后，他才知道那名承包商叫作约翰·加西。12月11日一整天加西都在药房内做重新装潢的设计、预估工作，当时不但拍了很多照片，也做了不少记录。

科泽斯克开始寻找加西是否有犯罪记录，并通知他前来警局面谈，直到13日上午加西来到警察局为止，科泽斯克都还没摸清加西的底。加西当年36岁，身材矮胖，双下巴，黑胡子，外表很引人注目，他说他是个承包商，也从事室内设计与装潢维修的工作。曾大力介入地方政治活动，甚至曾说服卡特总统的夫人罗莎琳·卡特（Rosalynn Carter）与他一起进行了一场波兰建国日的游行活动，还与第一夫人合了影。除此之外，他还在许多庆祝场合上扮演小丑来娱乐小朋友。从1972年开始他就一直住在现在所住的房子里，在该社区他可是无人不知、无人不晓。

在科泽斯克面前加西辩称自己不认识罗伯特，也没有和他有过任何接触。不过当科泽斯克告诉他有人曾目睹他和一名男孩在停车场时，他就立刻放弃了说辞，辩称自己当时只是和这名男孩打招呼，之后就各自走开了。后来科泽斯克告诉我他当时的直觉是加西在说谎，因为供词太过于无懈可击了。于是他就申请搜查令，进入加西的住宅搜寻，结果发现一些年轻男孩的衣物与一大堆公司收据，里面也有罗伯特所工作的那家药房的收据。不过还有张收据并不是加西的。经过调查才发现，罗伯特不久前把秘书的夹克借给公司的会计小姐，会计小姐后来因为事情太忙，错把那张不属于加西的收据塞进了夹克口袋而把夹克还给了罗伯特。

科泽斯克与长官都觉得目前尚没有掌握足够的证据可以正式逮捕加西，因此罗伯特的名字仍在失踪名单上，但警方有足够理由全面且公开地监视加西以及向他的朋友、同事询问问题。这可算是一次严密的监视行动。连加西走在街上都有人紧随其后。跟监的人还故意把车子熄火，试图引诱他采取某些行动。加西起初镇定如常，还告诉跟监者，警察局长实在太笨了，派他们来监视一个无辜的市民。此外，他还会主动把目的地告诉对方，免得对方在交通混乱时跟丢了他，有一次甚至还请他们吃饭呢！不过五天的跟监行动下来，他开始有些走样了。胡子不刮，开始喝酒嗑药、对人大吼大叫。然而圣诞假期转眼就到了，他也浸淫于欢乐的气氛中。

加西找了两位律师，要求他们控告警方骚扰无辜市民，并坚称警方这么做已让他无法再做生意了。

诉状呈上去的第二天，也就是12月20日，科泽斯克终于接获其他警局传来的消息，说加西曾在1968年于艾奥瓦州猥亵一名男孩，不过在牢中表现良好，还当选“模范囚犯”，因此原本被判10年有期徒刑的他在1970年就假释出狱了。出狱后，他搬到伊利诺伊州。1972年，他又被控施暴及行为不检，一名男孩指控他曾把自己带往一处同性恋者聚集的地方，接着又带他回家并试图伤害他。被逮捕后过了数天，加西告诉警方这名男孩企图勒索金钱，否则就不会撤销诉讼，因此要求警方立刻逮捕这名男孩，不过警方并没有采取行动。到了审理时，那名男孩因故未能到庭，所以起诉加西的罪名也就撤销了。

有了这些新情报后，科泽斯克决定对加西住宅进行全面的搜索，检方也立刻开出搜查令。12月21日，科泽斯克会同库克县警方办公室的人全副武装地来到加西住宅，展开彻底的搜查。当时加西在场，警方指控他藏匿罗伯特，他断然否认，但承认1972年因自卫而杀死了一名同性恋伙伴，将他的尸体焚化后藏于车库的水泥地下。当警方搜索时，加西还拿了罐油漆把藏尸位置标记了出来。后来警方又在室内发现一间密室，打开后三具腐烂、分解的尸体赫然在目，有些肢体甚至还可能是第四具的，于是加西被立刻逮捕并控以谋杀。初步侦讯时一共有五六位探员在场，加西坦承杀害罗伯特及另外27名年轻男孩，大部分的尸体被埋于屋内的地下，至于最后几具——包括罗伯特——则被他丢到德斯普兰斯河里去了。

警方后来把加西的住宅给整个“掀”了起来，翻箱倒柜不说，还把外墙、天花板、梁柱、地板等都打掉了。库克县的法医告诉记者："屋里的每件东西——如项链、皮带、纽扣等——都可以帮助我们辨认受害人。"警方之所以如此大费周折是因为惨遭加西毒手的被害人实在太多了，大部分被害人的名字已几乎被遗忘。后来经过清点，共有33人遇害，尸体藏于室内的有29具，另外几具则丢至河中。至此加西又创了项纪录——在美国的犯罪史上以他所杀的人为最多。大部分的死者都是介于15~20岁的男孩。或许特德·邦迪所杀的人更多，不过许多尸体迄今仍未寻获，也有些被害人因证据不足而无法确定是被他杀害的。因此官方正式的记录上，还是加西位列第一。

加西起初还交代了杀害的细节，不过后来在辩护律师的劝告下闭口不言。由他最初的供词中，知道他第一次杀人是在1972年1月的一个晚上，于接近芝加哥的一处灰狗巴士站勾搭一名同性恋男子，然后就带对方回家了。第二天一大早，他起床时突然看到对方持着一把刀向他逼来，在挣扎中他反将刀刺进了对方胸膛，于是他就把尸体埋在了屋内。到了下半年他重蹈覆辙了。他的首任妻子生下了两个孩子，在他第一次坐牢时夫妻离异。第二任妻子有一次看见家里有一些男用皮包，于是问他是怎么回事，不料他大声吼了起来，说这不关她的事，此后她就把这事给忘了。又过了不久，她告诉丈夫家里近来总是产生异味，于是加西趁着太太外出度假时用水泥把第一具尸体给封死了。在以后的几年间，加西的岳母及前妻所生的孩子搬来与夫妻俩一同住过。根据加西岳母的说法，那几年屋内一直有"死老鼠"的臭味，可见这几年他还是不断地在杀人藏尸。

至于第二次杀人的确切时间他已记不清了，不过他说是在1972年到1975年之间，事后法医也认为这种说法与实情吻合。这次他是把对方勒死，在焚尸前还曾将尸体藏在了衣柜内。另外，杀人后他最感到烦心的是尸体的分泌液不断地自死者口里流出，弄得地毯上都是。后来，他学会用死者的衣服或其他东西塞进死者口中，以防这些讨厌的液体流出。

到了1975年年中，加西所属建筑公司的员工约翰·布克维奇（John Butkovich）曾带了一些朋友到他家中，要求加西立刻支付积欠他的薪水，在加西的一番虚与委蛇后布克维奇起身离去。当天晚上，加西开车载着布克维奇一同回家，把他给灌醉后和他玩“手铐游戏”，双手被铐的布克维奇十分无助，但仍强硬地对加西说如果他能脱身，以后一定会回来取加西的狗命等。接着加西又演出了他的第二次死亡游戏——“强暴游戏”，事后再用一根绳子将对方勒死了。

加西这套手铐加强暴的把戏后来也曾多次试用在许多男孩身上，他借着“表演魔术”之名将年轻男孩载至他家，拒绝参加这些“魔术表演”的人最后都幸免于难。运气不好的布克维奇死后亦被他埋在车库房的一个工具房里，尸体上也是覆盖着水泥。

布克维奇的家人认为加西涉嫌重大，不过警方并没有继续追查下去，事后布克维奇的父亲怅然地告诉记者：“如果当初警方对我们稍加注意的话，或许可以拯救许多人。”警方之所以未加重视是因为他们认为布克维奇也和美国其他千万名离家出走的男孩一样，不过不可原谅的是警方当时已握有足够的证据可以搜索加西的住宅，可是他们并没有这么做。

后来加西的“技术”日益纯熟，更能诱惑、控制被害人，而残酷的程度也与日俱增。他经常开着车在同性恋者聚集的地方徘徊逗留，以寻找合适的被害人，他们大多为短暂停留该地的过客，因此即使失踪了也没人知道。他有时也会说服在建筑公司兼职的小弟去他家领薪水，等对方抵达后便灌其酒、诱其吸食毒品，接着还会放录像带给他们看，这时他就会趁机介绍些同性恋题材的电影及同性恋题材的黄色书刊。如果对方没有强烈拒绝，他就会开始玩起“手铐游戏”及“强暴游戏”。当被害人被弄得动弹不得之际，他便展开性攻击。事后就将对方推入浴缸或以塑料袋蒙住对方头部欣赏他们奄奄一息的模样，等到他们再度苏醒后，则进行再一次的性攻击。

加西十分聪颖，智商也相当高。更重要的是，他能说会道，很懂得如何操纵别人，也知道如何瓦解被害人的戒心并使他们对他产生好奇心，这也就是说他是个“蜘蛛人”。他可以在加害对方之前把他们引诱到他的“网”的中间，这种手法和特德·邦迪的手法有异曲同工之妙。邦迪在酒吧以脸蛋和油嘴诱惑女性，而加西也不用枪、刀或任何武器就能把男性被害人弄到动弹不得的地步，甚至还甘愿与他“玩游戏”呢！

随着他绑架、伤害及杀人的次数愈多，其折磨被害人的程度也愈深，根据他自己及警方的看法，说他是一名“杀人专家”可一点也不为过。

1976年2月，加西的妻子偕同母亲搬离他住处后，他的杀戮行为就变本加厉了，几乎达到每月一次的程度。因为这时他已相信自己的能耐连警方也无可奈何，甚至警方连怀疑都没怀疑过，当然也变得更加肆无忌惮。不过此时他在该社区的声名可谓如日中天。他经常穿着自制的小丑装到医院探视病童，或在社区为400多位街坊举办派对，一位当地的民主党党员对记者说：“只要是公益场合就会看见他的踪影，为社区洗窗户、开会时帮忙摆椅子，甚至免费帮邻居修理损坏的家具，总而言之，在社区里还很难找出不喜欢他的人呢！”

报纸上最初都说加西是双重人格的人，对此我不敢苟同，事实上他根本就是一个工于心计的聪明人，早在20世纪60年代于艾奥瓦州，他曾帮大舅子经营三家炸鸡店，当时他就利用自己的地位去诱使年轻的男性员工和他发生性关系。根据库克县的警方调查，员工如果答应给加西口交，所得到的报偿就是和加西首任妻子上床，而后一名被他猥亵过的男孩到警局控告他，加西又雇了一名年轻男孩把他打了个半死，并威胁他不可出庭做证，就这样，该案才会在原告不愿出庭做证的情况下被撤销了诉讼。

校徽、车牌以及其他被害人所有的东西纷纷在加西的住宅内被搜到，从而暴露出更多的案情。有一次，加西还把死者的车子卖给了自己的员工，事实上，他几乎从每位被害人身上都取下了一些“纪念品”。到1978年初，他的住宅内已经“尸满为患”了，再也挪不出多余的地方藏尸。这时他才到德斯普兰斯河的桥上弃尸。

1978年12月12日，当警方在加西的住宅内侦讯他时，罗伯特等被害人的尸体未现踪影。一直到他被判刑入狱之际，尸体仍未寻获，这使得该案始终无法终结。

在审判期间他的供词一改再改，起初他的律师说他拥有多重人格，犯案是受到唆使的。稍后他又声称自己的这些谋杀案还有共犯，因为他的职业需要，所以许多员工都有他房门的钥匙。他们经常与他住在一起，因此也涉及了这些谋杀案。最后，他又指称自己所杀的并没有33个那么多，也没有把每个和他有性关系的男孩都杀害。不过，事后他又承认了绝大多数的凶杀案。

警方只起诉了加西一人，不过证据显示，该案可能还有其他人涉入，其中有两个加西的同事有着重大嫌疑，他们经常出入加西住宅，每当有凶案发生时，他们也大多都在场，到了审判时，加西律师推说当时加西神志丧失而应被判无罪，不过法官并未接受他的说辞，因为从其诱使、强迫并杀死被害人以及死后处理尸体等行为来看绝对不是一个心智丧失的人所能做出的。在将近六周的审理期结束后，陪审团认为他得为33条人命负责，并判他死刑——坐电椅。

在他认罪后，我和行为科学调查组的一些同事曾与他面谈过，他声称从小就认识我了，我们两家之间只隔了几条街，他还记得曾给家母送过货，甚至还记得我家的一些摆设。我们就从这层关系聊起，正式建立彼此之间的良好关系，由于我深谙此道，不久就能和他更深入地交谈了。在他眼中，警方、心理医生与法庭的法官都是些笨蛋，他们不了解他，看不起他。而我之所以能和这种智慧型的杀手攀谈，应该是我最初不和他谈案情以及未摆出一副“老学究”的样子博得了他的好感。我们两人的关系是互动的，也互相改变了对方。像我认为他所说的涉案者不止他一人的说法就十分可靠，警方实在有深入查证的必要。我相信今天有许多案件也是如此，不少同样涉案的人却能逍遥法外。

加西并没有直接与媒体面谈，甚至对方用利益引诱他也没有答应。另外，他也声称有一天他会把全部的案情抖出，于是我立刻敦促他早日履行自己的诺言。我对他知之甚深，曾警告有关当局必须公正地对待他。不过也不必客气，有了疑点就要深入查证，以免被他骗过。事实上，我还当面告诉他死者大概不止这33人，因为过去他的行迹踏遍了14个州。可以到各地的同性恋者出入场所找那些没停留多久的过客。对我的这番话，加西不承认也不加以否认。

又过了几年，我继续与加西保持联络，后来他告诉我被他杀害的不是同性恋者就是些混混，这些人毫无价值可言。我立刻提出反驳，并问他为什么这么瞧不起被害人，既然对方是些毫无价值的同性恋者，那他又算什么？他立刻回答说自己是个成功且忙碌的商人，不是那些游手好闲、一点用都没有的街头小混混，也由于没有时间去约会，所以只能求诸“速食爱情”，不过他承认和男性发生性行为比和女性发生性行为更容易让他感到满足。这种论点虽使我坐立不安，但为了维持我们之间的良好关系，我还是不动声色地接受了他的观点，没提出任何异议。

稍后他寄了张画作给我，他在上面画了个小丑，穿着和他所做的那套小丑服一样，画中小丑站在一棵常青树旁搔首弄姿，旁边围绕着一些气球，图下方有行文字：“没有先在这片土地上耕耘，就不可能享受到丰盛的果实。”有些人说这是我愿意长期陪他“磨牙”的最佳礼物。

有些人因为罪行而成为全国“知名”的人物，吸引外界人士的好奇目光，因此访问他们的人也络绎不绝，1986年加西在狱中也遇到了这种情形。有一次一名二度离婚的妇人带着她的八名子女到狱中探访他，在这两年间，他们经常用书信保持联系。在她收到加西第41封信的时候，她要求《芝加哥太阳报》把这些信件发表，其中有一封是这样写的：

我是个容易受骗的人，相信阁下也是如此，但是你能克制它，这似乎和学历无关，我即使拥有三个学位，也无法克制自己的这种情感。虽然你有普通常识，也可以说是个懂得操控别人的人，但像我这种人你就要小心提防。不过话又说回来，我不是个成功的人，而你如果仍不懂得适时地操控别人，那你也会被别人给比下去。

加西狱中的心理辅导主任马文·齐普伦（Marvin Ziporyn）博士曾针对这几封信给报社做过分析，此外，这位心理学大师也曾深入访谈过理查德·斯佩克，后来在其巨著《生于炼狱》（*Born to Raise Hell*）一书中就谈到他们二人。在书中他提到加西认为自己是个“好孩子”，乐于助人、和善、慷慨、慈爱以及有勇气，否认自己是个“坏孩子”，不承认自己孱弱、胆怯、懦弱以及有同性恋倾向，却无法掩盖其内心苦痛这一事实。另外，他也喜欢驾驭别人，操纵别人，因此在狱中不断地写信给自己新交的异性笔友，教她如何做事、如何思考、如何与家人相处以及如何管理好自己的事情等。大概就是这种矛盾的个性才导致他不断地杀人。

又过了几年，加西开始相信自己的困扰其实是源自童年时期，他父母分别是波兰移民与丹麦移民，家教严苛，父亲在酗酒后经常殴打自己的妻小。他5岁时被一名十几岁的女孩性侵犯，8岁时又被一名男性承包商“玩弄”过，到了10岁更患了癫痫症，“药罐子”似的身体使他在高中时无法运动，甚至连日常的活动都无法参加，后来找到工作还不满三天就因为体弱多病而被辞退。从此就与酒、毒品结下了不解之缘。

1972年年末，加州的圣克鲁斯似乎成了美国的“谋杀之都”，几乎每个月都有凶案发生，不是发现了尸体就是搭便车的人突然无缘无故消失了。在这里采访的记者数量超过全国任何地区，居民都生活在恐怖肃杀的气氛中，不少人都随身携带着枪支。在此处的加州大学也不例外，由荷枪实弹的警卫在校园中巡逻。令人痛心的是，真的有好几名女孩在校园里失踪了。后来我们才知道那些日子一共有三名互不相识的凶手在作案，不过地点与时间都相差不多。这三人分别是赫伯特·马林、埃德蒙·肯珀及约翰·弗雷泽。

当弗雷泽和马林被捕后，杀戮仍没有停止，直到1973年4月24日周二凌晨3：00，圣克鲁斯的警察局突然接到一通来自加州普韦布洛的电话。对方自称埃德蒙·肯珀，他承认加州大学校园内的案子都是他干的。另外，他也自称杀了自己的母亲与她的一个朋友。最后，他声称如果有高级警官愿意来普韦布洛的话，他就会带对方去找尸体。警局里的人对这个任职于高速公路局的肯珀都很熟悉，他经常和警察在警局附近的酒吧及枪支贩卖店里逗留。

圣克鲁斯警察局的人不敢相信，一位值勤警员认为他是在胡说，不过肯珀又说出这些案情的细节部分，让人不得不有所怀疑。这时圣克鲁斯警局的人不敢怠慢，一边联络普韦布洛警局，要他们迅速赶往来电所在的公用电话亭，一边拖延肯珀，要他留在原地等候圣克鲁斯的警察赶到。等到普韦布洛的警员赶到公用电话亭旁时，才发现他们面对的是个6英尺9英寸，重达300磅的庞然大物，块头大得足以拨倒他们之中的任何人。

五年以后，当我第一次访谈他时，也被其伟岸的身躯给吓了一跳。当然之前我就知道他人高马大，不过乍见还是会吓出一身冷汗来。见面后他主动伸出手来，并立刻表示想知道和我谈话对他会有什么好处。另外，他也伸手向我要些邮票寄信用，当然除了这些邮票外，我无法提供任何其他东西。不过，他仍有和我交谈的意愿，针对自己的罪行他显然有相当不错的洞察力。他在狱中除了接受些心理辅导人员的访谈外，还在狱里的心理辅导科担任秘书一职，他相信自己的罪行源自对其母亲的敌视，因为她压迫得他几乎快喘不起气来，不过在他杀死了自己的“困扰之源”后，压力顿时全消。于是，我把自己再版的书《心理异常之诊断暨统计手册》借给他读，并要求他评估一下自己，看看自己该归类于书中的哪一类心理异常者。他立刻表示自己已读过该书，也知道书中把心理异常者分为哪几类，却说自己不属于其中的任何一类，也不希望我们来给他分类，只说以后多搜集一点像他这种人的资料后，他们就可以自成一类了。至于这到底是什么时候呢？他说有可能是该书出到第六七版时，也可能是到下个世纪。

在整个访谈的过程中，他一直尝试着告诉我他是一个多么特立独行的人，还说自己简直就是个走在时代前列的心理学者，连那些访谈他、替他著书“立传”的心理学家都不如他。对这点我不敢苟同，虽然他十分特殊，但不是“稀有动物”，事实上像他那样的杀人犯亦经常可见，或许他与众不同的地方就是他行事的残忍程度以及童年的那段岁月。

体形一直就是肯珀的困扰。从小他就是个大块头，不但长得大也长得比别人快，似乎永远没机会做个真正的小孩，因为每个人都从来没有把他当小孩看。因此肯珀也没有一个同龄朋友。原因当然不难理解，同龄孩子在他面前小了好几号，而块头和他一样的人在心智上则比他成熟许多。

其实如果懂得上进的话这种体形又岂是人生发展的障碍？现在许多杰出运动员不都是如半截黑塔吗？可他们也没有变成连环杀手啊！事实上他真正的困扰出自家庭环境——“缺席”的父亲、酗酒又待他苛刻的母亲、恃宠而骄的姐妹，以及在抚养孩子方面比母亲还差的外祖母。母亲十分鄙视他，常说他是她问题的根源，在精神上不断地虐待他。

我认为导致他日后精神异常的导火线就是在他10岁时发生的那件事。当时他母亲及姐姐在未事先告知他的情况下将他的床铺由二楼的卧室搬到密不通风的地下室去了。他问母亲原因，母亲回答说他长大了，与姐姐及妹妹同床不方便，且有碍她们姐妹的心理健康。换言之，她们认为肯珀会给她们带来性方面的威胁。这种说法使他大吃一惊，也使他开始注意起与性有关的事物。至于一直隐藏在他心中的奇怪幻想则源于更早的时候，待到与性相结合后，幻想就变得更加怪异了，他不但幻想与姐妹、母亲的各种怪异性动作，也幻想着自己亲手宰了她们。从此之后，他常常在晚上拿着刀及斧头跑到母亲的卧室，或是躺在床上幻想着该如何杀掉她。

他搬到地下室没多久，母亲就与他的生父离婚了。等他14岁时，母亲又经历了一次结婚与一次离婚。其母在两次婚姻出状况时，都会把肯珀丢在他外祖母那里置之不理，偏偏外祖母的农场又是肯珀最讨厌去的地方。在农场的时候，肯珀开始接触到火器与枪，继父是这方面的专家，曾教他如何安全而有效地猎杀小动物，后来他在农场上杀小动物时，枪却被外祖父母给没收了。这种冲突与矛盾让他百思不得其解，也让他无法忍受，终于造成他日后心理的不健全。

1965年他15岁，母亲这回又要换配偶了，所以他又被送往农场。此时的他已是外祖父母及同班同学眼中的怪物，因此常常自怨自艾。有一天，当外祖母正坐在书桌前打字时，他突然用来复枪朝她猛射，之后还用刀猛划其身，等到在户外的外祖父闻声赶到时，他一不做，二不休，把这位平时他还挺乐于亲近的外祖父给杀了，接着他打电话给正在蜜月小屋度蜜月的母亲，把事情一五一十地都告诉了她，并说打扰了她度蜜月的兴致。

在以后的四年中，他一直待在阿塔斯卡德罗州立精神病院中疗养。在这期间，他做过十几次心理测验，结果一切正常，原因大概是他已为心中的疑惑找到了答案。不过事后证实他早已把28项心理测验的标准答案背得滚瓜烂熟了。1969年，院里的心理医生宣布他可以回到社会上过正常人的生活。这时，他还算是一名青少年，于是在州检察官的建议下，他又被送往加州少年管教所，到了第二年，在母亲的帮助下他终于获得假释机会，法院把他交由其母亲监护。

现在回想起来真令人感到遗憾，当初判他假释并交由一个一向鄙视他的女人来保护管束，这种做法确实值得商榷。之后，他就与母亲同住，并在绿巨人罐头工厂里做工。他母亲这时一直向司法体系施压，要求清除他过去的不良记录，使他在即将迈入成年时能做个正常人，尽管在各方面她都替他打点得好好的，可是在精神上她仍不断地虐待他。肯珀自从由精神病院出来后，她就不时在他耳边唠叨：“就是你这个会杀人的儿子，害得老娘在五年内连换了六个男人，你这天杀的！谁敢和一个杀人犯的母亲在一起！”

肯珀一直是个处男，当到了该和异性有性接触的时候，他又被限制于精神病院与管教所内，就这样，他成了“早期停止性行为成熟”的那类人，当然，他幻想的程度也日益加剧。这时，他在外租了间房子，以便来不及赶回母亲家时就在这边住。平时他就看黄色书刊及侦探小说以“自娱”，这样做不但激起了性欲，也勾起了暴力幻想，因此，他的幻想不但不会随年龄的增长而消失，反而情节会越来越“细腻而具体”。后来，他还告诉警方以前在阿塔斯卡德罗州立精神病院接受治疗时，就常一个人发呆，幻想着如何在杀完人后完美地弃尸。可是，当时该院心理医生都没从其口中套出这些幻想情节，我猜这大概是因为肯珀当时还很清醒，能巧妙地掩饰住这些幻想，当然想必他也知道一旦泄了底，自己就无法出院了。

1971年，肯珀开始在加州的高速公路局工作。不久，他想申请成为一名骑警，不过被警局拒绝了，原因是他体格过于高大。虽然没机会做警察，但是他和圣克鲁斯警局的警察却成了好朋友，经常在警局附近的酒吧逗留。后来，一位警察朋友给了他一枚徽章及一副手铐，他又从同事那里借了一把枪，而且他所开的车有无线电对讲机与天线，外形又酷似警方的巡逻车，所以他经常可以避开骑警的路边拦检。1971年2月，他骑着自己的摩托车上路，结果被一辆汽车给撞了，手臂伤得十分严重，连打了数月的石膏。他一气之下就具状控告了对方，要求民事赔偿。同年12月，对方以1. 5万美元的代价和他庭外和解了。不过，这次手伤的代价很大，他无法再在高速公路局干下去了。当然，他也因此成了一个有钱有闲的人。

肯珀的母亲在加州大学担任管理人员，学生们对她的评价相当高。她为了下班后回家方便，就把学校通行证给了肯珀，让他贴在车子的风挡玻璃上，这样他就可以一路畅行无阻地到校园里来载她回家了。在学校十分活跃的她似乎把自己所有的挫折感都归因于肯珀一人，因此母子俩的关系日益恶劣。1972年春，在一次激烈的争执后，肯珀负气出走，并决定把当天晚上看到的第一个漂亮女孩干掉。

这名受害人一直没被找到，肯珀也没有因这起命案而被起诉。而1972年5月7日所杀害的两名女孩的身份稍后都被认出了。她们都是弗雷斯诺学院的学生，到伯克利看过男朋友后，想要搭便车到帕洛阿尔托研究中心探访在斯坦福大学就读的其他友人。不久，她们就搭上了肯珀的开向鬼门关的汽车。事后他对我说这两名女孩都是“嬉皮士女孩”，他对这种在当时随处可见的女孩可以说是既仰慕又鄙视。杀这种女孩有个好处，那就是她们终年流浪惯了，即使失踪了也不会有人注意。

就在肯珀载着这两个搭便车的女孩开上高速公路的同时，一个名叫卡梅伦·史密斯（Cameron Smith）的妇女工作者兼妇女问题研究人员在伯克利校园内针对搭便车女性做了项问卷调查，结果发现有24%的受访者曾在搭便车时遭到强暴，18%的受访者受到攻击，17%的受访者差点遭到强暴及其他伤害。至于整个旅程没遭到任何伤害的受访者只有三分之一。尽管有这么多吓人的统计数据，可是伯克利地区仍有不少年轻女性为了贪图一时之便而甘冒终生遗憾的危险，因此那两名穿牛仔裤、携带旅行手提袋的女孩就轻易地成了肯珀的囊中物。

肯珀车上有手铐、警徽、尖刀及借来的枪，威胁这些小女生还真是绰绰有余。一开始他拿枪威吓女孩说他要强暴她们，接着就把车开下高速公路，转入一条便道。起初女孩认为自己不会被杀，因此也没有反抗。强暴完后他先命令一名女孩钻入后备厢，再把另一名女孩押到汽车后座，先用刀猛捅，再把她勒死。他之所以没有用枪是因为怕警方会循子弹这条线索追踪到自己头上，等杀死这名女孩后，他再打开后备厢把钻在里面的女孩乱刀砍死。之后，他把两具尸首载至他租来的公寓中予以砍头、剁掌。

回家后肯珀尽可能地把自己清理干净，可是手臂上的石膏上仍沾了不少血迹，于是他赶紧涂抹白鞋油遮盖，等待下次看诊时再换新石膏。这次作案他被大量的血液以及用刀杀人的困难度吓坏了，于是暗自许下诺言——下次再展开杀戮行动时绝不可如此杂乱无章。这天夜里，他又把死者的衣服脱光和她们交媾。到了第二天凌晨回忆起整个事件时，他才突然发现自己至少犯了三个足以让他被捕的错误，并决定从此以后步步为营、一切小心为上。

至于弃尸步骤与方法，他就依照当初在精神病院所设想的去执行，也就是在许多不同的地方弃尸、焚尸，比如头在一处，躯干在一处，而手又在另一处。如果躯干不幸被人发现，或许还无法辨认出死者的身份，因为既无面貌，又无牙印与指纹，警方必然无从查起。当然，弃尸地点和绑架地点也不会在同一个县内，再加上衣服又被丢弃在山区的峡谷中，警方在查证上的困难度就大为增加了。也难怪这两名女子在被报失踪后一连数月都不能寻获踪迹。到了8月，其中一个女孩的头颅被人发现，虽然身份已知，但对于她是如何死亡的，警方一点线索都没有。

在这个时候，肯珀的母亲向法庭大力游说，企图把肯珀少年时枪杀外祖父母的记录消去，可是遭到拒绝，法庭说这项记录起码要保留10年。到了9月中旬，一位心理医生要按时检查肯珀的状况，就在这次测试的前四天肯珀又到外面“狩猎”了。这次要求搭便车的是一位带着12岁儿子的中年美妇，风韵犹存、令人心动，不过在他开车离去时，他注意到这位妇人的朋友目送他们离去，同时还把肯珀的车牌号码给抄了下来，因此他不敢造次，只得把对方乖乖送至他们的住处，然后回到伯克利校园内猎取下一个目标。这表明肯珀是一个“有组织罪犯”，他的智力牢牢控制了他的冲动。后来，他看到一个亚裔女孩，一个15岁左右的芭蕾舞学生，于是他把她接上了车。

当肯珀告诉女孩她已经被绑架时，这个女孩显得有些歇斯底里，不过当他掏出同事借给他的那把枪时，对方立刻安静了下来，再加上肯珀自称是遇上了麻烦，希望能找个人倾诉，这使得对方更加温顺。到了圣克鲁斯北边的某僻静处，肯珀就停下了车，他使用暴力把对方压得失去了意识，趁机强暴了她，然后又用她的披风把她勒死了，这时他意犹未尽，又奸尸一次。等到把尸体弄进后备厢后，他决定到其母亲住处坐坐，后来他发现在自己车内装着一具女尸的情况下与母亲聊天，会给他带来一种莫名其妙的快感。

这种怪异的行为与欲求在其幻想的成长阶段占据了相当重要的地位。这算是他残忍性格的一种，也可以为他带来幻想的快感。后来他告诉我虽然他知道自己的这种幻想不好，但还是克制不住自己。同时，他也一直试着改进自己的表现与幻想的精彩度。

那个晚上母子间的话题围绕于四天后的心理评估，母亲告诉儿子，如果过去的记录能清除的话，他就可以完全摆脱过去的一切。谈话结束后，肯珀回到自己租来的公寓，把尸体放在床上再一次奸尸。第二天清晨，他又花了几个小时肢解尸体，再把血水抽入排水沟以消灭证据，接着又把尸体载出丢掉。他先把上肢运到某县焚烧，又把躯干载至另一县烧掉，而头颅则仍放在后备厢中。一直到三天后和约定的心理医生见面时，那颗头颅还在原处未动。

这次在1972年9月所进行的心理测试共有两位心理医生进行访谈，最后他们认为肯珀在这段时间内大有进步，其中一人在报告中是这么写的：

如果我没看过他过去的记录或是对他一无所知的话，一定会认为站在我面前的是个循规蹈矩的好青年。主动积极，具有智慧，显然没有任何心理方面的隐疾……事实上，我们处理的是两个完全不同的人，一个是承认谋杀别人的15岁少年；而另一个则是现在出现在我们面前的23岁青年……我的意见是经过这么多年的治疗与自我康复，他已有极佳的回应，看不出有任何理由来认定他是个对自己或对其他社会成员会产生危险的人。

至于另一位心理医生，则做出了如下的报告：

显然他复原情形良好，已能从过去暴力及悲剧的阴影走出，在情绪、工作及运动方面功能完全正常，实无再加以禁锢的必要。如欲使其迈入成年后能充分发挥自己的潜能，理应给予他更多的自由，因此消除其少年时的不良记录亦属必要。最近，我很高兴看到他能“涂抹”（洗刷）自己的摩托车；未来，我也希望他过去的记录亦能同时“涂抹”掉。毕竟这对他人生及心理健康的威胁太大了，程度还超乎他个人对其他人的威胁。

由于这两名心理医生都主张注销他的不良记录，以使其有机会重过崭新的生活，于是到了1972年11月29日，他的不良记录就正式注销了。

在肯珀杀害那名亚裔芭蕾舞学生后，一直到他的不良记录被正式注销时为止，他都会“顾全大局”，把自己杀人的冲动抑制住了好几个月，不过他的这股冲动也随着新的一年“万物复苏”的脚步而蠢蠢欲动起来。由于不良记录已经注销，他开始有权拥有自己的枪，于是他把借来的枪还给对方，开车到过去工作过的绿巨人食品工厂附近，买了把点22口径的手枪及一些弹药。当天下午，在暮色茫茫之际，他又载上另一个搭便车的女孩，对方的体重相当重，似乎具有一些同情心，于是肯珀就说自己想要找人谈谈，可话还没说几句他就取出新买的枪射击对方了。

对方被一枪毙命，肯珀载着尸体到母亲住处，不过她恰巧不在，于是他把尸体拖到自己房间，藏匿于卧室的衣橱内。第二天上午趁其母外出上班后他就开始肢解尸体，最重要的步骤就是先把对方脑袋上的子弹取出，这样就没有他涉案的证据了。不久，他就把尸体分批丢进附近的大海。几天后有些肢体被人发现了，至于对方脑袋则被他埋在了母亲卧室窗外的地里。

在这段时间，由于马林与肯珀都在同时同地分别作案，因此该区居民陷入一片恐慌之中，警方自是全力出动以追查凶犯。

肯珀杀了那名胖女孩还不到一个月的时间，也就是1973年2月，他和母亲之间又起了一次严重的争执，他气愤地开车到加州大学的校园内准备作案发泄。结果这次上钩的是两名女学生，且还没离开校园他就开枪射击了她们，当时她们还没立刻死去。其中一个还趁着肯珀开车经过学校大门时企图引起两名年轻校警的注意，而这两名校警也曾留意肯珀的车子，可惜没有一位发现异状。当时车外虽然是一片明亮，但车内则是一片漆黑。其中一名被害人坐在前座，着一身漆黑的衣服，颤颤巍巍地想要摇下车窗；而另一名被害人则被丢在后座，身上盖着肯珀买来应付这种场合所需的毛毯。由于校警的注意力都放在贴在风挡玻璃上的通行证上，所以并没注意到车内的一片惨状。就这样，肯珀通过了校门，这一刻对肯珀而言也是“虎口脱险”的时刻。

尸体的处理一如往常，不过由于母亲在附近而又增添了兴奋感，甚至他还希望母亲能目睹儿子所做的一切。他把车停在母亲的车道上，就在后备厢内肢解尸体。在取下对方头颅后也还拿回自己的卧室仔细欣赏了一番，至于手淫则是他“行乐”的另一部分。第二天清晨，他又把头颅放回自己车内。就这样，他把大部分的尸块放在他车内长达两天，第二天甚至还载着它们去朋友住处吃饭，当天晚上他才把尸块分别丢弃于不同的地方，这次还是从对方头部先取出了子弹。

然而，车上仍留有个弹孔，同时行李厢内亦有大量的鲜血，肯珀意识到情况有些不妙，心中也着实害怕了一阵子。4月初，他又买了一支点44口径的枪。当警方接到枪支贩卖店的销售记录时，想起肯珀这个人在年轻时犯过罪，于是决定查访一下。不久，警方驾车到肯珀的公寓问了肯珀一些手枪的事情，肯珀同时打开汽车后备厢让对方检查。肯珀没有任何反抗，再加上主动把枪支交给警长以待法庭决定他是否有权持枪，这些配合行为都使得警方十分满意，于是他们不再彻底地搜车。于是，藏在座位下面的那把点22口径的谋杀武器就没被搜出来。

警方走后，肯珀在脑海中模拟起各种状况的应变措施，以便将来再遇到类似状况时能快速筹谋出对策，比如对方如果看到了血迹或行李厢里的毛发他该如何辩解？当对方发现那把点22口径的枪时他该如何自圆其说？如果警方回来搜索他的车、他的租屋或母亲住宅时，他该怎么办？或作案时留下什么蛛丝马迹又该如何解决等。事后他告诉警方，就是这个时候他下定决心杀了母亲后自首的。

1973年4月20日周五，也就是警方拿走他那把点44口径手枪后的两周，肯珀跑到母亲的住处。停留片刻后母亲才开完校务会议返家，两人见面后和往常一样做了短暂交谈，母亲像往常一样损了他一顿后就回房睡觉了。到了隔日5：00左右，肯珀趁着母亲熟睡从厨房拿了把斧头潜入母亲的卧室，然后，就依照自己幻想多年的情景朝着母亲的右太阳穴砍下，接着用自己口袋内的刀子猛刺她的喉咙，顿时鲜血如泉涌出，他立刻决定用和处理其他被害人一样的手法处理母亲的头颅，然后用刀剁掉母亲的喉咙，把它扔到厨房的垃圾桶内，最后把尸体用血迹斑斑的床单包住扔进了衣柜。

这时已过了上班时间，他走到平时与警员们一起聊天的酒吧，很冷静地与朋友们谈话，之后又到枪支贩卖店，甚至还打算向朋友借把枪来玩玩，不过遭到对方拒绝。到了下午，他想想有些不对，当时已是每周最后半天的上班时间了，母亲同事或闺中密友或许会在下班后到她家逛逛，这时就有可能发现尸体。当下他决定采取主动出击的策略——打电话给母亲的同事萨拉·哈利特（Sara Hallett），邀请对方到母亲家来共商如何替母亲筹办一次令她惊喜的宴会。对方毫不怀疑。

等萨拉抵达后，肯珀拿刀朝对方颈部猛刺，之后又把尸体放在自己的床上。就这样，与两具尸首共度了一整个晚上。第二天一大早，他把萨拉的尸体丢进另一个衣柜。然后拿着自己的那把枪、两个女人的金融卡以及钱，开着萨拉的车，开始自己最后的一次旅程。

警方在拘捕他后，他就带着警察到母亲家中找尸体，以及到其他弃尸及焚尸地点搜寻。当然，在这些地方——他的车内、他的出租屋内以及他母亲的房子里都发现了许多其他被害人的东西，有些证据是他主动提供的，有些是警方经过交叉侦讯后所取得的。不管如何，警方对肯珀的智慧及记忆都十分佩服，甚至后来警方还在一条染满血迹的毛毯里发现一张字条，上面写着："这就是本案的一部分证据！"

在等候审判期间，肯珀曾两次企图割腕自杀，于是立刻被送往独居房。庭训时间十分短，因为证据都摆在那里，证明他是早有预谋的。另外被传唤做证的心理医生都一致认为肯珀行凶时头脑十分清楚。当庭上问他为何行凶时，他大声说道："这是唯一让她们属于我的方法。她们的躯壳已死，但精神长留我身。"最后，他被控谋杀七人，被判处死刑，当庭上再问他，他自认为应接受什么样的处罚最为恰当时，他竟然回答："折磨、拷问至死！"

后来他既没有死也没有被拷打折磨，而是入监服刑，当时加州法律虽有死刑一条，但一直是备而不用。肯珀入狱就变得很冷静，行为亦正常良好，逐渐地也被其他犯人接受，同时也慢慢享有一些权利。

我是在他入监五年后才和他开始面谈的。起初，他的注意力都集中在谋杀案的细节上，所说的事都是执法人员所感兴趣的东西，比如他有意把自己的车装扮成警车的模样，把死者口里的牙给敲掉以防被认出身份等。在谈到这些凶杀案时他神色自若，好像曾说过十万遍似的，也好像在谈些与自己毫不相干的事。他告诉我，连病理学家在内，没有一人比他更了解有关尸体的事，一些法医或验尸官的报告也都是在胡扯。

此外他也谈到自己的童年，他并没有把责任都推给童年坎坷的遭遇，反而认为自己在当时有过一番美妙的体验。到了进入精神病院时，他才开始了解到母亲的遭遇是个不正常的生长环境，同时也认为自己从管教所出来后确实已经复原了。不过当我问他在杀死他母亲后是否对尸体有过性行为时，他立刻对我怒目而视，说他是在"羞辱她的尸首"，此外他也承认即使是杀掉这个"问题之源"，他也不会得到真正的缓解、复原。因此自己永远也不能适合外界的社会。不过，对我来说更重要的是他承认母亲被杀后，他的幻想不但没消减，反而更加强烈与错综复杂。同时他也认为谋杀的一些错误细节是当初策划时所疏忽的，等再有机会可以做得臻于完美。也就是这种"缺憾"，逼使他一再杀人。最后，他做了如下结论：实际上的凶杀案再怎么完美也没有幻想中的那么美好，事实上也不可能达到幻想中的完善境界。

在1988年这次卫星转播的“秀场”中，肯珀和加西的表现比我预想的还要“称职”。肯珀对自己的罪行交代得很清楚，没有半点隐瞒，连其中的细节都完整地吐露出来了。在场的心理学家从他的话中可以得到不少启示，也能够了解到幻想在肯珀谋杀行为中所扮演的角色。此外，肯珀的解析力和记忆力也让在场的听众折服不已，他对自己的犯罪行为解释之详尽与活灵活现，仿佛他正在现场谋杀似的。甚至我也相信有人会认为他不应被处死，而应该担任警方的“顾问”，让警方更了解他的犯罪模式，以预防其他的人再循其路径行凶，只是把他处以极刑没有发挥其应有的“社会功能”。对此我深有同感：“赐死”他们并不能制止以后连环杀手的出现，这些新“突起”的杀人犯有自己的幻想，这些幻想会逼得他们不断杀人。即使抓到他们后执行死刑也无法挽回已发生的悲剧，而且事实上执行死刑少不了花我们纳税人的钱，现在要想将一个犯人送上电椅得花上数百万美元的诉讼费用。因此我认为倒不如让肯珀这种人活着反而更有用，这样我们才可以深入地研究他们的犯罪行为。

加西的90分钟则是尽可能说服在场的执法人员，让他们相信他是无辜的，此外他还要求在场的人士帮助他，让他重获自由。事后有些人向我抱怨，说我不应该让加西这样大放厥词。我立刻进行解释，说这并不是我们此行的真正目的，我们是想借此机会让这些十恶不赦的人上台现身说法，把自己的人格特质展现在我们面前，如此我们才可透过加西一窥其内心世界，比如他如何否认一切的罪行、如何运用智慧巧妙地操控被害人等。这些都是十分可贵的情报，对制止日后的犯罪应能发挥积极的作用，我想这大概也是我们为什么要办这么多次说明会，以及为什么要执法人员多了解这些杀人犯的根本原因。

第12章 沉默的羔羊

当这位作家第二次来访时，已是他开始进行另一部小说创作的时候了，这次我也陪了他好几个小时，把一些特别的案子介绍给了他，其中包括埃德·盖因这个人——最后成为电影《沉默的羔羊》中那名大反派的化身。在公事之余我也不忘做了一回红娘——把行为科学调查组里一位单身的女组员介绍给了他。

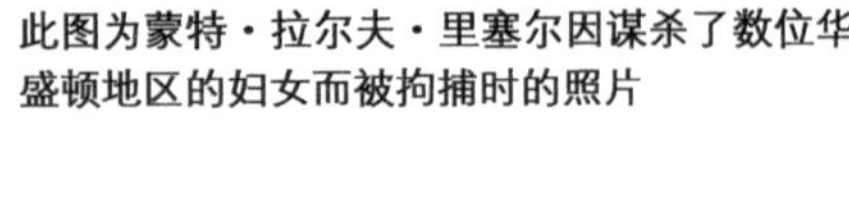

此图为蒙特·拉尔夫·里塞尔因谋杀了数位华盛顿地区的妇女而被拘捕时的照片

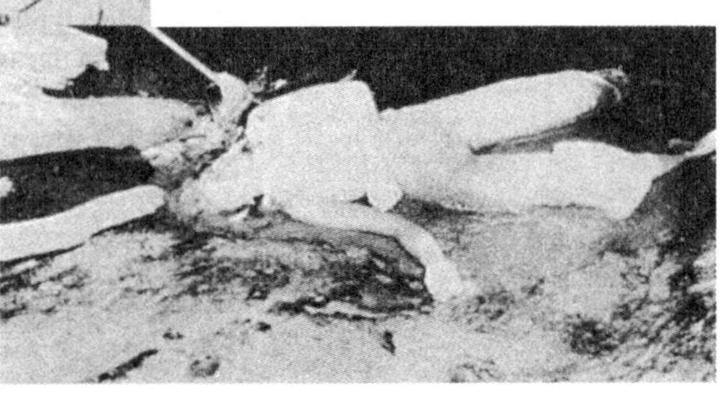

在弗吉尼亚州里塞尔的家附近发现的受害人的尸体

恶魔的面孔：认罪的连环杀手杰弗里·达默

作者与同是专家的好朋友帕克·迪茨博士在达默一案中处于对立立场，作者选择与达默的辩护律师合作

作者与待判刑的连环杀手杰弗里·达默会面

从初创行为科学调查组一直到现在，宣传或公关对我们来说就像一把双刃剑，可以因此而扬名天下，但一不小心的话，也可能惹来一身的麻烦。说起最初的一场骚动是发生在我刚刚取代提顿及马拉尼而成为该组主任的时候。当时我正在芝加哥教警察如何应付人质谈判，而报社记者帕特里夏·利兹（Patricia Leeds）为了写一篇有关报道也参加了该课。闲聊的时候我不经意地透露出自己对威廉·海伦斯案的兴趣，刚好她对该案十分熟悉，而且兴趣浓厚，于是立刻表明想要赴匡蒂科访问，以撰写有关罪犯心理侧写及暴力犯罪的文章。在经过匡蒂科的直属长官及公关部门审批后，他们终于勉强答应。

帕特里夏抵达后我们花了一整天时间进行采访，直到下班仍意犹未尽，想要第二天再进行采访。由于上面规定来宾要想在此过夜必须申请住在特别来宾室，于是我替她登记了一个房间。用餐的时候，我们就在餐厅里喝喝酒聊聊天，在场作陪的还有些来此受训三个月的芝加哥警官，由于天色已晚我必须回家，所以就要求芝加哥警官在喝完酒后护送她回房间。不过结果弄得一团糟，帕特里夏在餐厅吐得一塌糊涂，那几位警官也没护送她回房，这还不打紧，最后护送她回房的竟是约翰·奥托（John Otto）。说起这个人，来头可不小，以前在美国战略空军司令部（SAC）干过办公室主任的工作，目前在总局担任局长指定代理，与局长韦伯斯特及主掌匡蒂科一切业务的肯·约瑟夫都十分熟悉。约瑟夫对一名宾客在匡蒂科的这种行为十分不谅解，说我们疏于防范。

第二天一大早约瑟夫就召见公关主任问明缘由，结果对方说他也不知道这名记者跑到匡蒂科来做什么，也不知道她为什么到处乱跑而没有进行监视。约瑟夫接着又把我给叫进去，板着一张臭脸责问我：“你是怎么搞的？你知道她会怎么写我们吗？如果文章中出现‘芝城警察大闹联邦调查局的啤酒屋’，该由谁负责？我想前局长胡佛的‘鬼影子’大概又在匡蒂科重现了。”

“我们先别给别人乱扣帽子。”我一边说一边坐下来听他发牢骚，同时向他保证帕特里夏是名友善的记者，所写的一定是正面的报道，而不是专门揭人底牌的记者。当然我也向他禀明我这么做事先已照会过直属上司与公关部门的主管，最后我还向他保证如果出了问题一切责任都由我来承担等。身为我好友的约瑟夫这才脸色稍微好转，不过当离开他办公室时，我知道自己还欠他一份人情。

1980年2月15日，《芝加哥论坛报》的头版就刊出帕特里夏的专访《怪异残杀之研究》，副标题是《鲜为人知的联邦调查局行为科学调查组罪犯心理侧写工作》，其论点不偏不颇，把每个人都想知道的事说了出来。不久，其他报纸或刊物也纷纷转载这篇文章。除此之外，类似的报道也相继在其他平面媒体如《纽约时报》《民众杂志》及《今日心理学》等出现，一时之间成了热门话题。当然我也因此成了红人，许多电视台、广播电台纷纷邀我上节目现身说法。至于在纽约市警局及洛杉矶警局工作的心理学家相对之下就受到冷落了，原因很简单，他们不会勾勒凶手的特征。

至于我另一项开风气之先的做法，就是把局里的工作与心理健康方面的专业人士相结合，它为我们所带来的好处胜过任何宣传。这构想是从20世纪七八十年代中期开始付诸实施的，并且以后双方愈合作愈愉快，而我也从这些心理学家及心理医生身上得到不少收获，这些专业人才除了在心理辅导方面能发挥特长外，在狱政工作、法医工作等领域亦有出色的表现。说起来这些专业人才与执法人员有很大的差异，执法人员在我上课时大多坐着凝神倾听，眼睛盯着我不放，双手抱胸，有时碰到不懂的地方会立刻站起来向我提问。而这些心理学者在我上课时大多埋首猛抄笔记，或许这和他们多年从事学术工作有关。

在我刚出道时，最让我脸上挂不住的就是蒙特·里塞尔（Monte Rissell）这件案子，在我把该案提出来讨论时，里塞尔仍逍遥法外。面对这名茫无头绪的强暴者及杀人者，我也有猜不出的时候，其难堪程度可想而知。

里塞尔也和在本书中出现的其他杀人犯一样，问题在他小时候就产生了。他自幼生长在一个有缺陷的家庭，14岁那年就开始强暴妇女，认罪后被送到佛罗里达州的心理医疗机构，在该机构保护管束期中，他又强暴了五名妇女。强暴地点不一，有的在该机构的停车场，有的在大众泳池。

自该机构返家的三周后，他又被控武装抢劫及意图强暴，这案件在法庭中审理了一年之久，法官最后判他得定期向一位心理医生报到，可惜这名心理医生对青少年的暴力犯罪行为十分不在行。

根据这名心理医生的报告，里塞尔定期前去报到，身心发展亦有长足的进步。不过就在他院外接受治疗的这一年间，他首度把遭强暴的被害人杀死了，地点就在他所住的公寓大楼不远处。之后，他又在住所附近强暴了四人。被害人身份有很大的不同，有的很年轻，有的则年过三十；有的是白人，有的则是黑人；有的是单身，有的则已婚。当时警方都以为是别人所为，因而让他逃过很长的时间，最后他的被捕也不是警方通过线索侦破的，而是阴差阳错之下警方的运气使然——有一次警方在路检时要搜他的车，其实车内根本没有什么，他却因心虚而认罪了，在起诉后被判有期徒刑五年。在狱中待了两年后，他才又向警方供出自己住在那家心理医疗机构时所犯下的案子。

我在狱中和他访谈时发现他对于自己的罪行从不避讳，常常侃侃而谈，而且对自己行凶动机以及当时的心理状况都描述得十分详细，这使我很容易就追踪到了他童年时期的问题。最后在我进行罪犯人格研究计划时，他同意成为被研究的对象，十分合作，且提供给我们不少有用的资料。比如他有一次把一名强暴过的妇女给放了，并没有杀她，追问其原因才知道当时对方告诉他她还要照料一名得了绝症的家属，而里塞尔也有位亲人身罹绝症。在我们心理学的术语中，代表他私下已与被害人“结为一体”了，使他下不了毒手。

20世纪80年代初期，有一次在芝加哥我就里塞尔的案例向一大群心理医生发表演说，主题是要向听众强调在对别人进行心理辅导时，切不可草率从事，不然就会重蹈替里塞尔做心理诊断的那位医生的覆辙。因为里塞尔的强暴杀人案件都是在接受那位心理医生的辅导时发生的，他仅凭里塞尔的一面之词就草率地在报告上注明病人状况进步神速。因此，在面对这种“有组织罪犯”时，切不可只听他自己的说法，还要借助外界人士的报告或法庭报告等资料。

在发表演说时，我注意到一位坐在最前面的男子一直正襟危坐着，眼睛一眨也不眨地看着我，当我讲到那名心理医生的失职之处时，我注意到这家伙直冒冷汗，看起来一副羞愧的模样。等我演讲结束后，灯光又亮了起来，大家纷纷离座，可是这名冷汗直冒、脸色苍白的人径直走到我面前，说要和我谈谈，从其神色看来就知道他出了问题。

“我是一名心理医生！”他首先开腔。

“不过阁下看起来倒像是需要一名心理医生！”我故作幽默地说。

“我是理查德·拉特纳（Richard Ratner）医生，就是被蒙特·里塞尔哄得团团转的那个傻子，这些年来我一直被这个案子所困扰……我们可以谈谈吗？”

接着我们就展开一番长谈，到了最后我们竟变成了好朋友，我安慰他说切不可如此自责，只要以后工作时注意我在演讲时所强调的就好了。

从此以后他就把这些话具体落实在日常的看诊工作中，且常常拿过去的错误提醒自己：要是再被像蒙特·里塞尔这样的人所骗，那不知又有多少无辜的人遇害。如今他不但在受邀演讲时举自己的错误为案例，同时还不时邀请我到华府的各大医院发表演说，另外，我也邀他赴匡蒂科上课，后来他成为我们罪犯人格研究计划的顾问。

我跟心理医生打了几年交道以后，第二起重要事件发生了。那是在一次类似的演讲上，我谈到了被我归类为“退行性恋尸癖”的这类人。我在屏幕上展示了犯罪现场的幻灯片，上面是一个女人，她的阴道里插着一根树枝。我解释道，“退行性恋尸癖”过去被用来描述有异物插入阴道或者肛门的情况，我们在毫无计划的作案者犯下的一些案子里会见到这种情况。我们将它理解为对女性的极度憎恨，同时，作案者完全忽略了性爱是双方自愿的行为。犯罪现场分析师经常将它误解为肢解，其实插入的异物是一种性的代替品。

听众中有一个头发银白的人，是非司法鉴定方向的心理医生，他强烈反对这张幻灯片和我对这个问题的解说。他指责我试图恐吓听众，并且坚持认为这个案子肯定不同寻常，甚至独一无二。他打断了我的演讲，语气激烈到我不得不先跟他对话，然后才能继续演讲。

我问这个男人评估过多少犯罪现场。

“一个都没有。”他说，“我是一名心理医生，不是警察。”

我坚持我的看法，声称我们在几十起案子里都见过类似的行为。他继续反对，说这真是荒谬。

听众里另一个人让这名反对者坐下来继续听，说如果他这么做的话，也许每个人都能学到什么东西。然而反对者没有让步，他愤而离场。随后，其他听众纷纷向我指出，他太冥顽不灵了，没法消化新的信息。他们都觉得我的讲解很有启迪性。总的来看，在过去15年左右的时间里，我从几十组由专业人士组成的听众里获得的都是积极的回应。

1991年秋天，全美精神病学和法律协会在佛罗里达州的奥兰多举行一年一度的大会。在会上，我被授予年度最佳法院临时法律顾问奖章，这让我觉得，我在心理学研究方面下的功夫没有白费。这枚奖章，是授予心理学领域之外的对心理学做出突出贡献的人士的。此前，联邦调查局的探员从来没有获得过这个奖项。

我在匡蒂科度过的那些年，一开始我就下了决心，确定了我们的工作并不是老式联邦调查局规定的那种单向的方式，而是双向的。一直到最后，我都总是在寻找能帮助我们的人，把他们吸纳进联邦调查局。语言心理学方面的专家默里·迈伦博士，是由帕特·马拉尼请来做顾问的。我的导师，马拉尼和提顿，也帮助我们在联邦调查局内培训雇员去协助催眠专家，我们有时候，会拜托催眠专家来帮助证人回忆他们见到的罪案的更详尽的细节。我曾向众多司法鉴定方面的心理医生寻求帮助，比如帕克・迪茨（Park Dietz）博士、詹姆斯・卡瓦诺博士、理查德・拉特纳博士、罗伯特・西蒙（Robert Simon）博士以及其他人，并且为了我的罪犯人格研究计划，我还曾向安・伯吉斯（Ann Burgess）博士和宾夕法尼亚大学的马文・沃尔夫冈（Marvin Wolfgang）博士等寻求过帮助，后者在暴力犯罪方面做过开创性研究。

我把相当多的时间花在了向来匡蒂科进修的在职联邦调查局雇员和警察做演讲上，并且，我总是会为那些进修课程请来一些客座演讲者，伯吉斯、迪兹，还有之前提到的其他人，都曾来做过演讲，甚至弗兰克・博尔兹（Frank Bolz）警长也来过，就是他为纽约警署开创了人质谈判技巧。我注意到，无论我们的演讲多么活力四射，在学生为他们的首长写的报告里，这些客座演讲者才是他们主要的关注目标。

我在研究犯罪和法医学的同时，继续寻找着有趣的客座演讲者。一个朋友告诉我，“三面夏娃”案件里的那个病人，身患多重人格障碍的克里斯・塞兹莫尔（Chris Sizemore），已经康复了，并且还成了一部知名书籍的主人公，与她相关的电影，由乔安妮・伍德沃德（Joanne Woodward）主演，她现在是一名很棒的演讲者。我见到了克里斯，然后决定请她来匡蒂科。匡蒂科不成文的规定是，你必须跟你的上级打个招呼，然后才能请这种不寻常的客座演讲者。上级当然不会反对雇员的提议，但是会提前把话说清，这件事得由雇员自己扛，如果哪里出了问题，那么是雇员而不是上级去收拾烂摊子。我从我的上级那里得到了这样的标准答复，以及更多的问题。这个女人不是一个精神病患者吗？我告诉他，她已经康复了并且不会对他人造成危险。他告诉我，搞砸了的话算在我头上，我面无表情地告诉他，我们对克里斯，最大的麻烦在于因为她有三个人格，我们不得不支付她三倍的酬劳。他没听懂这个笑话。

克里斯解释了患上精神病并康复的来龙去脉，她的演讲非常受欢迎。有好几个上了新闻头条的案子，在审判时，被告都试图辩解称自己患有多重人格障碍。克里斯很有说服力地解释了，如果一个人的其中一个人格有谋杀的能力，那么所有人格都有，如果一个人格没有的话，那么所有人格都没有。总之，她说患有多重人格障碍，并不能为一个谋杀嫌疑人开脱。

所有的客人都为我们不断增长的专业知识做出了一些特殊的贡献。其他不同寻常的客座演讲者还有弗兰克・本德（Frank Bender）与诺琳・雷尼尔（Noreen Renier）。前者是一名雕刻大师，不但能雕刻出与真人相差无几的模型，就连一个人在10年、20年后的长相都能做得惟妙惟肖；至于后者则是一名通灵巫师，曾帮助许多地方的警察搜寻尸体的下落，且在这方面的表现十分优异。不过，我的直属长官不这么认为，他说让雷尼尔在匡蒂科上课只是为了不让大家对课程内容感到乏味而已，而不是叫她去协助警方搜寻尸体，也不是鼓励我们去相信她所说的话。

雷尼尔是1981年初来到匡蒂科的，在课堂上她告诉我们说她无法完全控制自己的力量，因此预言有时候准有时候不准。那天有许多警界人士在座，她大胆预测里根总统会在当月月底前遇刺，她还说凶手会射中总统的左胸，不过总统并不会死，而且除了会迅速复原外，还会赢得广大市民的同情，支持他成就一番更伟大的事业。

里根总统遇刺后，我好奇心大起，问她下次还会有什么大事发生，这次她预测有位总统会在11月被刺身亡，同时凶手身着外国制服，手提机枪。我把消息告诉了国家安全局，对方对于我没有把对里根总统的预测结果告诉他们而感到十分气恼，其实这也不能怪我，当初我也对雷尼尔的说辞持观望态度。这次她的预言有对的地方，也有错的地方，错的是日期，应该为10月而非11月，而遇刺身亡者是埃及总统萨达特（Sadat），凶手也确实是身着外国制服、手提机关枪的军人。

又有一次一架飞机失事，不过坠毁地点当时并不知道，但飞机上有位本局探员的亲属，因此雷尼尔就开始预测失事地点，后来证实她所言不虚。另外，她也预测过有关我个人的一些事。比如说有一次我按照原定计划到德国授课六周，不过就在出发前几天她告诉我这次出国一定待不了多久，我忙问她原因，她说此事与一名黑发女子有关。三天后，我踏上德国的土地后没多久就被人给叫了回去，原来是我那位黑发的妻子出了严重的车祸。

后来，雷尼尔在匡蒂科上课的事不知怎么让媒体知道了，于是谣言四起，有人说这名巫师是联邦调查局的顾问，还有人更离谱，说她是本局雇来专门预测暗杀事件的。匡蒂科当局有鉴于此就禁止我再邀雷尼尔来局里上课。

一两年之后，我们面对一起很久前就发生在匡蒂科基地的命案，死者是位探员的妻子，由于案子闹腾许久都没有破案，这让我们脸上都有些挂不住。这天我的直属主管跑来找我，要我再邀请雷尼尔来基地上一次课，我立刻拒绝，并提醒他更高层主管曾明令禁止我们这样做。不过他十分坚持，声称如果领导问责他会扛起一切责任，于是我就把她请来了。上课结束后，他立刻把雷尼尔请出教室，让她看看并摸摸与该案有关的证物，不过当天该案仍然无解。

雷尼尔的风潮逐渐退去，外界的焦点依然集中在我们行为科学调查组上。不过到20世纪80年代初期，他们的兴趣就由“观赏”我们所做的资料文件转而想利用它谋取不当利益，因此也就导致了弄虚作假的情况的发生。

怎么说呢？当时许多作品——特别是文学类作品——都把联邦调查局在罪犯心理侧写方面的成就大加渲染和神化，在这些作品的生花妙笔下，这套手法如此神奇，就好像是魔术一样。换句话来说，“心理侧写大师”一出马，不管什么悬案疑案都能立马告破。事实上，心理侧写的这种技术和魔术一点关系都没有，它只是将行为科学的原则、办案人员多年的经验、犯罪现场所发现的证据、对犯罪现场的评估，以及访谈证人或凶手后得到的资料等因素加以具体综合，从而帮助警方从嫌疑最大的那些疑犯中把真正的凶手找出来。至于亲自去逮捕凶手那可不是我们的工作，那是各地警察的责任。

可是无论我们怎么强调这一点，哪怕是把嗓子说哑了，这些作家还是不遗余力地把我们神化，以至于我们行为科学调查组的人在他们的笔下成了无所不能、战无不胜的超人。20世纪80年代初期，有一天，本局公关部门主管要求我带着一位作家到行为科学调查组四处看看，这位作家名叫托马斯·哈里斯（Thomas Harris），他刚完成一部畅销名著《黑色星期天》（*Black Sunday*），并且这部作品刚刚被改拍成电影。他说他此行的目的就是想为他的下一部小说找点素材，并且打算把主要内容放在一名连环杀手身上，所以他想要知道联邦调查局是如何参与各地警方的办案以及如何完成罪犯心理侧写的，还有我们是如何协助各地警察办案的等。那天我陪了他好几个小时，还以幻灯片的形式向他介绍了各式各样的案子，他对于其中肯珀与蔡斯的案子好像特别感兴趣，整个简报过程中他就像块海绵似的，甚少说话，只是一味地做笔记，似乎想要在这短短的时间内把所有案子都吸收进他的脑海中去。另外，我们也讨论到我当时正在进行的入监探访这些杀人狂的计划。

后来，哈里斯就把入监探访杀人犯的这一构想融入了他的小说《红龙》（*Red Dragon*）之中，小说的主人公汉尼拔·李科特（Hnnibal Lecter）是一个心理学家，也是一个凶残的连环杀手，不过在他的协助下，警方才得以侦破一起神秘案件，谁也没想到最后的结局竟是联邦调查局探员摇身一变成了书中的杀人犯。虽然人物以及情节都出自哈里斯之手，不过我也感到十分荣幸，因为是我提供了这些素材才让他有了发挥的空间。《红龙》出版后，我问哈里斯把主角安排为一名这样的人物而不是一位探员的原因，他说自己原本就想让一个有精神病的人来当主人公，他因为有病而没有资格当探员，到头来却能协助警方破案。我不知道他这么安排是否别有用心，不过当时行为科学调查组里倒真是到处都是“病号”，有的体重超标，有的患有心脏病，也有的面临其他方面的困扰。

当这位作家第二次来访时，已是他开始进行另一部小说创作的时候了，这次我也陪了他好几个小时，把一些特别的案子介绍给了他，其中包括埃德·盖因（Ed Gein）这个人——最后成为电影《沉默的羔羊》（*The Silence of the Lambs*）中那名大反派的化身。在公事之余我也不忘做了一回红娘——把行为科学调查组里一位单身的女组员介绍给了他。

他每本小说都相当畅销，虽然他在描写凶手以及联邦调查局或平民英雄上有些脱离实际，例如，在他的第一本小说中，那个集各种杀手模式于一身的主人公弗兰西斯・道拉海地（Francis Dolarhyde）就有些夸大其词，现实世界里哪有这么厉害的人物？更有甚者，在他的小说中，我们这些为罪犯进行心理侧写的人居然也能亲自上场追缉凶手，这更是严重与事实不符。事实上，我们仅仅只是检视犯罪现场、勾勒凶手人格特质等，然后再把这些信息反馈给当地警方，由警方来缉捕犯人，我们并不需要在前线冲锋陷阵。

除了哈里斯之外，我也为其他一些大作家服务过，为他们的文学作品寻找素材，其中比较有名的就是玛丽・希金斯・克拉克，她的名著《爱音乐，爱跳舞》就是部分来自我所提供的哈维・格拉特曼案的情节（直到退休后，我还对她的小说提出各种意见）。另一位安・鲁尔（Ann Rule）的名气也不小，她后来还加入了暴力犯罪逮捕计划小组，成了我的同事，之后我又邀她在匡蒂科上课，不久她的新小说问世了，内容就是她的教材——特德・邦迪案。我看她很有发展潜力，就把杰尔姆・布鲁铎斯的案情内容告诉了她，布鲁铎斯后来便成了《色欲杀手》（*Lustkiller*）这部小说的主人公。

我们的“功力”最近几年在各家各派的小说中也是与日俱增，这种情况愈演愈烈，这些作者把我们研究行为科学的人吹捧成了万夫莫敌的超人，在我们面前，每个警察都羞愧不已，别人无法破的悬案到了我们手上就立刻迎刃而解。

联邦调查局在这种形势下有些得意，仿佛得到了免费宣传一样，这不得不说是一种遗憾。其中最具代表性的就是《沉默的羔羊》一片的拍摄。当时局里与这部影片的制片人合作十分密切，对他们的任何拍摄要求都是有求必应。我退休之前，放在我桌上的最后一份文件就是该片的剧本。我对其中一些情节有不同的看法，虽然觉得局里想介入该片的拍摄也没什么，但是允许匡蒂科基地作为该片的场景就大大值得商榷了，况且我们还要运用我们的影响力使该片制作得更出色些。比如，片中女主角朱迪·福斯特——正是破案的英雄——竟是一名待训的探员，这就与事实严重不符了。我们局里是绝对不会派还在接受训练的探员去执行这么危险的任务的，也不会让他们承担这么重大的责任。其实这些都可以在不损害剧本基本精神的前提下加以修改，但是他们对此无动于衷。其他像这种需要修改的情节还有数以十计，更严重的是，在匡蒂科的场景中居然还出现了真的联邦调查局人员，由此可见，局里为了得到免费的宣传，竟也罔顾情节的真实性了。

随着小说和电影的大获成功，大家都群起仿效，纷纷利用连环杀手和心理侧写的题材来大赚特赚，其中最突出的就要算电视节目了。从20世纪80年代初期开始，就有些法律节目讨论连环杀手，以后广播及专栏作家也相继报道这种题材，不过我最不能谅解的就是这类节目制作得如此粗糙与草率，比如，“全美十大枪击要犯”本是个能帮助执法单位的节目，可是即使是这么好的节目也不能免除这项缺失——未加深入查证就轻率播出乔·费希尔（Joe Fisher）这名“要犯”。这个被囚禁在纽约监狱的家伙自称杀了150人，可是经查证他只杀了妻子以及其他少数一些人。费希尔和亨利·李·卢卡斯一样，只不过是个酗酒的流浪汉，为了想上报纸和电视出出风头而夸大其词。

大力的宣传有时也会引起一些怪异乃至令人啼笑皆非的反应，一些连环杀手现在居然会在狱中收到一些陌生人的来信，内容无非是想要效法他们或是要与他们一较高下之类的。此外，也有不少人对我说他们很想边喝鸡尾酒边与特德·邦迪或其他杀手聊天，殊不知这些怪异的杀手都是人性的反面教材，不应被偶像化，当然更不能和他们“一较高下”。

一些至今仍在行为科学调查组的人都声称自己就是《沉默的羔羊》片子里主角的化身，虽然原著作者哈里斯一再声称主角是他自己所创，并不是根据哪一个真实人物而创造出来的，但他们仍希望做一个像片中女主角那样的“超人”，许多新进人员当初也是抱着这个目的进来的。如果有志于当警察的人都像片中那个坏蛋卡拉汉（Callahan）的话，那这个社会一定到处都是暴力、危险、爱扣扳机的警察，我们不需要这种警察，也不需要局里的“超人”。

讲课和替人出庭做证是我退休后的主要工作。最近我接触到一个案子，案中杀人凶手是得州人里基·格林（Ricky Greene），他不但杀了一票人，选择对象也没有标准，可以说是见人就杀，目前正在等待审判。我在做证时就指称他可能比特德·邦迪还要危险，因为后者对于被害人还是有选择性的，只有符合他胃口的那一类被害人才会遭其毒手，可是格林就太没“品位”了。因为有许多人都对他做出了不利的证词，所以我也不知道自己的那番证词起了多大的作用，但格林最后被判死刑则是不容改变的事实。

此外，纽约罗切斯特也有一件引人注目的案子，杀人犯亚瑟·J.

肖克罗斯（Arthur J. Shawcross）被控在该区谋杀了七名女性，这些女性大部分是妓女。他过去因为对一名8岁女童进行性攻击并将其勒死而在管教所里待了14年，此外他也坦承曾杀了一名年轻男孩。可是最后这项指控被撤销了，交换条件是，他必须承认谋杀了那名女童。不幸的是，他在管教所蹲了14年后并没有学好，一出来就杀戒大开。

在审理这七名女性被害案时他拒不认罪，辩称行凶时神志不清，辩护律师所持的第一个理由是肖克罗斯所犯的那些性攻击、折磨、勒人等罪的对象都是小孩；第二个理由是其精神状态不稳定；第三个理由是指称肖克罗斯患有“创伤后应激障碍”。

当时担任检察官的顾问就是我的长期好友、执教于大学心理系的帕克·迪茨博士，后来他找我帮忙。待我研究了对方的辩护律师所持的观点之后，立刻决定对其所声称的那项“创伤后应激障碍”展开反击。凭着自己在军方、警界、司法界35年的经验，我能立刻拆穿对方的谎言。这时大家才明白目睹战争的残酷画面并不能作为日后行凶的理由，以此装病也是不真实的。由于我举证充分，对方便绝口不提所谓的“创伤后应激障碍”，甚至在辩称其行凶的神志不清的理由中，也没有提到这项。至于对方所持的另两项理由也在迪茨的手中惨遭驳斥。最后肖克罗斯在两案中都被判刑，一案以杀害10人被控以二级谋杀罪，被判了10个死刑；第二案被控杀害一人，被判处有期徒刑25年。看来他想活着走出监狱基本是不可能的了。

1991年夏天，我在报纸的头条新闻中看到杰弗里·达默（Jeffrey Dahmer）与威斯康星州密尔沃基市的17桩命案有关而被捕，罪名是性攻击、肢解尸体、食人及奸尸，在20世纪下半叶，他似乎是集各种罪恶与恐怖于一身的超级杀人犯。1978年当他18岁时，他犯了第一桩刑案，在他儿时的生长地——俄亥俄州巴斯市——附近他让一名搭车的人上车，然后就杀了他。证据显示他是在无意识的状态下犯下凶案的，事前一点计划都没有。九年的光阴转眼就过去了，等他怪异、杀人的幻想再度出现时，他又杀了第二个人。接着一直到1991年，这期间他每年都杀一个人，而最后几个人被害，时间相隔都很短，甚至只有几天而已。所幸他随即就被逮捕了。

在旁人看来，达默遵循着其他杀手的固定模式，开始的时候小心翼翼，甚至有些害怕，不过随着屠杀脚步的加快，杀人技术也日渐纯熟，他变成了极有效率的杀人机器，最后甚至显得有些漫不经心，深信自己具有绝对的力量与制伏别人的权威，并且永远不会被抓住。

大家都知道，这些年来我一直都在各地开办课程，其中密尔沃基市是我经常去的地方，1991年1月我退休后还到该地举办过讨论会，当时这是由密尔沃基市的威斯康星州州立大学赞助的，我也因此结识了肯·兰宁，后来他成为本局处理儿童性虐待案件的专家。在该地我所认识的警界人士、律师及心理学家也大有人在。因此，我才会在1991年8月收到一封密尔沃基警探所写来的信，这位在1月份曾参加我的讨论会的警探，当时正主持达默案的调查工作，他在信中说：“阁下所提供的资料对我们这里的案情的侦破太有用了。当然，这也让我和同事知道该向谁求助才最有用……”

我对收到此信深感高兴，但随即又被一股哀伤的情绪所冲淡，原来该市的其他一些警官因为失职而被革职，因为这些警官在与达默面谈及搜索达默的住宅时曾发现不少疑点，但还是让当时身在达默住宅的一名男孩继续留在达默身边。真希望这些警官曾上过我的课，这样的话，下场就不至于这么惨了。这名年仅14岁的男孩在警察离开15分钟后就惨遭毒手，之后，达默又在两个月内杀了四名男孩。如果巡街的警察在当时保持警觉心，又了解性暴力者的动机及行为模式的话，那么这五名男孩或许还能保住他们的性命，这也因此使我觉得有必要对该区的警员加强训练。

1991年秋天，我同时联络上该案的正反两派，以便将来出庭做证时能有凭有据，我的好友帕克·迪茨站在检察官那一边，而我在仔细搜证后决定站在辩方一边。

以一个前联邦调查局探员的身份出现在任何案子的辩方，这都是件极不寻常的事，此外也容易遭到朋友、前联邦调查局同事、执法人员及一般市民的误解。然而既已离开局里并成为拿人薪水的顾问及专家证人，我就必须清楚一位真正的专家只有一种主见，那是根据事实及经验而决定的，和站在哪一方无关。这就是为什么我选择与达默的辩护律师杰拉尔德·P. 博伊尔（Gerald P. Boyle）合作的原因。事实上我不会支持达默的行为，也不会宽恕他杀死17人的狂暴行为，我只是利用我的专业知识使两方都能获得公平合理的待遇，以及使该案能得到公正的裁决，而不是包庇达默或排斥达默。

1992年1月13日，博伊尔律师宣布达默准备改变他对于那15条命案的供词，由“因神志失常而无罪”到“认罪，但这是由神志失常所造成的”。博伊尔同时对记者们说，“认罪是达默的决定，并不是我的决定，本案和精神状况有关，也是认罪的原因。”威斯康星州和其他州不同，该州法律是接受“认罪，但这是由神志失常造成的”这种供词的，对此我也举双手赞成，达默有罪毫无疑问，但审判时间会因为他认罪而大为缩短。至于第二阶段我们的注意力则只集中在他的精神状况上，不管这一阶段的结果如何，他终其一生都要与社会隔离，或在精神病院内度过，或在管教所内度过，对我而言这是本案的好结果。由于博伊尔的这项安排，庭讯缩短了几周，省下了几百万美元，大众对此也感到满意。

在替他辩护期间，我曾访谈了他两天之久，为了使自己准备得更充分，我潜心研究饮人血的罪犯，可是蔡斯一直属于“无组织罪犯”。达默经常在密尔沃基市人聚集的酒吧内寻找猎物，然后带回自己的公寓，即使他知道这么做会惹来警察上门也无所畏惧。他处理尸体的方法又让我想到了约翰·加西，达默常把尸体肢解再分开丢弃，他知道如果不这么做，警方在发现尸体后就会很快认出死者的身份。

在访谈时我也知道他的另一个秘密：他常吃人肉，喝人血。这个秘密只保存在法庭的记录中，一般人并不知道。当然他也喜欢奸尸，他的这些行为，又让我想起了特德·邦迪与埃德蒙·肯珀。当我知道他处理最后一名被害人的做法时，我惊异不止。这人是在遭到攻击时逃出他公寓的，当时达默冷静地等待警方到达，并没有掩藏或毁灭一直就在他屋内的大量证据，其中包括好几百张被害人的照片。此外在冰箱、皮箱及圆桶中也处处可见尸块与头颅，至于用来禁锢及杀害被害人的用具则散落在室内各处。在他被捕前的几个月，他还让房东及警察到他房中，当时屋内到处都是这类工具，旁边有个大门敞开的隔间里也随地可见这类工具，可惜没有一个人有警觉心。

从达默猎取被害人，以金钱或其他好处引诱对方到他的住处，以及死后掩藏证据等行为来看，他都算是个“有组织罪犯”。不过在其他行为上也充分反映出他杀人时是个“无组织罪犯”，如奸尸、食肉饮血、把尸块当作纪念物等。因此，他可算是个“混合型罪犯”。

不过事实上他的“花样”极多，若将他单独归为一类也未尝不可。

那么他到底是神志失常还是神志清醒呢？——经过两天的访谈，我发现坐在我对面的是一个痛苦且心灵扭曲的人，表面上他侃侃而谈，跟我很配合，这和我所面对的其他杀人犯一样，事实上他无法理解自己为什么会这么残酷地干下这些事。不过在受严密管制的监狱这个环境里，他才了解到自己过去理智的思想已被幻想及强制性所取代，因此自己才被迫一再杀人。在整个过程中他不断地咳嗽着，肺癌或许是他的最终解脱方式。面对这么一个痛苦的人，我绝不相信他在犯罪时依然是神志清醒的，此外我也很欣慰无论法庭如何裁决，他一辈子都会在监牢里度过。

另外，威斯康星州的法律并没有死刑的规定，这也让我很欣慰。过去加州为了处决特德·邦迪耗费了800万美元，这些钱倒不如拿来建个精神医疗机构，把肯珀、加西、伯科威茨及达默等人关在这里供我们研究。长期以来，犯罪学家一直认为死刑并不能遏制暴力犯罪，这样做只能满足死者家属及社会上那些主张报复的人。如果我们能让社会大众相信这些罪犯会一辈子受到禁锢，这样反对废除死刑的呼声就不至于那么强烈了，这或许会让我们的进步更多更大。

图书在版编目（CIP）数据

FBI心理分析术：我在FBI的20年缉凶手记 /（美）雷斯勒，（美）夏希特曼著；马玉卿，王晓雪译. —北京：民主与建设出版社，2016.6

书名原文：Whoever fights Monsters

ISBN 978-7-5139-1056-9

Ⅰ. ①F… Ⅱ. ①雷… ②夏… ③马… ④王… Ⅲ.①犯罪心理学—通俗读物 Ⅳ. ①D917.2-49

中国版本图书馆CIP数据核字（2016）第066374号

著作权合同登记号：图字01-2016-2890

FBI心理分析术：我在FBI的20年缉凶手记

FBI XINLI FENXISHU：WO ZAI FBI DE 20 NIAN JIXIONG SHOUJI

出版人	许久文
著　者	[美] 罗伯特·K. 雷斯勒　[美] 汤姆·夏希特曼
译　者	马玉卿　王晓雪
责任编辑	李保华
监　制	于向勇　马占国
策划编辑	袁开春　康晓硕
特约编辑	王槐鑫
版权支持	文赛峰
营销编辑	刘晓晨　刘　健
版式设计	李　洁
封面设计	仙　境
出版发行	民主与建设出版社有限责任公司
电　话	（010）59419778　59417747
社　址	北京市朝阳区阜通东大街融科望京中心B座601室
邮　编	100102
印　刷	三河市文通印刷包装有限公司
开　本	700mm × 995mm　1/16
印　张	18
字　数	210千字
版　次	2016年6月第1版　2016年6月第1次印刷
书　号	ISBN 978-7-5139-1056-9
定　价	39.80元
